—————————— 想象，比知识更重要

幻象文库

雷·布拉德伯里
短篇自选集
[第 2 卷]

Bradbury Stories:
100 of His
Most Celebrated
Tales

Ray Bradbury

亲爱的阿道夫

[美] 雷·布拉德伯里 著

徐黄兆 秦鹏 等 译

新 星 出 版 社　NEW STAR PRESS

自　序

真不敢相信，我在这短短数十载中竟然写下了如此之多的故事。可另一方面，我也时常好奇其他作家是如何利用自己的时间的。

对我而言，写作就如同呼吸一样自然，无须做任何计划或安排，完全是靠本能的驱使。收录在这部短篇集中的所有故事，其灵感都是在最意想不到的时刻爆发出来的，我必须立即坐在打字机跟前趁着热乎劲儿把它们一股脑儿地转化成文字。

一个很有代表性的例子就是《报丧女妖》。当时我在爱尔兰为约翰·休斯顿导演的电影《白鲸记》撰写剧本，我们经常在深夜围坐在壁炉前，品尝爱尔兰威士忌。我其实并不很爱喝酒，但他对那酒很喜欢，所以我也跟着喝点儿。有时休斯顿会在把酒言欢时突然停下来，闭上双眼，听寒风在屋外呼啸。然后他会一下子睁开眼睛，用手指着我大喊，说爱尔兰的天空上盘旋着好多报丧女妖，也许我应该出去看看是不是真的，并招呼她们进来。

他总是这样吓唬我，那一幕深深地烙在我的脑海里，等我回到美国家中时，最终根据他那怪异行为留给我的灵感写下了这篇小说。

写《汤因比暖房器》则是由于当时我们经常在报纸标题或电视报道中感受到绝望的轰炸，全社会都弥漫着末日将至的气氛。这种情绪不断发酵，可人们却没回过头去想一想它究竟从何而来，又究竟对我们造成了哪些改变。

后来有一天，我终于再也抑制不住这种感觉，决定要做些什么，于是我创造了一个角色来说出我心中的想法。

《劳莱与哈代爱情故事》则是源于我对这对完美喜剧组合一生不变的热爱。

很多年前抵达爱尔兰时，我打开一份《爱尔兰时报》，发现里面有这样一则小小的广告：

> 今日
> 仅此一次！
> 为爱尔兰的孤儿们义演
> 劳莱与哈代亲自献艺！

我一路狂奔到剧院，幸运地买到了最后一张票，还是前排正当中！大幕卷起，那两位可爱的人儿在台上表演着他们最伟大剧目中最经典的场景。我坐在台下，被惊异和快乐深深地冲击，泪水滑过脸颊。

回到家后，那些情景仍然在我脑海中挥之不去。我想起有一回一个朋友带我去了一段阶梯旁，就是劳莱和哈代扛着钢琴爬上去的那段，结果他们却是被钢琴赶了下来。于是我让故事继续。

《暗夜独行客》是《华氏451》的先兆。我在五十五年前曾经和一位朋友共进晚餐，饭后我们决定沿着洛杉矶的威尔夏大道走一走。可是没过几分钟，我们就被一辆警车拦了下来。警官问我们在做什么。我回答他："把一只脚放在另一只脚的前面。"我显然回答错了。警官怀疑地看着我，因为当时人行道上空无一人——整个洛杉矶都没人会在这条道上散步。

我回到家，为此事恼火不已，想不通为什么连散步这么简单而自然的行为都会被制止。于是，我写下了一篇发生在未来的故事，某位行人因为散步而遭到拘捕，并被处决。

几个月后，我又让那位独行客在晚上散步，并安排他在拐角处遇见了一位名叫克拉丽斯·麦克莱伦的女孩。九天后，中篇小说《消防员》诞生了，它后来被扩展成了《华氏451》。

《垃圾工》的灵感来源于1952年初洛杉矶报纸上的一则新闻，当时市长宣布，如果有原子弹击中洛杉矶，那么死难者的尸体将由垃圾清扫工负责处理。他的这番言辞令我怒不可遏，于是我坐下，抒发出胸中怒火，写成了这个故事。

《军令如山》也源自现实。许多年前，我有时会在下午跟朋友一起到国宾酒店的泳池里游泳。那位泳池看管者严厉得几乎不近人情，总会让他年幼的儿子站在泳池边，向他灌输关于人生各式各样的死板规矩。我一天天看着那无止无休的说教，忍不住幻想在未来的某一天，他那乖巧的儿子会突然奋起反抗。我坐在桌前，脑海里酝酿着这似乎注定要出现的一幕，写下了这个故事。

《拉斐特，永别了》基于一个真实而悲惨的故事，那是我家隔壁的一位老电影摄影师讲给我听的。他偶尔会到我家来做客，喝上一杯红酒。他告诉我，在1918年，第一次世界大战结束前的最后几个月里，他曾是拉斐特飞行队的成员。回想起自己曾经击落德国双翼飞机时他不禁潸然泪下，那些年轻帅气的士兵死前的面容多年以后仍然在他心头徘徊不去。我无力帮他做任何事，唯有用手里的笔让他获得些许慰藉。

《夏天奔跑的声音》的诞生也实属偶然。我当时正坐在大巴上穿过西木村，一个小男孩突然跳上车，把钱塞进投币箱里，从车厢前头跑到我对面的座位上一屁股坐了下来。我无比羡慕地看着他，心想，天哪，要是我有他这身活力就能每天都写一个短篇故事，每晚写三首诗，每月完工一部小说。我低头看向他的脚，发现那活力是有原因的，他穿了一双显眼的新网球鞋。我突然记起在自己成长中的那些特殊的日子。每年刚一入夏，父亲就会带我到鞋店，给我买一双崭新的网球鞋，让我焕发出全世界的能量。我当时在车里就恨不得能马上到家，坐下来写个关于小男孩盼望一双新网球鞋，好在夏日里纵情奔跑的故事。

写《上周一的大碰撞》是因为我当时在都柏林随手买了一份《爱尔兰时报》。报上登着一条可怕的新闻——1953年全年，爱尔兰总共有375名骑车人在事故中丧生。我想，这是多么不可思议啊。我们在美国很少会读到这样的新闻，通常是人们在汽车类交通事故中遇难。接着读下去，我发现了原因所在。在爱尔兰境内有一万多辆自行车，人们总是会以每小时四十至五十英里的速度骑行，然后迎面相撞，所以当头部受到撞击时，必然会遭受严重的颅骨损伤。我想世界上没人知道这一点！也许我应该写个故事出来。于是就那样做了。

《夏洛伊之战的鼓手》的灵感来源于《洛杉矶时报》上刊登的某个小演员的讣告，那个演员名叫奥林·豪兰，我看过他出演的很多部电影。讣告中提及他的父亲是夏洛伊之战的鼓手。那些言辞伤感而充满魔力，引我回想起往日岁月，使我立即决定用打字机把心中的感悟写下来，于是在接下来的一个小时里，我写出了这个故事。

《亲爱的阿道夫》的缘起则更加简单。我在某天下午路过环球影城，遇见一位身穿纳粹制服，脸上还黏着希特勒胡须的群众演员。我不由得设想当他在影城附近或大街上走来走去时会发生什么事，人们看到跟希特勒相貌如此相仿的人会作何反应。当晚那个故事写成了。

从来都不是我支配我的故事，而是那些故事支配着我的双手。每当新的灵感出现时，它们都会命令我赋予它们声音、形态与生命力。正如我在这些年中对其他作家建议的那样：大胆从悬崖上跳下去，在下落的过程中再想办法给自己插上翅膀。

在过去六十多年的岁月里，我跳过无数次悬崖，在打字机前头苦思冥想如何给故事加上结尾，好让结局不至于太过突兀。而在刚刚过去的那几年里，我回顾了自己少年时站在街角卖报纸，每天写作的日子，意识到自己当年竟然那么努力。我为什么会那么做呢，为什么会不厌其烦地一次次从悬崖上跳下去？

答案还是那句陈词滥调：出于热爱。

当时的自己不顾一切往前冲，全心全意地热爱那些书籍、作者和图书馆，专注于练就自己，而根本没留意到我只是个身材矮小、其貌不扬、天赋欠缺的少年。也许，在脑海中的某个角落里，我是知道的。可我仍然坚持不懈地去写、去创造，那动力就像血液在我体内奔涌，至今未息。

我总是幻想着有一天，当我走进图书馆在书架上翻找图书时，能看到印着自己名字的书跟莱曼·弗兰克·鲍姆或埃德加·赖斯·巴勒斯的作品摆放在一起，上层书架上还有其他名家的著作，比如说埃德加·爱伦·坡、赫伯特·乔治·威尔斯，还有儒勒·凡尔纳。我深深地热爱着他们以及他们笔下的世界，而其他作家像是萨默塞特·毛姆和约翰·斯坦贝克则使我热情满满，在这些贵客的陪伴下，我早已忘记自己是《巴黎圣母院》里的那个驼背的钟楼怪人。

然而随着时间一年又一年流逝，我褪去青涩，终于成了一位短篇小说作家，成了散文家、诗人和剧作家。我花了几十年的时间不断褪去旧的自我，是热爱在一路上召唤我前行。

在这本短篇集中，你将读到在我漫长写作生涯里颇具代表性的故事。我深深感念往昔岁月以及激励我不断前进的那份热爱。当我看着这本书的目录时，眼里充满泪水，这些亲爱的朋友们啊——这些活在我想象中的恶魔与天使。

他们都在书里了。这是一本精彩的合集，希望你们也能喜欢它。

雷·布拉德伯里

2002 年 12 月

目录

整个小镇已安眠	1
疑心之季	22
旅程时光	35
亲爱的阿道夫	42
报丧女妖	62
巴　哥	79
夏天奔跑的声音	89
火　箭	97
一叶绿草	111
汤因比暖房器	122
末日临头	136
碗底的水果	147
芬尼根	162
笑面人	177
1999 年 2 月：耶拉	190
2001 年 6 月：月光依旧灿烂	207

目录

弥赛亚	238
水手，自海上归来	251
后会无期	262
瞧这一团糟	267
夏洛伊之战的鼓手	279
方枘圆凿	286
飞行机	307
观察者	313
六月夜半	333

整个小镇已安眠

刊于《美开乐》(*Mc Calls*)

1950 年 9 月

阿古 译

法院的钟敲了七下。钟声余音袅袅。

炎热的夏日黄昏，这个上伊利诺伊州的乡村小镇，与世隔绝，被一条河、一片森林、一方草甸、一个湖泊遮绕其中。人行道仍然热得灼人。商店都关了门，街道阴暗下来。小镇有两个月亮。庄重的黑色法庭的楼顶，满月般的圆形大钟有四个盘面，朝向四个方向。而真正的皎洁月亮，正从黑暗的东方升起。

药店高高的屋顶上，风扇轻轻转动。洛可可式门廊的阴影里，不声不响坐着几个人。偶尔有雪茄烟头亮起粉红光点。纱门的弹簧吱嘎拉开，又砰地缩紧。夏夜街道上砖块显出紫色，道格拉斯·斯普劳丁跑了过来，身后跟着一群男孩和狗。

"嗨，拉维尼娅小姐！"

男孩们跑远了。拉维尼娅·纳毕斯冲他们的背影安静地挥挥手。她独自一人坐着，白皙的手握着一大杯冰柠檬水。她把饮料举到唇边，抿了一口，等待着。

"我来了，拉维尼娅。"

她转过身，是弗朗辛，一身白衣，站在门廊的台阶下，散发着百日菊和芙蓉花的香气。

拉维尼娅·纳毕斯锁上前门，把喝剩的半玻璃杯柠檬水搁在门廊上，说："今晚适合去看电影。"

她们走下街道。

"你们去哪儿，姑娘们？"街对面的门廊，弗恩小姐和萝波塔小姐喊道。拉维尼娅的回应声穿过静谧深沉的黑暗："去精英剧院看查理·卓别林！"

"我们才不会在这样的夜晚出门，"弗恩小姐嚷嚷道，"独行客正在夜里出没，到处绞杀女人。应该把自己锁在储藏室里，再拿上一把枪。"

"噢，胡扯！"拉维尼娅听到两个老姑娘把门砰地关上，落了锁。她继续前行，夏夜燥热的气息从炉烤过似的街道上升腾起来。她像是走在一块硬邦邦的、刚烤好的热面包皮上。暗涌的热意隐秘地侵入裙下，沿着腿脚游弋，却并不讨厌。

"拉维尼娅，你不相信那个独行客的事儿，对吧？"

"那些女人就爱造谣。"

"不管怎么说，海蒂·麦克多利丝两个月前被杀了，萝波塔·菲力是上个月出的事，现在伊丽莎白·兰塞尔也失踪了……"

"海蒂·麦克多利丝是个傻姑娘，我猜她准是跟着哪个路过的男人跑了。"

"但其他人可都是被绞死的，听说舌头都从嘴里奪拉了出来。"

2

她们站在把小镇隔成两半的河谷边缘，身后是点着灯的房屋和音乐声，前方是一片深邃潮湿，黑暗中偶尔闪过一点萤火。

"也许今晚我们不应该去看电影，"弗朗辛说，"独行客也许会跟踪我们，杀死我们。我可不喜欢这河谷。瞧瞧，多吓人！"

拉维尼娅往下望去，河谷就是一台日夜运转不息的发电机；动物私语，昆虫吱啾，植物婆娑，混合成一片悸动的嗡嗡声。河谷里遍布屡经冲刷的古老页岩和流沙，水汽隐隐蒸腾，散发着温室的气息。黑色发电机始终嗡鸣着，萤火虫不时飞过夜空，仿佛巨大的电流引发的火花。

"今晚回来一定很晚了，太晚了，我才不要在深夜穿过这老河谷；你，拉维尼娅，等你走下阶梯，爬上吊桥，独行客就在桥头等着你。"

"胡说！"拉维尼娅·纳毕斯说。

"你还得听着自己的脚步声，孤零零一个人走过那条小路，走回家里去。拉维尼娅，你一个人住在那栋房子里，不孤单吗？"

"老处女就喜欢独居。"拉维尼娅指着那条没入黑暗的树荫小道说，"我们抄近路吧。"

"我害怕！"

"现在还早，独行客要晚一点才出来。"拉维尼娅抓住她的胳膊，拉着她走下那条蜿蜒荫翳的小路。虫叫蛙鸣，还有蚊子低吟——寂静是如此纤弱。她们穿过没精打采的草地，刺果扎痛了赤裸的脚踝。

"咱们跑起来吧！"弗朗辛气喘吁吁。

"不行！"

她们沿路拐了个弯——就看到了那一幕。

在这虫声唧啾的深夜里，在温热的树荫下，她似乎是躺下身来欣赏漫天繁星，沐浴林间和风，双手轻垂在身体两侧，仿佛精雕细琢的双桨。那儿躺着的是伊丽莎白·兰塞尔！

弗朗辛尖叫起来。

"别叫了！"拉维尼娅伸出手扶住弗朗辛，她浑身软绵绵，透不过气来了。"别叫！别叫！"

那女人仿佛漂浮着，月光照亮了她的脸，双眼圆睁像两颗燧石，舌头从嘴里耷拉出来。

"她死了！"弗朗辛说，"噢，她死了，死了！她死了！"

拉维尼娅站在树木浓密阴影的正中间，蟋蟀在尖叫，青蛙在聒噪。

"我们最好去叫警察。"她终于说话了。

"扶着我，拉维尼娅，扶着我。我好冷，哦，我从来没觉得这么冷过！"

拉维尼娅扶着弗朗辛，警察们正在草地里搜索，手电筒光到处晃动，话音嘈杂，快晚上八点半了。

"冷得像十二月。我想要一件毛衣。"弗朗辛双眼紧闭，靠在拉维尼娅身上。

警察说："我想你们可以走了，女士们。明天你们可能得去一下警察局，再接受一些问询。"

拉维尼娅和弗朗辛离开了那些警察，离开了河谷草地上白床单罩着的那具玲珑躯体。

拉维尼娅感到心在狂跳，她也很冷，二月严寒般的冷；身上仿佛突然落了一场冰雪，月光在她白皙的手指上罩了一层寒霜。

4

她想起来，是她应付了警察的所有询问，弗朗辛只是靠在她身上轻轻抽泣。

一个声音从远处传来："需要人陪同吗，女士们？"

"不用，我们能行。"拉维尼娅回了一句，她们继续往前走。她们走过低语的河谷，一路上轻响不断。警察们调查时发出的灯光和声音在她们身后渐渐远去。

"我以前从来没有见过死人。"弗朗辛说。

拉维尼娅仔细盯着腕上的手表，手离她仿佛有千里之遥。"现在才八点半，我们可以叫上海伦一起看电影。"

"看电影！"弗朗辛猛地一挣。

"我们需要看场电影。我们得忘掉眼前这一幕。这不是值得记住的好事。要是现在回家，我们会难以释怀。我们去看电影，就当什么都没发生过。"

"拉维尼娅，你不是当真的吧！"

"我当然是当真的。我们得大笑一场，忘掉这事情。"

"可伊丽莎白就躺在那里——她是你的朋友，也是我的朋友……"

"我们帮不了她，我们只能帮自己。走吧。"

黑暗中，她们爬上河谷边缘，爬上那条石头小径。突然，前面一个人挡住了她们的去路，一动不动地站在那儿。他还没发现她们，正低头观察着河谷里的动静，听着警察们的声音。是道格拉斯·斯普劳丁。

他站在那儿，白得像一只蘑菇，两手叉腰，正往河谷里张望。

"回家去！"弗朗辛大喊。

5

他没有听到。

"你!"弗朗辛大声尖叫,"回家去,离开这儿,听见没?回家,回家,回家去!"

道格拉斯猛地抬头,呆呆地瞪着她们。他的嘴巴动了,他深吸了一口气。接着,他并没作声,转身就跑。他跑上远处的山坡,消失进濡热的黑暗中。

弗朗辛又抽抽搭搭地哭了起来,一边哭一边跟着拉维尼娅·纳毕斯往前走。

"终于来了啊!我还以为你们两位女士不会来了!"海伦·格里尔站在门廊上,脚轻轻跺着阶梯,"你们只不过迟到了一小时,不打紧。发生了什么事?"

"我们……"弗朗辛正要说。

拉维尼娅一把挟紧她的胳膊。"出事了。有人在河谷里发现了伊丽莎白·兰塞尔的尸体。"

"死了?她……死了?"

拉维尼娅点点头。海伦倒吸一口凉气,手掩在喉咙上。"谁发现的?"

拉维尼娅紧紧抓住弗朗辛的手腕。"不知道。"

三个年轻女人站在夏夜里,面面相觑。"我真想现在就进屋,把门锁紧。"海伦来了一句。

最终,她回屋拿了一件外套,尽管仍然温暖,她还是抱怨这夜晚突然冰冷得像冬天。她一走开,弗朗辛就急切地小声说:"为什么不告诉她?"

"何必扫她的兴?"拉维尼娅说,"明天,明天有的是时间。"

三个女人在黑色的树下，沿着街道往前走，走过那两排突然锁上了门的屋子。消息传得可真快，从这间屋子跳到那间屋子，从这道门廊越到那道门廊，从这台电话飞到那台电话。三个女人感到窗帘后面的一双双眼睛正窥探她们。多么奇怪，刚才还是满街的雪糕，满街的香草冰激淋，抹了驱蚊膏的手腕到处挥舞，孩子们在到处奔跑游戏。刹那间，孩子们就被拽进了屋，关在玻璃窗后面，关在木门后面，雪糕掉落在地上，化成了一摊草莓石灰泥。多么奇怪，闷热的屋子里，汗流浃背的人们躲在青铜门钮和门环后面。棒球和棒球棍丢弃在齐整的草地上，人行道上还有用白粉笔画了一半的跳房子的格子。仿佛是有人刚刚预报了寒流来袭。

"我们真是疯了，这样的夜晚还出门。"海伦说。

"独行客不会一次杀害三个女人。"拉维尼娅说，"人多就安全。再说了，他作案也没那么频繁。一般是隔一个月杀一个人。"

一道阴影落在她们惊呆的脸上。一棵树后突然冒出一个身影。仿佛有人在管风琴上狠狠砸了一拳，三个女人，三个不同的调门，同时尖叫起来。

"逮到你们了！"一声狂吼。一个男人扑向她们。他走进亮光中，哈哈大笑，又靠在一棵树上，手指着女人们大笑起来。

"嘿！我就是独行客！"弗兰克·狄龙说，"弗兰克·狄龙！"

"弗兰克！"

"弗兰克！"拉维尼娅说，"再这么孩子气下去，总有一天会被人开枪打死！"

"瞧你干的好事！"弗朗辛歇斯底里地哭喊起来。

弗兰克·狄龙不笑了。"我道歉。"

7

"走开，"拉维尼娅说，"你没听说伊丽莎白·兰塞尔的事吗？她被人发现死在河谷里了。你居然还敢到处闹腾吓唬女人！别再和我们说话了！"

"噢，我……"

她们往前走，他跟了上去。

"留步，独行客先生，吓唬你自己去吧。去看一眼伊丽莎白·兰塞尔的脸，看看是不是真的那么有趣。晚安！"拉维尼娅拉着另外两个姑娘沿着街道继续前行，道路两边是大树，上方是群星。弗朗辛把一块手帕捂在脸上。

"弗朗辛，这只是个玩笑。"海伦转头问拉维尼娅，"她为什么哭得那么厉害？"

"等到了镇上我再告诉你。我们将一往无前！够了，走吧，把钱准备好，我们马上就到了！"

药店里充斥着山金车、奎宁和苏打的味道，巨大的木风扇把滞缓的空气吹向砖石铺就的街道。

"我想买五分钱的绿薄荷糖。"拉维尼娅对店主说。他的脸低沉苍白，与她们在冷清街道上看到的所有面孔一个表情。店主用一个银勺称出五分钱绿色糖果。拉维尼娅又补了一句："看电影的时候吃。"

"女士们，今晚你们漂亮极了。今天下午进来买巧克力汽水的时候，拉维尼娅小姐，你可真是个冷美人。那么冷，又那么美，有人问起你呢。"

"哦？"

"你一出门，坐在那个角落里的男人就问我：'嘿，那是谁？'

"'怎么了，这位是拉维尼娅·纳毕斯，镇上最漂亮的女士。'我说。

"'她真漂亮，'他说，'她住在哪儿？'"说到这儿，药店主停住不说了，似乎不太舒服。

"你没说吧？"弗朗辛嚷道，"你没把拉维尼娅的地址告诉他吧？你没说吧？"

"我记得我没说。我说：'哦，她住在帕克街，河谷附近。'就这么笼统一说。但今晚，他们发现了尸体，一分钟前我刚听说的。我在想，上帝啊，瞧我都干了什么！"他把糖包递了过来，满满一包。

"你这傻瓜！"弗朗辛喊道，泪珠在眼眶里打转，"抱歉，不该这么说你。当然，也许这并没什么关系。"

拉维尼娅站在那儿，三人都盯着她。她倒是无所谓，除了喉咙里稍稍涌起的一丝兴奋。她随手把钱递了过去。

"这糖不收钱。"药店主说着，转过身去翻动什么纸页。

"得，我知道该怎么办！"海伦走出药店，"我要叫辆出租车，把咱们都送回家。你正在被追猎，我可不想被卷进去，拉维尼娅。那个男人打听你的住处，肯定没安什么好心。你难道想变成下一具躺在河谷里的尸体吗？"

"那人也许只是随便问问。"拉维尼娅说着，缓缓转了个圈，看了看小镇。

"说不定他就是独行客。"

她们发觉弗朗辛没有一起走出药店，回过头，正看到她跟了上来。"我让店主描述了一下，说说那个男人长什么样。一个陌生人。"她说，"穿一件黑外套。瘦瘦的，脸色苍白。"

"我们都想多了，"拉维尼娅说，"就算你叫到了出租车，我也不想乘。如果我注定是下一个受害者，那就这样吧。生活中的刺激太少了，尤其对一个三十三岁的老姑娘来说，我倒是有点期待呢。再说了，这事挺傻的，我长得又不漂亮。"

"噢，但是，拉维尼娅，现在你就是这镇上最漂亮的女士，伊丽莎白已经……"弗朗辛顿了一下，"是你自己把男人甩得远远的，要是你心气没那么高，早就嫁了。"

"别再哭哭啼啼了，弗朗辛！前面就是戏院的票房，我花四十一美分去看查理·卓别林。要是你俩想叫出租车回家，那请便。我一个人看电影，一个人回家。"

"拉维尼娅，你疯了，我们可不能让你这么干……"

她们进了戏院。

第一场已经结束了。此刻是中场休息，昏暗的观众席稀稀落落坐着些人。三位女士坐在中间，闻着古旧的擦铜油的味道，看着经理从红色的旧天鹅绒幕布后面走出来，发布一个通知。

"警察要求我们今晚早点关门，好让各位观众尽早回家。所以我们将跳过中场短片，直接播放正片。电影会在十一点结束。建议所有人都径直回家，不要在街上闲逛。"

"这是说我们呢，拉维尼娅！"弗朗辛小声说。

灯暗了。银幕上浮现出活动的光影。

"拉维尼娅。"海伦小声说。

"怎么了？"

"我们进来的时候，街对面有一个穿黑外套的男人，也跟了过来。他走下过道，正坐在我们后排。"

"噢，海伦！"

"就在我们后排？"

三个女人一个接一个，转过头去看。

她们看到一张苍白的脸庞，反射着银幕上的晦暗光影。仿佛所有男性人类的脸都在黑暗中接踵浮现。

"我要去找经理！"海伦冲上了走道，"停掉电影！开灯！"

"海伦，你回来！"拉维尼娅喊着，站起了身。

她们放下喝空的苏打汽水瓶，每个人的上唇都抹上了一道香草沫胡子。她们伸出舌头舔了舔，大笑起来。

"你瞧，多傻？"拉维尼娅说，"瞎闹腾一场，多尴尬。"

"抱歉。"海伦小声说。

大钟上显示现在是十一点半。她们已经走出昏暗的剧院，远离了剧院门口涌动的人流，男男女女各奔东西。她们嘲笑海伦，海伦也觉得自己挺可笑。

"海伦，当你走上过道大喊'开灯！'的时候，我真想死在当场！那个可怜的家伙！"

"刚从拉辛来的经理的弟弟！"

"我道歉了。"海伦说着，仰头看向大风扇，风扇依然在转动，搅动着温热的空气，搅动着各种气味，香草、覆盆子、薄荷，还有来沙尔。

"我们不应该停下来买汽水。警察警告说……"

"噢，让警察见鬼去，"拉维尼娅大笑，"我什么都不怕。现在独行客离这儿一百万英里远呢。不躲上几个星期他是不会回来的，警察到时候会逮住他的，等着瞧吧。电影挺精彩吧？"

"打烊了，女士们。"药店店主关掉电灯。白色瓷砖墙反射着月亮的冷光，一片寂静。

外面，街道上空无一物，没有小汽车，没有卡车，没有人。两排小商店的橱窗还亮着灯，蜡质假人或伸出粉红色蜡手，炫耀着蓝白色钻石戒指；或跷起橘红色蜡腿，显露出精美针织袜。一双双炙热的蓝玻璃眼睛密切注视着女人们沿着河底街往下走，她们的影子漾在一块接一块的玻璃窗上，仿佛隔着幽暗的流水看花朵。

"要是我们大声尖叫，他们会不会做些什么？"

"谁？"

"假人，橱窗里那些。"

"噢，弗朗辛。"

"算了……"

橱窗里有一千多个假人，僵直，安静。街上有三个人，她们的鞋跟敲打着砖石街道，回声荡漾，仿佛从一个个店面传出的枪声。

她们从一盏霓虹灯旁走过，灯闪烁着微弱的红色，像一只垂死的昆虫。

热气蒸腾，长长的大道在月光下泛着白色，向前延伸。三个女人走在两排大树中间，微风吹动枝叶茂盛的树冠。从法庭尖顶看去，她们就像树下三朵低矮的蓟花。

"我们先送你回家，弗朗辛。"

"不，我先送你。"

"别傻了，你住在电园那儿呢。要是送我，你可得孤零零一个人往回穿过河谷。只要一片树叶掉在你身上，就能把你当场吓死。"

12

弗朗辛说："我可以在你屋里过夜。你才是长得漂亮的那个！"

她们继续往前走，仿佛三个挂衣服的木人，飘过盈满月光的草地和水泥路面，拉维尼娅看着两边的黑色树木不停倒退，听着两个朋友的喃喃细语，有点想笑。夜晚仿佛在加速，她们明明在漫步，却像是跑了起来，每一样东西都在加速，散发出热雪的颜色。

"我们唱歌吧。"拉维尼娅说。

她们唱道："闪耀吧，闪耀吧，收获之月……"

她们唱得甜美静谧，手拉着手，不回头。炙热的人行道在她们脚下变凉，向后退去，退去。

"听！"拉维尼娅说。

她们听到了夏夜，听到了蟋蟀的鸣叫，听到了远处法庭的大钟敲了一下——十一点三刻。

"听！"

拉维尼娅侧耳倾听。门廊上的一架秋千在黑暗中吱嘎作响。是特勒先生正一声不吭地坐在秋千上，抽着最后一支雪茄。她们看到一点粉红色的火光前后摆动。

现在，街道两侧的灯光一点点地熄灭了。小屋的灯光、大屋的灯光、黄色的灯光、绿色的旋光、蜡烛光、油灯光、门灯光，以及其他所有东西，都被封存进了铜里，封存进了铁里，封存进了钢里。所有东西，拉维尼娅暗想，被装了起来，锁了起来，裹了起来，藏了起来。她想象人们躺在月光蒙罩的床上，他们在夏夜的房间里呼吸，安眠。我们却还在外面，脚步落在炙热的夏夜人行道上。在我们头顶上，孤独的街灯亮着，投下绰绰的醉影。

"你到家了，弗朗辛，晚安。"

"拉维尼娅，海伦，今晚就住在我这儿吧。太晚了，快午夜了。你们可以睡在客厅里。我泡热巧克力——会很好玩的！"弗朗辛伸出双臂，紧紧抱住两人。

"不，谢了。"拉维尼娅说。弗朗辛哭了起来。

"噢，又来了，弗朗辛。"拉维尼娅说。

"我不想让你死，"弗朗辛抽泣着说，眼泪从脸颊上滚落，"你那么好，那么美。我要你活着。求你了，噢，求你了！"

"弗朗辛，我不知道你居然这么担心。我保证一到家就给你打电话。"

"噢，你会打吗？"

"给你报个平安，没错。明天中午我们在电园野餐。我会亲手做火腿三明治，怎么样？你瞧着，我会永远活下去！"

"你会打电话过来，对吗？"

"我刚才保证过了，不是吗？"

"晚安，晚安！"弗朗辛奔上楼，跑进门里，砰的一下关紧，闩上了门。

"现在，"拉维尼娅对海伦说，"我送你回家。"

法庭的钟开始报时，声音掠过空荡荡的镇子。街道空荡荡，田野空荡荡，草地空荡荡，比以往任何时候都更空荡。

"九、十、十一、十二。"拉维尼娅数着，海伦拽着她的胳膊。

"你说有趣不？"海伦问。

"什么？"

"我们现在还走在人行道上，走在树下，而其他所有人都已经把门锁得紧紧的，躺在床上了。我猜，方圆一千英里，就剩咱俩还在外面晃荡了。"

黑暗河谷中的嗡鸣声越来越近。

不一会儿，她们就走到了海伦屋前，两人面对面站着，看了对方好久。风拂来新割青草的气息。月亮沉溺在聚起的云层之后。"就算请你留下来也没用，对吧，拉维尼娅？"

"我该走了。"

"有时候……"

"有时候什么？"

"有时候我觉得人们是自己想要寻死。你整个晚上都很古怪。"

"我只是不害怕，"拉维尼娅说，"而且我挺好奇。我很理智地动了脑筋，按逻辑，独行客不可能在附近。警察在到处搜查。"

"警察都已经回家蒙头睡大觉了。"

"我自得其乐，有点轻率，但其实很安全。要是我真有可能出什么事，我一定会留在你这里，真的。"

"也许潜意识里，你不想再活了。"

"你和弗朗辛，你们不是真这么想吧！"

"我有一种负罪感。当你走到谷底，走上桥时，我会喝上一杯热可可。"

"为我喝一杯吧，晚安。"

午夜的静谧中，拉维尼娅·纳毕斯沿着正街往下走，她看到每一幢屋子上都嵌着黑暗的窗户，听到远处一条狗的吠叫。只要五分钟，她心想，我就安全到家了。只要五分钟，我就能打电话给傻乎乎的小弗朗辛。我……

15

她听到树林里远远传来一个男人唱歌的声音。

"哦，给我一个六月的夜晚，月光和你……"

她稍稍加快了脚步。

那个声音唱道："在我的怀抱里……你那么迷人……"

朦胧的月光里，一个男人正在街上慢慢走着，脚步闲散。我可以敲街边随便哪一扇门，拉维尼娅想，如果有必要。

"哦，给我一个六月的夜晚，"那个男人唱着，手里拿着一根长长的棍子，"月光和你……得，瞧瞧是谁在这儿！这么晚了你还出门，纳毕斯小姐！"

"肯尼迪警官！"

当然是他。

"我还是送你回家吧！"

"谢谢，我自己能行。"

"但你住在河谷对面……"

没错，她暗想，但是我不会和任何男人一起横穿那道河谷，就算是警察也不行。我怎么知道独行客到底是谁？"不用，"她说，"我会走快点。"

"我就在这儿，"他说，"要是你需要帮助，就大喊一声。这里声音能传很远，我会马上跑过去。"

"谢谢。"

她继续走，撇下他站在一盏路灯下，继续独自哼唱。

到了，她暗想。

河谷。

她站在台阶的尽头，台阶共一百三十级，爬下陡峭的山坡，穿过七码长的桥，又爬上山坡，最后通向帕克街。一路上只有一

16

盏灯照明。三分钟之后，她想，我就能把钥匙插进屋门的锁里。仅仅一百八十秒，不可能发生什么事。

她踏下暗绿的漫长台阶，走下深深的河谷。

"一、二、三、四、五、六、七、八、九、十……"她小声数着。

她感觉自己在奔跑，其实她并没有跑起来。

"十五、十六、十七、十八、十九、二十。"她喘着气。

"已经五分之一了！"她对自己宣布。

河谷深邃，阴暗，幽暗，黑暗！那个安全的世界被撇在了身后，酣睡在床上的人们、锁紧的门、镇子、药店、剧院、灯光，都被撇在了身后。只有河谷存在，鲜活、黑暗、庞大，包围着她。

"什么都没发生，不是吗？一个人都没有，不是吗？二十四、二十五。记得小时候说的那个鬼故事吗？"

她听着自己的脚步声。

"故事说的是，那个男人潜入你的屋子，你正躺在楼上的床上。现在他正迈出第一步，往你的屋子走去。现在他迈出了第二步。现在他迈出了第三步、第四步、第五步！听这个故事，你总是又笑又叫！现在，这个可怕的人迈出了第十二步，现在他打开你屋子的门，现在他站在了你的床边。'我抓到你了！'"

她尖叫起来。她从未听过这样的尖叫声。她从未叫得那么高声。她停住，愣着，伸手抓住木头护栏。心脏似乎炸裂开，狂乱的心跳声充斥了整个宇宙。

"那儿，那儿！"她大叫，"在台阶的底部。一个男人，站在灯下！不，现在他不见了！他刚才就在那儿！"

她侧耳聆听。寂静无声。

桥上没有人。

什么都没有，她屏住呼吸，暗想，什么都没有，傻瓜！自己讲故事吓自己。多蠢。我该怎么办？

她的心跳平缓了。

我应该呼唤那个警察吗——他听到我的尖叫了吗？她仔细听了听。寂静。无声。

我要继续走完剩下的路。那个故事可真蠢。

她又开始数步子。

"三十五、三十六、当心，别摔倒。噢，我是个傻瓜。三十七、三十八、三十九、四十、再来两步，四十二——快走了一半了。"

她又一次停住了。

等等，她对自己说。

她踏出一步。身后有一声脚步。

她又踏出一步。

又有脚步。片刻间隔之后，又传来一声。

"有人在跟踪我。"她小声说，冲着河谷，冲着阴影里的蟋蟀，冲着暗绿的青蛙和黝黯的水流。"有人在我身后的台阶上。我不敢转身。"

她一步，身后又一步。

"每次我踏出一步，他们也踏出一步。"

一步一回应。

她颤巍巍地问河谷："肯尼迪警官，是你吗？"

蟋蟀沉默不语。

蟋蟀们在倾听，黑夜在倾听。刹那间，夏夜里远处的草地，近边的树木都停止了动作；树叶、树枝、星星、青草都停止了一切动作，倾听着拉维尼娅·纳毕斯的心跳。也许一千英里之外，在一个空荡荡的火车小站，一个孤身的旅人正在一个灯泡下读一张字迹模糊的报纸，他也抬起了头，聆听着，琢磨着，这是什么声音？他想，也许只是一只土拨鼠在敲击一根中空的木头。其实，这是拉维尼娅·纳毕斯，这是拉维尼娅·纳毕斯的心在跳动。

寂静。绵延了一千英里的夏夜寂静，像一片白色的荫翳的海洋，覆盖了大地。

快快快！她走下阶梯。

跑！

她听到了音乐。她听到音乐向她汹涌而来，那么疯狂，那么愚蠢。当她在惊慌和恐惧中奔跑时，她意识到自己头脑的一部分在编造戏剧，从某出私人戏剧中借来了激昂的配乐。音乐奔涌着，推搡着她，越来越高，越来越快，向下疾冲，冲向谷底。

只有一点点路了，她祈祷着。一百零八、一百零九、一百一十步！谷底！现在，快跑！跑过桥！

她告诉自己的腿脚该如何踩踏，告诉自己的手臂该如何摇甩，身体该如何扭转，恐慌该如何起伏；在这白色的恐惧的时刻，她指点着自己的全身，越过潺潺的溪水，跑过摇晃的震动的弹跳的仿佛活物般的木桥板。身后是狂乱的脚步声，伴着音乐，尖锐的不歇的音乐。

他在追踪，别回头，别看，要是看到他，你就跑不动了，你会害怕得要命。继续跑，跑啊！

她跑过了桥。

噢，上帝，上帝，拜托，拜托让我爬上山顶！现在爬上小路，走在山坡中间，噢，上帝，这么暗，一切都那么遥远。现在就算我大声叫也没有用，我也叫不出来。小路的最高点到了，街道到了，噢，上帝，请让我平平安安的，要是能平安到家，我再也不独自出门了。我是个傻瓜，我得承认，我是个傻瓜，我不知道什么叫恐惧，但要是你让我平安回家，以后没有海伦或弗朗辛的陪伴，我再也不会独自出门！跑上街道了，快穿过街道！

她穿过街道，跑上人行道。

噢，上帝，门廊！我家！噢，上帝，请给我点时间，让我进屋，把门锁紧，我就能安全了！

那是——真蠢，为什么要去看，为什么她立刻就注意到那个东西——但它就在那儿，那半杯柠檬水，她很久以前丢下的柠檬水！放在门廊的栏杆上的。玻璃杯安静沉着地立在栏杆上……

她听到自己凌乱的脚步声在门廊上响起，感到自己的双手匆匆忙忙摸索钥匙，慌慌张张开锁。她听到自己的心跳。她听到自己在心中大声尖叫。

钥匙插进去了。

快开门，快，快！

门开了。

现在，进去。狠狠关上！她砰的一下关上门。

"现在锁上，闩上，锁上！"她气喘咻咻地说。

"锁紧，锁牢！"

门被锁上，闩上了。

音乐停了。她再次聆听自己的心脏，心跳声已归于平静。

20

家！噢，上帝，安全到家了！平平安安，安安全全到家了！她背靠在门上。安全了，安全了，听听。什么声音都没有。安全了，安全了，噢，感谢上帝，安全到家了。我再也不在夜里出门了。我要待在家里。我再也不去河谷那边了。安全了，噢，安全了，安全回家，多好，多好，安全！安全回家，锁紧门。等一下。

应该看看窗外。

她看了看。

怎么会，外面一个人也没有！没有人，根本就没有人跟踪我。没有人在追着我跑。她呼吸匀顺了，不禁哑然失笑。真要有男人在跟踪我，他早就逮住我了！我跑得又不快……门廊上没人，院子里没人。我真傻。我无缘无故跑了那么久。河谷和其他地方一样安全。没关系，待在家挺好。家是真正温暖的好地方，唯一的庇护所。

她伸出手正要去摸电灯开关，又停住了。

"谁？"她惊问，"谁？谁？"

在她身后的起居室里，有人轻咳了一下。

疑心之季

刊于《科利尔》(*Colliers*)

1950 年 11 月 25 日

李懿 译

    孩子们是怎么变成这样的，本特利老太太总不明白。她常常在蔬果店见到他们，像飞蛾在白菜间逡巡，像猿猴在悬挂的香蕉间流连。她朝他们微笑，他们也回以微笑。本特利太太望着他们在冬日积雪中踩出脚印，在秋季的轻烟中深深呼吸，在春天摇得苹果花瓣纷如雨下，对于他们丝毫没有惧怕。至于她自己，她的房屋干净整洁得无可挑剔，每样东西都各就其位，地板勤常洒扫，食物一丝不苟地罐藏，帽针统统收纳在针插上，卧室斗柜的抽屉里整齐利落地码着伴随她多年的私人物品。

    本特利太太爱攒东西。戏票、老戏单、蕾丝布头、披巾、窗框角，但凡过往的纪念或标志，她全攒起来。

"我有一叠票根。"她常常说,"这张是卡鲁索[1]演唱会的门票,那是在 1916 年的纽约,我六十岁,约翰还活着。这张是《六月的月亮》,我想是 1924 年的吧,当时约翰刚走不久。"

可以说,那是她此生的一大遗憾,自己最乐于抚摩、聆听、观赏的对象,当时却没能陪伴在身边。约翰远远地留在了芳草茵茵的乡间,被装进小盒子里,刻上生卒年月,葬于青草之下。他的遗物不多,只有一顶丝绸高帽、一根手杖,外加衣橱里的一套高级西装,其余的诸多遗物已被衣蛾蛀噬殆尽。

好在她把能攒的都攒了起来。不论是压在超大号黑色行李箱底、被樟脑球包围的皱巴巴的粉红大花裙子,还是自幼一直陪伴她的刻花玻璃盘子——五年前统统随她搬来了这座镇上。她丈夫生前在许多小镇上拥有房产对外出租,而今她逐一搬去居住、售卖,像颗泛黄的象牙棋卒,没有退路。现在,她来到这座陌生的小镇,身边唯有几只行李箱和家具,这些阴沉丑陋的东西蹲在她身旁,好似史前动物园里的生物。

孩子们的异常反应发生在仲夏。本特利太太出来给前门廊上的常青藤浇水时,看见两个身穿浅色衣服的小姑娘摆成"大"字躺在她家草坪上,旁边还躺着一个小男孩,尽情享受青草微微刺肤的酥痒。

本特利太太舒展僵滞蜡黄的脸朝他们微笑,正当这时,街角那边开来一辆冰淇淋车,它像一群精灵翩然而至,叮咚奏响冰爽的音律,如同乐师敲击水晶杯那般清脆通透,诱惑着所有人。孩子们不约而同地坐起,转头,好似向日葵追寻太阳。

---

[1]卡鲁索(E. Enrico Caruso, 1873—1921),意大利男高音歌唱家。——本书所有注释均为译注。

本特利太太便喊道："想吃吗？这边！"冰淇淋车停下来，她掏钱买了几支原味"冰川时代"。孩子们嘴里含着冰棍说谢谢，眼睛飞快地从她扣得严严实实的鞋子一直瞟向她的白发。

"你不尝一口吗？"男孩问。

"不了，孩子。我这么老，浑身早僵了，就算最热的天气也融化不了我喽。"本特利太太笑答。

三人举着微型冰川回到阴凉的门廊前，在休闲长椅上排排齐坐。

"我叫艾莉丝，她叫简，他叫汤姆·斯伯丁。"

"真乖。我是本特利太太，以前人们叫我海伦。"

他们全盯着她。

"你们不相信我叫海伦？"老太太问。

"我以为老奶奶都没有名字呢。"汤姆眨眨眼说道。

本特利太太干巴巴地笑了笑。

"他是说，从来没听过别人直呼老奶奶的名字。"简替他解释。

"亲爱的，等你像我这么老的时候，人们也不会叫你'简'了。年轻人面对老年人总是端庄得可怕，'太太'来'太太'去，不喜欢叫'海伦'，好像那样翻多少嘴皮子似的。"

"你到底多大年纪？"艾莉丝问。

"我见过翼指龙。"本特利太太微微一笑。

"什么呀，你多大岁数？"

"七十二。"

他们又对着手里的甜品长长地吮了一口，显然是故意的。

"确实很老。"汤姆评论道。

"回想我像你们这个年纪的时候，世界和现在也没什么不一样。"老太太说。

"我们这个年纪？"

"对呀。我以前也是个黄毛小丫头，就跟你一样，简，还有你，艾莉丝。"

她们没有答话。

"怎么了？"

"没什么。"简站起身。

"啊，没必要这么快就走吧，我说，你还没吃完呢……哪里不对吗？"

"妈妈说撒谎不是好孩子。"简答道。

"当然了，撒谎是个很坏的习惯。"本特利太太表示同意。

"她也叫我不要听别人的谎话。"

"谁跟你说谎话了，简？"

简盯着她看了一会儿，又紧张地扭开头。"你啊。"

"我？"本特利太太笑了，伸出枯皱的手爪按在自己瘦弱的前胸，"我撒什么谎了？"

"你乱讲年龄，说你当过小女孩。"

本特利太太一下僵住了。"可我确实当过小女孩呀，好多年前，就跟你一样。"

"走吧，艾莉丝，汤姆。"

"稍等一会儿，"本特利太太叫住她，"你不相信我？"

"怎么说呢，"简答道，"不信。"

"这么想多可笑！每个人都年轻过嘛，再正常不过了！"

"你没有。"简嗫嚅道，双眼望地，几乎是自言自语。手里的

25

小木棒掉进了门廊地面上的一洼香草味的水渍里。

"可是我当然有过八岁、九岁、十岁的时候呀，就跟你们每个人一样。"

两个女孩短促地笑了一声，迅速收住口。

本特利太太眼里光华闪耀。"唔，我可不能浪费一个上午跟十岁小孩争辩。我也有过十岁的时候，也这么傻，不言而喻。"

两个姑娘笑了。汤姆面露不安。

"你在跟我们开玩笑呢。"简咯咯笑道，"你不会真有过十岁的时候吧，本特利太太？"

"你们赶紧回家吧！"老妇人突然大叫起来，她再也无法忍受她们的眼神了。"我可不是给你们取笑的。"

"你的名字不会真的叫海伦吧？"

"当然叫海伦了！"

"再见。"两个女孩说完，咯咯笑着跨过大片阴凉笼罩的草坪，汤姆慢慢地跟在她们身后。"谢谢你请我们吃冰淇淋！"

"我小时候也玩跳房子！"本特利太太追着他们大叫，可他们的身影已然消失了。

这天剩余的时间里，本特利太太把烧水壶摔来摔去，声势浩大地准备着寡淡的午餐，还时不时去一趟前门，希望能抓住那些专程来取笑她的无礼小恶魔。眼看傍晚已经降临了。不过，就算他们出现，她又能对他们说什么呢？她何必为他们而自扰？

"怎么想的呀！"本特利太太对印着繁复蔷薇图案的精致茶杯说道，"还从来没有谁怀疑过我以前不是小孩。多么愚蠢，多么恐怖的想法！我倒不在乎年老——不太在乎——可是要将童年从我身上剥夺，那真是太讨厌了。"

她似乎看见孩子们在黢黑幽深的树荫底下跑开，冷漠的指间攥着她如空气一般无形的青春。

晚餐后，她铺开一张洒了香水的方巾，收拾了一些物件放到上面。其间，她莫名地久久注视自己的双手，仿佛不受意识左右。这两只手虚无缥缈，好像降神会中凭空浮现的一双手套。然后她走向前门廊，在那儿一动不动地呆站了半小时。

孩子们突然飞奔而过，犹如夜鸟降临。听到本特利太太的呼唤，他们匆忙停下脚步。

"什么事呀，本特利太太？"

"上门廊这儿来！"她招呼他们过来，于是姑娘们爬上台阶，汤姆跟在后面。

"怎么了，本特利太太？"他们重重地咬字，犹如低音钢琴和弦，刻意强调，好像她就叫"本特利·太太"似的。

"我有些宝贝给你们看。"她解开洒了香水的方巾，偷偷瞥一眼，装作按捺不住好奇的样子。她从中取出一把钗梳，精致小巧，边缘镶嵌的水钻璀璨夺目。

"这是我九岁时戴过的。"她说。

简把它放在手心，翻来转去地看，赞叹道："真漂亮。"

"给我们也看看！"艾莉丝大叫。

"这儿还有只小戒指，我八岁的时候戴过。"本特利太太说，"现在套不上手指了。你们看里边，有比萨斜塔。"

"瞧它多斜啊！"姑娘们来回传看，最后，简把它套上指头。"哎呀，刚好能戴上！"她惊呼。

"钗梳戴我头上也恰好合适！"艾莉丝大吸一口气。

本特利太太拿出一把石子儿。"看，"她说，"我小时候玩的。"

她伸手一抛，它们在门廊上散成不密不疏的一个星座。

"再看这儿！"她得意地亮出杀手锏，那是她七岁时拍的一张明信片照，儿时的她身穿黄色裙装，像只黄蝴蝶。她梳着金色卷发，大睁着玻璃般澄净的蓝眼睛，嘟着嘴，脸庞就像小天使。

"这个小姑娘是谁？"简问。

"是我呀！"

两个姑娘凑近了仔细看。

"可她长得不像你。"简直白地说道，"谁都可以随随便便找到一张这样的照片。"

她们盯着她看了好久。

"还有别的照片吗，本特利太太？"艾莉丝问，"有没有你长大一些的照片呢？十五岁的、二十岁的、四十岁的和五十岁的？"

两个姑娘咯咯轻笑。

"我才没必要给你们看什么别的呢！"本特利太太说。

"那我们也没必要相信你。"简回答。

"可这张照片就证明我年轻过！"

"那是像我们这样的另外一个小女孩，你找人借来的。"

"我结婚也是在年轻的时候！"

"那本特利先生去哪儿了？"

"他已经走了很久了。要是他还在，他就会告诉你们，我二十二岁的时候是多么年轻漂亮。"

"可他不在了呀，也没法说话了，又怎么证明呢？"

"我有结婚证。"

"那照样可以借啊。只有一种方法能让我相信你年轻过。"简闭上眼睛,以明确表示自己有多肯定,"那就是,有人亲口说见过你十岁时的样子。"

"小时候见过我的人有千千万,小傻瓜,可他们要么死了,要么病重,在其他城市疗养。我搬来这里才几年,在这里没有一个故友,所以没人见过我年轻的时候。"

"喔,那不就对了!"简朝两个小伙伴挤挤眼睛,"没人见过她!"

"听着!"本特利太太抓住小姑娘的手腕,"这些话可由不得你不信。有一天你会跟我一样老,人们也会这样对你。'啊,不可能,'他们会说,'秃鹫可不是蜂鸟变的,猫头鹰不是黄鹂变的,鹦鹉也不可能是蓝鸲变的!'到时候你也跟我一样!"

"不,我们才不会哩!"姑娘们说。"会吗?"她们向彼此发问。

"等着瞧吧!"本特利太太说。

同时,她暗自思忖,啊,老天,孩子就是孩子,老太婆就是老太婆,中间没有过渡阶段。她们无法想象自己从未亲眼见过的改变。

"难道你没有注意到,"她对简说,"这么多年来,你母亲的面貌也有变化吗?"

"没有啊。"简回答,"她一直是那样。"

的确如此。生活在一起的人,天天打照面,好像一点都不会变似的。只有出远门好几年的人才会有惊人的改变,好比乘坐一列轰鸣的黑色火车旅行七十二年之后终于抵达月台,人人见了她都不免会惊呼："海伦·本特利，是你吗？"

"我觉得我们该回家了。"简说，"谢谢你送我戒指，戴上正合适。"

"谢谢你送我钗梳，真不错。"

"谢谢你送我小女孩的照片。"

"回来——你们不能拿去！"本特利太太朝着跑下台阶的她们大喊，"那是我的东西！"

"别这样！"汤姆跟在小姐姐们身后说道，"还回去！"

"不，这些是她偷的！这些是别的小女孩的东西，她偷来的。谢谢了！"艾莉丝大叫道。

于是，任凭她在她们身后怎么喊，姑娘们还是头也不回地离去了，就像飞蛾隐没于黑夜。

"很抱歉。"汤姆站在草坪上仰头看着本特利太太。说完，他也走了。

她们抢走了我的戒指、我的钗梳、我的照片。本特利太太想着，站在台阶上瑟瑟发抖，啊，我感觉好空虚，好空虚，我失去了人生的一部分。

她睁着眼睛在床上躺了好几小时，直至深夜。那些行李箱和细碎小物件伴她左右。她望着一沓沓整齐的资料、玩具、戏票根，大声说道："它们真的属于我吗？"

还是说，这只是一个老太婆为了让自己相信曾有过去而变的一个以假乱真的戏法？毕竟，一段时间只要流走，就无法重来，人总是处于当下。她也许曾经是小女孩，但如今早已不是。她的童年已然过去，再也无法挽回。

30

一阵夜风吹进房间，白色窗帘翻飞，拂动近处墙上靠着的一根黑色手杖——这两者都是收藏多年的宝贝了。手杖颤动了几下，伴着一声轻响，倒在一方月华之中，杖上金箍幽幽泛着光。这根她丈夫上剧院时用的手杖，此刻好像正被他拿在手里指着她。在他们鲜有的意见不合的时候，他就喜欢这样指着她，温柔而伤感地道出理性的话语。

"孩子们说得对。"他肯定会说，"那不算偷，亲爱的。那些东西的主人不是此时此地的你。它们只属于很久以前的你，另一个你。"

哎，本特利太太感叹。随后，她记起了和本特利先生的一次对话，感觉好似一张古旧的留声机唱片放在铁制唱针下吱吱旋转一般。本特利先生的形象逐渐浮现，他面色红润，衣着整洁，翻领西装打理得一尘不染。他如此说："亲爱的，你永远不肯去领会时间的意义，对吧？你老想融入收攒的旧物之中，却不愿做今晚的自己。你收藏这些票根和戏目单做什么呢？它们将来只会伤害你。都丢了吧，亲爱的。"

可本特利太太仍固执地留着它们。

"没用的。"本特利先生呷了一口茶，继续说道，"不管费多大力气挽留从前的自己，你终究只能处于此时此地。时间对人施了催眠术。九岁的时候，你以为自己过去、现在和将来永远九岁；三十岁的时候，又好像恒常都笼罩在中年的明亮光轮里。然后，等你满七十岁了，又感觉过去、现在和将来永远是七十岁。当下的你总爱抱着年轻或年老的某个时刻不放，却看不见真实的现在。"

他们平静的婚姻里极少有争执，难得吵一次，双方也心平气和。他向来都不赞许她收集那些小藏品。"做当下的自己，将过去埋葬。"他曾说，"攒票根只是自欺欺人，就像拿镜子变戏法一样虚假。"

要是他今晚还活着，会怎么说呢？

"你这是作茧自缚。"他肯定会这么说，"打个比方，就像攒了一堆不合身的束身衣，那些东西有什么保留的价值呢？你根本没法证明自己真的年轻过。照片？没用的，照片并不真实，你也不等于照片。"

"公证文件呢？"

"也不行，亲爱的，你并不等于那些日期、油墨，或者纸张，你也不是行李箱里那堆破烂和灰尘。你就是你，此时此地的你——当下的你。"

本特利太太向着记忆颔首，呼吸渐渐平稳。

"好，我懂了，我明白了。"

金箍手杖无声地躺在洒满月光的地垫上。

"明早，"她对手杖说，"我会给所有一切来个了结，从此定下心来做当下的自己，不再去奢想其他的年华。对，就这么办。"

她睡着了……

清晨天光明媚，绿意盎然。门口，两个小姑娘在纱窗前轻盈地跳跃。"还有什么要给我们的吗，本特利太太？还有没有小女孩用的东西呢？"

她带着她们走过客厅，来到书房。

"拿上这个。"她递给简一条裙子，那是她十五岁时参演《官家闺秀》的行头。"还有这个，这个。"一只万花筒、一个放大

32

镜。"想要什么就拿去。"本特利太太说,"书啦,溜冰鞋啦,洋娃娃啦,什么都行——全归你们了。"

"归我们了?"

"全给你们。能帮我个小忙吗?只要一小时。我要在后院点一场大火,清空行李箱,再把这废物丢给收垃圾的人。它不属于我,这些东西不属于任何人。"

"我们愿意帮忙。"她们说。

于是本特利太太领头,一行人来到后院,旧物抱了满怀,她手里拿了个火柴匣。

整个夏天剩余的日子里,都能看见两个小姑娘和汤姆坐在本特利太太的前门廊上等待,好似电线上的一排鹡鸰。每当冰淇淋车银铃般的叮咚声入耳,前门随即打开,本特利太太飘然而出,一手探入钱包的银质开口伸向深处。接下来的半小时,一老三少便坐在门廊上,将冰爽的巧克力雪糕放进焦热的嘴里,欢笑着一起品尝。他们终于成了好朋友。

"你多大年纪了,本特利太太?"

"七十二。"

"五十年前你多少岁呀?"

"七十二。"

"你从来没年轻过吧?从来没扎过绸带,也没穿过这样的连衣裙吧?"

"是的。"

"你姓本特利,那名字叫什么呢?"

"我就叫本特利太太。"

"你一直都在这一栋房子里住吗?"

33

"一直在这儿。"

"从来没青春靓丽过?"

"从没有过。"

"千亿万万年以来都没有过吗?"两个姑娘将身子朝本特利太太的方向探过去,在夏季午后四点的逼人沉默中等待答案。

"没有。"本特利太太说,"千亿万万年来一直是这样。"

旅程时光

刊于《神奇宇宙》（*Fantastic Universe*）

1953 年 6/7 月

时雨 译

一阵风吹过几人激动的面庞，数年光阴转眼逝去。

时间机器停了。

"1928 年。"珍妮特说道。两个男孩越过她看向外面。

菲尔兹先生开口道："记住，你们来这里是为了观察古人的行为。好奇一点儿，聪明一点儿，好好观察。"

"是。"女孩与男孩们回答道。他们穿着整洁的卡其色制服，留着同样的发型，戴着同样的手表，踩着同样的便鞋。尽管相互间并无血缘关系，他们却有着同样的发色、眼睛、牙齿与肤色。

"嘘！"菲尔兹先生说。

几人望向外面这座伊利诺伊州的小镇。时值春季，清早微凉的薄雾笼罩在街道上。

大理石般米黄色的月亮洒下清辉。远远望去，一个小男孩借

35

着最后一缕月光沿街跑来。远方某座大钟敲响早上五点的钟声。男孩穿过安静的草坪，留下浅浅的网球鞋印。他一步步迈到隐形的时间机器附近，抬头朝漆黑高楼上的一扇窗户呼喊。

窗户开了，另一个男孩从屋顶爬下来。两个男孩塞了满嘴的香蕉，跑远了，身影消失在凉爽昏暗的拂晓之中。

"跟上他们，"菲尔兹先生悄声说，"研究他们的生活模式。快！"

珍妮特、威廉与罗伯特奔跑在春天凉爽的街道上。这会儿他们露出身形，穿过沉睡中的小镇，穿过公园。到处灯光闪烁，房门咔嗒作响，其他孩子或是独自飞奔，或是两两结对，气喘吁吁地跑下山，来到几条泛着微光的蓝色轨道前。

"来了！"黎明前孩子们一直在那里漫无目标的乱转。闪光轨道的尽头，一盏小灯闪了几下，转眼化作蒸汽的轰鸣。

"那是什么？"珍妮特尖叫道。

"是火车，蠢材，你见过这东西的图片。"罗伯特大喊。

在几位时间之子的注视下，体格庞大的灰色大象走下火车，颇具气势地朝街上喷洒水花，向拂晓的天空举起鼻子，卷成一个问号。金红两色的笨重货车缓缓滚下长长的货运平板。狮子大吼一声，在昏暗的笼子里踱来踱去。

"呀，这肯定是一个——马戏团！"珍妮特的声音在颤抖。

"你真这么想？后来马戏团怎么了？"

"我猜就像圣诞节，那节日在很久以前就消失了。"

珍妮特环顾四周。"噢，这糟透了，不是吗？"

两个男孩愣愣地站在原地。"当然。"

男人们在清晨第一缕微光中呼喊。卧铺车缓缓停靠，车内睡眼惺忪的人眨眼看向窗外的孩子们。往来的马蹄嘚嘚，犹如一大片石头滚落在人行道上。

菲尔兹先生突然出现在几个孩子身后。"竟然把动物关在笼子里，真是令人作呕、野蛮粗暴。我要是知道这次会停在这儿，绝对不会让你们来看。这是一种可怕的仪式。"

"噢，是的。"然而珍妮特的眼中露出困惑的神色，"可是，您知道的，这就像一窝蛆。我想研究它们。"

"我不知道，"罗伯特的眼神飘忽不定，手指发抖，"这相当疯狂。我们可以试着以此为题写一篇论文，要是菲尔兹先生认为可以的话……"

菲尔兹先生点点头。"我很高兴你们愿意研究这里。找出动机，研究这恐怖的世相。好吧——我们今天下午去看马戏表演。"

"我想我要吐了。"珍妮特说。

时间机器嗡嗡作响。

"所以刚才看的就是马戏表演。"珍妮特严肃地总结道。

马戏团长号的喧闹早已不在他们耳中回响。他们最后有幸看见的是旋转的粉色空中飞人，当时扑了一脸白粉的小丑在下面又跳又叫。

"所有那些肮脏动物的气味，那种刺激，"珍妮特眨眨眼，"对孩子们很不好，不是吗？和孩子们坐在一起的那些成年人，他们称为母亲、父亲。噢，太奇怪了。"

菲尔兹先生在班级成绩册里写下了几个分数。

珍妮特淡漠地摇摇头。"我想全部重看一遍。我遗漏了某处的动机。我想再次穿过那个清早的小镇。脸上凉爽的空气，脚下的人行道，慢慢驶进站的马戏团火车。是不是清晨的空气与时光

37

让那些孩子起床跑去看火车进站的？我想归纳出整个模式。他们为什么感到兴奋？我觉得我没能回答这个问题。"

"他们都笑得太开心了。"威廉说。

"一群狂躁抑郁症患者。"罗伯特说。

"暑假是什么？我听见他们在谈论这个。"珍妮特看向菲尔兹先生。

"他们在互殴中度过整个夏天，比赛谁更像白痴。"菲尔兹先生严肃地回答。

"我随时都可以为这些孩子把国家设计好的夏季日程拿过来。"罗伯特眼神空洞，声音微弱。

时间机器再次停下。

"1928 年 7 月 4 日，"菲尔兹先生说道，"独立日，一个古代节日，人们会在这一天炸飞彼此的手指头。"

这是一个柔和的夏夜，他们来到同一条街的同一栋房子前。火轮嘶嘶作响，前廊里哈哈大笑的孩子们扔出什么东西，砰一声炸开！

"别跑！"菲尔兹先生喊道，"这不是在打仗，别害怕！"

珍妮特、罗伯特与威廉原本粉红的脸色吓得发青，这会儿又泛成烟花的白色。

"我们没事。"珍妮特一动不动地站着。

"幸好，"菲尔兹先生说，"一百年前政府下令严禁燃放烟花，彻底结束了这种乱燃乱放的情况。"

孩子们跳起精灵舞，用白色的烟火在夏夜的空中将自己的名字与命运编织在一起。

"我也想试试，"珍妮特轻声说，"在空中写下我的名字。瞧见没？我也想试试。"

"什么？"菲尔兹先生根本没听她说话。

"没什么。"珍妮特说。

"砰！"威廉与罗伯特模仿着爆竹炸开的声音。他们站在夏天的绿树下，站在树荫里，注视着夏夜草坪上绽放的烟花，红的、白的、绿的，美不胜收。"砰！"

十月。

一小时之后，时间机器最后一次停下，来到了十月。人们搬着南瓜与禾束堆匆匆走进昏暗的房子。骷髅乱舞，蝙蝠飞翔，烛光摇曳，苹果悬挂在空空的门廊里。

"万圣节，"菲尔兹先生说，"惨状的顶点。你们知道的，这是个迷信的时代。之后政府禁了格林童话、幽灵、骷髅，以及所有哗众取宠的把戏。感谢上帝，你们这些孩子都是在没有幽灵与鬼魂的理性世界里长大的。你们能过那些体面的节日，比如工作节与机器节。"

在十月空荡荡的晚上，他们又来到同一栋房子前，凝视里面的三角眼南瓜灯、漆黑阁楼与潮湿地窖里斜睨着他们的面具。这会儿，房子里面正在举办宴会。孩子们蹲坐在地上讲着故事，开怀大笑。

"我想和他们一起待在里面。"最后珍妮特说道。

"当然，这有利于社会学研究。"男孩们说。

"不。"她说。

"什么？"菲尔兹先生问。

"不，我只是想待在里面，想看着这一切，留在这里，不再去其他任何地方。我想要烟花、南瓜灯和马戏团，想要圣诞节、情人节和独立日，就像我们看到的那样。"

"这不是我们能控——"菲尔兹先生话音未落，珍妮特突然跑了。

"罗伯特、威廉，快来！"她跑起来。男孩们一跃而起追上她。

"等等！"菲尔兹先生大喊，"罗伯特！威廉，我抓住你了！"他逮住最后一个男孩，但另一个逃掉了。"珍妮特、罗伯特——回来！你们永远没法升七年级！你们会不及格的，珍妮特、鲍勃——鲍勃！"

十月的风猛吹过街道，和孩子们一起消失在沉吟的树间。

威廉挣扎，踢腿。

"不，你不能也跑了，威廉，你要和我一起回家。我们会给那两个孩子一生难忘的教训。他们想留在过去，是吧？"菲尔兹先生大喊，好让所有人都听得分明，"很好，珍妮特、鲍勃，你们就留在这可怕的地方，留在这混乱中吧！不出几周你们就会哭着回到这儿来找我。但我马上就要走了！留你们在这个世界里慢慢崩溃！"

他带着威廉匆匆回到时间机器里，男孩一直哭个不停。"时空远足千万别再带我来这儿了，求您了，菲尔兹先生，求您——"

"闭嘴！"

时间机器瞬间消失而去，驶向未来，驶向蜂巢状的地下城，驶向金属建筑、金属鲜花、金属草坪。

"再见，珍妮特，鲍勃！"

十月冰冷的风如水般扫过小镇。风停时，所有孩子都走进离

40

他们最近的房门，不管是受邀请的还是没受邀请的，戴面具的还是没戴面具的。夜里无论何处都见不到跑在外面的孩子。风吹得光秃秃的树顶哗哗作响。

而在那栋大房子里，在烛光下，有人正给大家倒清凉的苹果酒，无论面前的人是谁。

亲爱的阿道夫

收录于短篇集 *Long After Midnight*
1976 年
曹浏 译

人们都在等着他露面。他从正午开始就坐在那间看得见山景的巴伐利亚小酒馆里喝啤酒。时间不知不觉到了两点半，按说该是酒足饭饱的时候了，他却依然兴致勃勃、有说有笑。他又拿起一大杯啤酒，啤酒泡沫在春天的微风里洋溢。而他身边的两个人看起来就明显不胜酒力了，只是尽量应酬着。

偶尔一阵风飘过，夹杂着他们的只言片语，在酒馆外停车场里等待的人们纷纷侧耳去听。他刚才说了什么？现在又在说什么呢？

"他刚才说快要杀了。"

"杀啥？在哪儿？！"

"别瞎想，是杀青，电影拍摄得很顺利。"

"那坐在他旁边的是导演喽？"

"对。另外那个垂头丧气的是制片人。"

"他看起来可不像个制片人。"

"可不是嘛！他才整过鼻子。"

"可是你看那个演员，打扮得逼真极了，不是吗？"

"从头发到牙齿都一模一样。"

每个人都好奇地向那三个人张望：一个看起来不符合身份的制片人；一个不时扫视一眼人群，又闭上眼睛垂下头打瞌睡的导演；然后是坐在他俩中间的那个人，他身着制服，袖子上别着卐字徽章，精致的军帽摆在桌上。帽子旁边放着的午餐都没怎么动，想必是因为他一直口若悬河讲个不停，不，准确地说是"演说"个不停。

"哎哟喂，那可不是元首嘛！"

"上帝啊，真是仿佛昨日重现。简直不敢相信现在已经 1973 年了，分明还像 1934 年第一次见到他的时候。"

"你在哪儿见过他？"

"纽伦堡党代会，在会场里。我记得当时是秋天，我才十三岁，是希特勒青年团的一员。那天傍晚，我就和十万名团员一起在那个大会场里守候着，等待火炬点燃仪式。有那么多军乐队，那么多旌旗，那么多心跳声，是的，我跟你说，每颗心脏怦怦的搏动都能听得一清二楚。当他从云端走下来的时候，所有人都陷入了痴狂。他是上帝派来的，我们知道不用再等待了，是时候行动了，有他的扶持，没有什么是我们做不到的。"

"我想知道里边那个扮演他的演员有什么想法。"

"嘘，他会听见的。看，他在招手。快给个反应啊。"

"快住嘴，"边上有人说，"他们又开始说话了，让我听听——"

人群安静了下来。男男女女个个伸直了脖子，等着轻柔的春风卷携着声音从酒馆那边吹过来。

一名年轻的女服务生正在为他们倒啤酒。她双颊绯红，一双眼睛明亮似火。

"再来一杯！"那演员留着一撮方形短髭，头发整齐地梳向额头左侧。

"不了，谢谢。"导演婉拒道。

"不，我也不喝了。"制片人接口说。

"再来一杯吧！多美好的一天，"阿道夫说，"为电影干一杯，也为我们，为我，干杯！"

那两个人只好又抓起啤酒杯。

"为这部电影干杯。"制片人说道。

"为可爱的阿道夫干杯。"导演语气很平淡。

穿制服的那人一下子僵住了。

"我可不觉得我自己——"他犹豫了一下，"不觉得他可爱。"

"他很可爱的好吧，你也一样。"导演大口喝起了酒，"倘若我大醉而归，没人介意吧？"

"你不许喝醉。"元首说道。

"剧本上哪儿写了这条？"

制片人在桌下踢了导演一脚。"你觉得我们还有几周能完工？"制片人刻意礼貌地问道。

导演又喝了一大口啤酒，说道："电影大概要拍到魏玛共和国第二任总统兴登堡之死，或者是新泽西的兴登堡号飞艇空难。反正哪个先发生就拍到哪儿。"

44

阿道夫·希特勒弯下身子，一口接着一口，默不作声地只顾嚼肉排和土豆。

制片人长叹了一口气。导演似乎意识到了什么，赶紧缓解尴尬的气氛。"再过三周这部巨作就能完成了。到时我们就会乘着泰坦尼克号回家，撞上犹太人抗议的冰山，然后我们就英勇地高唱《德意志高于一切》逐渐沉没。"

说着三个人突然都狼吞虎咽起来，大口消灭盘里的食物。春日清风依旧徐徐吹过。人群还在酒馆外等待着。

终于，元首停下了，又嘬了一小口啤酒，靠着椅背，用手指摸胡子。

"这样的一天让我再兴奋不过了。昨晚的样片实在太精彩了。演员阵容也更是没的说！我觉得戈林塑造得简直棒极了。戈培尔更是堪称完美！"阳光照耀在元首脸上。"于是我昨晚在想，作为一个纯雅利安人，我此刻在巴伐利亚——"

另外两个人不禁打了个寒战，等着他后面的话。

"在这儿拍电影，"希特勒接着说，暗自发笑，"而且是和来自纽约和好莱坞的两个犹太人合作。真有意思。"

"我可不觉得有意思。"导演面无表情地回答。

制片人瞪了他一眼，好像在说：电影还没拍完呢，你说话注意点儿。

"我有个好主意，一定很有趣……"元首顿了一下，喝下一大口啤酒，"重演一次纽伦堡党代会怎么样？"

"你意思是，在电影里重现对吧？"

导演目不转睛地盯着希特勒，后者若有所思地凝视着杯里的啤酒泡沫。

"我的老天，"制片人说，"你知道重拍纽伦堡党代会得花多少钱吗？马克，希特勒当时花了多少钱？"

他冲导演挤挤眼。导演立刻表示："很多。当然了，他还有许多免费的群众演员呢。"

"没错！军队和希特勒青年团。"

"是的，是的，"希特勒说，"但想想看，这一定会轰动全球的。我们去纽伦堡吧，怎么样？去拍我的飞机，你说呢，去拍我从云端走下来吧？我刚才听见外面的人说起了纽伦堡、飞机和火炬。他们还记得，我也还记得。我在会场里高举着火炬。上帝啊，那感觉实在太棒了。而现在，现在我正值希特勒最辉煌时的年纪。"

"他从来没辉煌过，"导演说，"除非你指的是屠夫一般杀人如麻。"

希特勒放下酒杯，他的脸有些充血，但还是硬挤出一个笑容，咧咧嘴强行抑制了这股亢奋劲儿。"当然，这不过是个玩笑。"

"不过是个玩笑。"制片人用腹语假装模仿起来。

"我在想……"希特勒接着说道，视线又落在天边的云上，仿佛看到了当年的景象。"如果我们下个月就拍，如果天公作美的话，想想看该有多少游客来观摩我们拍摄！"

"是啊。马丁·鲍曼说不定都能从阿根廷赶过来。"

制片人又瞪了导演一眼。

希特勒清了清嗓子，好不容易把话憋出来："至于开销问题，如果你提前一周左右在纽伦堡的报纸上发布一条小小的广告，就这么大一块版面！就会有一大帮群众演员来，而且一天只要付五

46

毛钱，不，两毛五，不不，根本一分钱也不用出！"

元首喝完了杯里的酒，又要了一杯。女服务生麻利地倒酒。希特勒打量起他的两个伙伴。

"你知道吗，"导演说着咬牙切齿地坐直了身子并往前倾，眼睛里燃着怒火，"你可真是愚蠢得令人无奈又狡黠得让人害怕，真是无可救药了。老兄，你总是会冒出一副贪婪的嘴脸，拖着哈喇子到处晃悠，阳光一照黏糊糊的臭死了。阿切，你听听。元首刚才放了个响屁。"

导演跳起身来开始踱步。

"就靠这么一个小小的广告，纽伦堡可就要炸开锅啦！积了灰的制服都会被拿出来，看看养出了啤酒肚的老兵们穿还合不合身！破旧的袖标也给拿来绑在发福的手臂上！还有老款的军帽也是，一顶顶都绣着纳粹鹰，胖头胖脑的家伙们撑破了也要戴！"

"我受不了了——"希特勒喊道。

他准备站起身来，可是制片人按住了他的手臂，而导演拿起一把餐刀死死顶着他的心脏。

"你给我坐下。"

导演的脸凑上来，离元首的鼻子不到两英寸。他只得慢慢地坐回去，面红耳赤，直冒虚汗。

"哦，我的老天，你真是个天才，"导演说，"你的人肯定会来。可不是那些年轻的，不，是那些老鬼子。曾经的希特勒青年团现在得和你一般大了，那些脑满肠肥的老家伙们会扬起手臂喊'胜利万岁'，相互敬礼，然后傍晚举着火炬在会场里迈军步，感动到几乎把自己哭瞎。"

导演转向了制片人。

"我和你说，阿切，咱们这个希特勒平时满嘴胡话，不过这次他可说对了！如果这次我们不拍纽伦堡党代会，我就不干了。说真的。我会就这么一走了之，让阿道夫掌管一切，然后让他自己拍那该死的电影！话我就撂在这儿了。"

说完，他一屁股坐下。

制片人和元首都震惊了。

导演灌下杯里的啤酒。"再他妈给我拿一杯来。"

希特勒喘着粗气，将刀叉一把甩开，用力蹬开自己的椅子。

"我没法和你这种人坐在一起吃饭！"

"是吗，你这杂种，"导演骂道，"那就由我拿酒杯喂你，你负责舔就好了。"导演抓起啤酒推到元首嘴边。酒馆外汹涌的人群都倒吸一口凉气。导演攥着希特勒的衣领，把他拽向自己，喘不过气的元首直翻白眼。

"你倒是喝啊，浑蛋，这不是你们德国人的玉露琼汁吗！"

"伙计们，伙计们……"制片人劝道。

"你闪开！这个纳粹酒鬼坐在这喝着你的啤酒，你知道他心里却在想些什么？今天歼灭欧洲，明天踏平世界！"

"不，不，马克！"

"不，快住手！"希特勒喊道，眼珠紧紧盯着攥住他制服的那只拳头。"扣子，扣子——"

"好吧，你这可怜虫，我饶了你。阿切，你看看他！看看他头上滚下的汗珠，再看看他腋下那汗渍。他这么汗如雨下就是因为我看透了他的心思！'明天就当踏平全世界！'去把布景搭好，让他主演。一个月后，就让他从云端走下，进入会场。军乐队、火炬，要啥有啥。去请那个拍《意志的胜利》的莱妮·里芬施塔尔来，让她教教我们当初她是怎么拍纽伦堡党代会的。对，就是希特勒的那个朋友，那个女导演。当年她用了五十部摄像机，整整五十部，就为了收买人心，让所有德国人替纳粹卖命。给希特勒穿上那旧皮衣，戈林要大腹便便，戈培尔得像受伤的猴子那样走路。然后，在黄昏的会场里，让这三个历史上最臭名昭著的混账家伙登场，情景再现，让这个浑蛋站到最前面去。你看这个家伙一双死鱼眼，你知道他那个垃圾场一样的脑袋里现在盘算着什么吗？"

"马克，马克，"制片人克制地闭上眼睛，颤抖着，咬着牙轻声说，"快坐下。外边人都在看着呢。"

"让他们看！你！醒醒！你别闭着眼睛对着我！我对你睁一只眼闭一只眼很久了。现在你可给我注意了！"

导演泼了希特勒一脸啤酒，后者不由睁大眼睛又翻起了白眼，气得满脸通红。

窗外的人群不禁嘶嘶地倒吸凉气。

导演听到这声音，斜睨着人群冷笑。"真好笑。他们不知道是进来好还是站着不动好，不知道你到底是真是假，老实说就连我也不知道。该死的浑蛋，明天就圆了你的元首梦。"

接着他又往那男人脸上泼了好几次啤酒。

制片人坐在椅子上扭开了头，假装在掸领带上并不存在的面包屑。"马克，看在上帝的分上——"

"不，我是认真的，阿切博尔德。这个家伙穿上一件值几毛钱的军装，再谈个好价钱演上四个星期希特勒，就妄想在我们把会场布置好的时候，他能把时间转啊转啊转回去，再做一回纳粹，成为犹太人的噩梦。你能想象吗，阿切？这只臭虫会走上前去，冲着麦克风大喊，然后台下会群情激昂地回应，接着他就真的准备接手历史了！就好像这时罗斯福还活着，丘吉尔尚在人间，就好像他还有机会翻盘——不过他多半会成功，因为这次他可不会止步于英吉利海峡了。管他会死多少德国子弟，他定要踏平英格兰，扫荡全美国。嗯？阿道夫，这不正是你那雅利安脑瓜里所想的吗？不是吗？"

希特勒一时说不出话，只是吐着舌头发出不满的嘘声。不过，最终他还是爆发了："对！没错，小子！看我不煮了你！你胆敢对元首动粗！党代会！是的！电影里必须有党代会！我们必须重现这一盛举！飞机！降落！雄壮的大游行！金发的女孩们！莱妮·里芬施塔尔！然后黄昏中的每一辆卡车里、每一个阁楼上都舞动着黑色的袖标，他们将冲上阵去战斗，击碎敌人，带回胜利。是的，没错，我就是元首，我将在党代会上号令一切！我——我——"

这时他已站了起来。停车场上的人群嘶吼着。希特勒转过身去，抬起右手向他们行礼。导演看准了那德国佬的鼻子，一拳挥了过去。接着人群冲了上来，尖叫着，推搡着。

导演和制片人第二天下午四点驱车去了医院。

老制片人丧气地叹了口气，双手捂着眼睛。"为什么，为什么我们得去医院？去看那个疯子？"

导演点点头。

老人叹息道："疯了，都疯了。我从没见过人们如此激动地踢打甚至撕咬。那些暴民差点儿杀了你。"

导演舔了舔肿起的嘴唇，又用一根手指试探地摸了摸被打青

50

的左眼。"我还好。重要的是我揍了阿道夫，而现在——"他坚定沉着地看着前方，"我想是时候去医院了结这一切了。"

"了……了结？"老制片人瞪着他。

"对，了结。"导演缓缓把车转过一个街角。"记得二十年代吗，阿切？希特勒在街上遭了冷枪却没被击中，他也在路上被人揍过却没让人打死，他还曾在炸弹爆炸十分钟前离开了啤酒馆，甚至连1944年官邸中那个公文包里的炸弹都没结果了他。他一辈子运气都那么好，每次都能从石头缝底下溜走。现在，阿切，运气到头了，他再也别想逃了。我要到医院去，叫那些德国佬看到那贱人从医院出来的时候，已经是个只能叫唤的残废了。别想阻止我，阿切。"

"谁要阻止你了？也替我给他一拳。"他们在医院门前停下车，正赶上一位制片助理跑下台阶，他的头发散乱，正瞪着眼睛叫喊。

"老天爷啊，"导演说道，"赌五毛钱，我们的好运气又到头了。我打赌现在朝我们跑来的那个家伙会说——"

"绑架！不见啦！"制片助理喊道，"阿道夫被人带走了！"

"妈的。"

三人围着医院的空床找了个遍，甚至用手摸了摸床单来确认。

一个护士在角落里拧着双手。制片助理含糊不清地说："三、三个人，有三个人，是三个男人。"

"闭嘴。"导演盯着白色的床单，像雪盲一样眩晕起来，"他是被他们架走的，还是平静地跟他们走的？"

"我不知道，说不准，不过，他被带走的时候……正在演讲。"

"演说？"老制片人叫道，狠狠拍了一下自己光光的脑袋。"老天啊，那酒馆已经要控告我们打坏桌子了，现在希特勒可能又会告我们——"

"等等。"导演走上前定睛看着助理，"你说，有三个人？"

"三个人，对，三个男人。"

导演的脑子里突然灵光一现，像是亮起了一盏四十瓦的小灯泡。"啊，是不是有一个国字脸的，下颌突出，眉毛很浓？"

"你怎么知道的……是啊！"

"然后还有一个矮个儿的瘦猴子？"

"对！"

"最后一个是——我想想，是个胖子？"

"你是怎么知道的？"

制片人眨巴着眼看着他们两个。"到底怎么回事？怎么——"

"真是物以类聚，人以群分。衣冠禽兽毕竟要和下三烂搞到一起。跟我来，阿切！"

"去哪儿？"老制片人盯着那空空的床，好像阿道夫随时都会现身一样。

"车的后备厢，快！"

导演站在街上，从后备厢里取出一本德国电影界索引。他扫视着特型演员表。"这儿。"

老制片人看了一眼，脑子里也亮起了一盏四十瓦的小灯泡。

导演又急急翻过几页。"然后是这儿，还有这儿。"

他们站在医院外的寒风里，任凭风吹打着书页，只顾读照片下的注释。

"戈培尔。"老人喃喃道。

"是一个名叫鲁迪·施泰尔的演员演的。"

"戈林。"

"某个叫格洛夫的蹩脚货。"

"鲁道夫·赫斯。"

"弗里茨·丁格尔。"

话音未落，老人合上册子怒气冲冲地开骂。"他妈的！"

"再响点儿，阿切，再骂响点儿，还能有什么比这更好笑的？"

"你是说现在，在这座城市里的某处，有三个失业的笨蛋演员正窝藏着阿道夫，还可能觊觎赎金？那我们给不给钱？"

"我们还想拍完这部电影吗，阿切？"

"老天啊，我真不知道，已经花了这么多钱这么多时间，然而——"老人瑟瑟发抖，无奈地翻着眼睛。"可是万一，我是说万一，万一他们并不想要赎金呢？"

导演点点头冷笑着。"你的意思是，他们难不成是要开创第四帝国？"

"德国那些剩下的纳粹渣渣会挤破头的，如果他们知道——"

"假如施泰尔、格洛夫和丁格尔，也就是说，戈培尔、戈林和赫斯，都跟着阿道夫那个蠢货重新披挂上阵？"

"疯了，这可糟透了！这绝不可能发生吧！"

"从前没人预料到苏伊士运河会堵塞，也没人打算登上月球。没人能知道。"

"那我们怎么办？可不能坐以待毙。快想想办法，马克，快想想！"

"我正在想。"

"想到了吗——"

这回一盏一百瓦的小灯泡在导演眼前亮了起来。他深吸了一口气，然后大笑不已。

"让我来帮他们组织，好让他们起势，阿切！我真是个天才。快来握个手！"

他欢快地叫喊着，抓起老人的手兴奋地晃动，激动的眼泪顺着脸颊流淌下来。

"你，马克，要站到他们那边，帮他们建立第四帝国？"

老人不禁向后退了几步。

"可别打我，请帮助我。想想看，阿切，想想。我们可爱的阿道夫在午餐时说了什么，那些该死的要花钱的事！是什么，什么？"

老人深吸了一口气，屏息片刻，狠狠地呼了出来，脸上只有最后一丝血色。

"纽伦堡？"他问。

"纽伦堡！现在是几月来着，阿切？"

"十月！①"

"十月！十月，四十年前的十月召开了那场无比盛大的纽伦堡党代会。而接下来的这个星期五，阿切，我们就来个大会四十周年庆。我们得在《综艺》杂志上刊登一则广告：党代会将在纽伦堡召开，会场将有火炬、乐队和旗帜。天啊，他一定会来的。就算得开枪打死那些绑架犯，他也会跑来参演他一生中最重要的这个角色！"

"马克，可我们付不起——"

---

①前文提到的故事发生的时间是春季，疑为作者笔误。

"付不起五百四十八块？我们难道没钱登一则广告，再雇上一支军乐队录制一张留声机唱片？才不会，阿切，把电话给我。"

老人从轿车前座底下掏出一部电话。

"该死。"他小声骂道。

"没错，"导演一边打电话一边抱怨，"真该死。"

夕阳正沿着纽伦堡会场的边缘落下，西面整片天空都被染得血红。再过半小时天就要完全黑了，会场当中的小舞台和临时布置起来的那些贯穿会场的黑色卐字旗也都将淡出视野。空气中好似传来人群集会的声音，但会场里空空如也。隐约有鼓乐奏响，却并不见乐团的踪影。

导演坐在会场东面的前排等着，手上握着音响设备的遥控器。他已经在这儿等了两小时，渐渐倦怠起来，开始觉得自己似乎有些傻。他听到老制片人说："我们回家吧。这太愚蠢了，他才不会来呢。"

"他会的。他一定会来。"导演回应道，即便自己心里对此也有些怀疑。

他腿上放着那几张唱片，不时在留声机上轻轻地试音。嘈杂的人声从会场两侧花瓣形的大喇叭里传出来，此时乐队演奏的声音还并不响，高潮得到晚些时候。他继续等待着。

夕阳又沉下了不少，云彩被染得赤红。导演装作对此视而不见，心里却着实不喜欢自然界这种尖刻的讽刺。

老制片人终于坐不住了，开始东张西望。

"就是这儿啊。1934 年，这儿可发生了大事。"

"就是这儿，没错。"

"我还记得那些影片。对，没错。希特勒——应该就站在那儿吧？"

"没错。"

"然后那些个大人啊，男孩啊，女孩啊就在那儿，还有那五十部摄像机。"

"五十部，数数看，五十部啊。老天，我多希望我当时也在这里，看着那些火炬、旌旗、人群和摄像机。"

"马克，你是认真的吗？"

"当然啦，阿切！那样的话我就能跑上前去，像我对付那个猪头演员一样对付我们真正的亲爱的阿道夫了。先照着他的鼻子来一拳，然后打掉他的牙，接着给他肚子来一下子！准备好了吗，莱妮？开始！砰！摄影机注意！啪！这一拳是替伊奇打的。这一拳是艾克的。摄影机在拍吗，莱妮？很好。卡！"

他们站起来，往会场中间看去，风像鬼魂一样在空旷的地上翻弄几张报纸。忽然他们倒吸了一口冷气。会场远处最上面一排，有一个小小的人影出现了。导演激动得要站起来，最终还是克制了自己，坐回原处低下了头。

在当日的最后一丝亮光下，他们看见那个小小的人影跛着脚，身子倾向一边，伸出一侧手臂保持平衡，就像一只受伤的小鸟。

人影踌躇了一下，站在原地。

"快过来啊。"导演轻声说道。

这时人影转过身去，像是要逃走。

"不，阿道夫，回来！"导演不满地喊道。

他下意识地一手按下了音效开关，一手按下了音乐的播放键。军乐队开始轻轻地演奏。看不见的人群熙熙攘攘，有些按捺不住。

远处的阿道夫呆住了。

音乐渐渐强烈起来。导演转动遥控器上的旋钮。人群开始沸腾。

阿道夫转回身来，审视半明半暗的会场。这时他看到了那些旗帜，看到了几把火炬。接着，映入他眼帘的是等待着他的舞台和麦克风，足有二十四架！虽然其中只有一架是真的。

乐团开始尽情地奏起铜管乐。

阿道夫向前迈了一步。

人群欢呼起来。

天啊，导演暗自惊叹，看到自己的双手已经攥成拳头，手指不时自发地摆弄遥控器。老天啊，他一会儿要是真的跑下来了，我该拿他怎么办？到底该怎么办？

紧接着又一个疯狂大胆的念头袭来：这不是废话吗，你是导演，那是最生动的演员，而这里就是实实在在的纽伦堡。

那么……

阿道夫又迈下一级阶梯。慢慢地，他的右手笔直地向前伸起。

人群已经疯狂了。

阿道夫的步伐不再迟疑。虽然有些跛脚，但他努力地保持庄严。尽管在外人看来，他就是一瘸一拐地蹦下了几百级台阶来到会场中央的。接着，他扶了扶军帽，掸了掸外套，对着这群情激昂的空场又敬了一个礼，随后蹒跚地在空荡的会场上走过二百多码，来到主席台。

人群依旧慷慨激昂，乐队则用振奋人心的军鼓和铜管乐回应着。

阿道夫经过了导演所坐的前排看台。摆弄音响设备的导演急忙蹲下躲藏，这显然是多余的。元首正陶醉在"胜利万岁"的呐喊中，享受万人敬仰和鼓乐齐鸣，对命运即将降临的时刻心驰神往。虽然他的军服皱成一团，卐字章已经扭曲，连胡子和头发也杂乱不堪，但此时的他却站得更加挺拔，全如当年，一副领导人的气质。

老制片人直起身来注视着，不时自言自语，指指点点。

远处又有三个身影进入了会场。

老天啊，导演心想，整个团队都来了。就是这些人带走了阿道夫。

一个浓眉大眼的、一个胖子，还有一个像受了伤的猴子。

上帝啊。导演眨了眨眼睛。戈培尔、戈林、赫斯。三个没活儿干的演员，三个绑架犯正看着……

阿道夫·希特勒站上放置着假麦克风的主席台。唯一那架真的麦克风藏在寒秋十月里熊熊燃烧的火炬下面。烈焰之花在四面布置的留声机喇叭下怒放。

阿道夫昂起头，这个小小的举动让会场陷入疯狂。当然，这时导演捕捉到了他内心的渴望，手动调大了音量，才让会场一次又一次地响起"胜利万岁"的欢呼。

会场边缘的后排，盯着这一切的三道人影举起了手臂，向元首致敬。

元首正色而视，人群安静了下来，只有火焰噼啪作响。阿道夫开始了他的演讲。

十分钟。二十分钟。三十分钟。在渐渐跌下地平线的夕阳里，在会场边缘三人的注视下，在导演和制片人的目光中，他伴着凯歌撕裂肺腑般地叫嚣，拳头时而砸着演讲台，时而在空中挥舞。他喊着关于世界、关于德国、关于他自己的事，他指责看不惯的一切，又赞许了一些言行。最后他开始循环往复地说那些词句，就好像一张唱片在固定的指针下不停地旋转，过了好一阵才安静下来。终于，会场里只能听到他沉重的呼吸，不久又被抽泣声所替代。他伫立着，耷拉着脑袋。所有人的视线都刻意回避元首，只盯着自己的鞋或是望着空气中流动的风。旗帜在飘扬，烈焰在火炬上旋转跳跃，呼呼作响。

最后，阿道夫昂首挺胸，发表演讲的最终部分。

"现在，我必须说说他们。"他冲着会场上层的三人点点头。

"他们都是傻瓜，我也是傻瓜，但至少我知道自己是傻瓜。我告诉他们：疯了，你们都疯了。而现在，我曾经的疯狂已经耗尽了。我累了。

"那么，现在怎么办？我把世界还给你们。在今天的这一小段时间里，我享有了它。但是现在，你们必须接管它，并且要掌管得比我更好。我把世界托付给你们每一个人，但是你们必须承诺，你们每一个人都要尽自己的一份责任去对待它。现在，拿去吧。"

他对着空旷的会场像煞有介事地做了一个手势，好像世界曾在他的股掌之间，而现在他终于肯让出来了。

人群在窃窃私语，略略骚动，但没有人敢大声说话。那些旗帜在空气中轻轻飘荡。火焰依旧舞动着，散着浓烟。

阿道夫把手指按在眼睛上，好像忽然感到一阵强烈的头疼。

他没看向导演或制片人，只是静静地问："可以结束了吗？"

导演点点头。

阿道夫一瘸一拐地走下主席台，来到老制片人和年轻导演所坐的看台前。

"来吧，你要是想的话，可以再揍我一顿。"

导演坐着，看着他，最后摇了摇头。

"我们还把电影拍完吗？"阿道夫问道。

导演望着制片人。老人家耸耸肩，不知该说什么好。

"好吧，"演员说，"至少，我疯过了，我的狂热也减退了。我已经在纽伦堡完成了我的演说。上帝啊，看看上面那几个白痴。白痴！"他突然冲着看台呼喊，接着转回头面对导演。"你能想象吗？他们竟然想抓住我来换赎金。我已经告诉他们这有多愚蠢了，现在我要去对他们再说一次。我必须从他们手里逃出来。我受不了他们愚蠢的对话。我必须来这里，用我的方式最后为自己傻一次。就这样吧……"

他跛着脚走过了空旷的会场，回头轻轻地说道："我在你的车里等你。我会帮你拍完最后几幕，如果你还拍摄的话。如果你不需要了，那这就是我的最后一幕。"

导演和制片人在原地等阿道夫爬上会场顶层。他们能听见他的声音飘下来。他扬着手，咒骂那三人，那个浓眉毛、那个胖子还有那个丑陋的猴子。三人被他逼退，终于逃走，再也不见了。

阿道夫独自站在十月的寒风中。

导演给了他最后一声音效。人群整齐划一地喊道："胜利万岁！"

阿道夫抬起了手，却没有敬礼，而是简单敷衍地挥了挥手。

60

接着，他也走了。

最后一缕阳光和他一起消逝。天际不再是血红色。风把尘土和印着广告的报纸吹遍了整个会场。

"真是见鬼。"老制片人喃喃自语。

"我们走吧。"

他们关上了音响，只留下燃烧的火炬和飘扬的旗帜。

"我真希望我带了一张《扬基之歌》的唱片来给我们的退场做伴奏。"导演说道。

"用不着唱片，我们自己吹口哨呗。为什么不呢？"

"为什么不呢！"

导演搀着老人的胳膊在黑暗中一步一步走上台阶，走了一半的时候他们才有心情吹起口哨。可是，突然他们觉得如此滑稽，根本没法好好吹完一曲。

报丧女妖

刊于《画廊》(*Gallery*)

1984 年 9 月

阿古 译

这是那些夜晚中的一夜。从都柏林出发，驶过爱尔兰的大地，穿过一座座沉睡的小镇。一路上雾气扑面，在细雨中氤散，郁结成涌动的缄默。沿途的乡村寂静寒冷，静伫着。这样的夜晚，适合在空荡荡的十字路口遭遇飘飘荡荡的鬼蛛网，可方圆几百里却没有一只蜘蛛。草场另一头的大门吱嘎作响，窗户上反射着明亮月光。

这就是他们所说的报丧女妖出没的天气，我能感觉到。出租车嗡嗡响着穿过最后一道门，我抵达考敦庄园，这里离都柏林那么远，即便那座城市在夜间死去，我也无从知晓。

我付了车费，看着出租车掉头驶回那座活的城市。我孤零零站在这里，口袋里装着二十页剧本定稿，我的电影导演和雇主就等在里面。我站在午夜的静谧里，吸进爱尔兰的空气，呼出灵魂中的湿气。

接着，我敲了敲门。

门立刻大敞开。约翰·汉普顿站在那儿，把一杯雪利酒塞进我手里，把我拽进门。

"上帝啊，孩子，你真让我好奇。把外套脱了，把剧本给我。定稿了，嗯？你真让我好奇。你从都柏林打电话过来，我真高兴。这屋子空荡荡的，克拉拉带着孩子们去了巴黎。我得好好拜读你的剧本，喝上一瓶，熬到两点再睡觉——那是什么声音？"

门依旧开着。约翰踏出一步，歪着头，闭上双眼倾听。

风在草地上呼啸，云层簌簌回响，仿佛有人正躺在一张巨床的床单上来回翻滚。

我也倾听着。

黑暗田地里传来轻柔的哀叹声。约翰依然紧闭着眼睛，小声问道："你知道这是什么吗，孩子？"

"是什么？"

"待会儿告诉你，快进来。"

关上门，他一个转身，带着庄园主的气派，大步走在前面领路。他穿着伐木外套、健身长裤，脚踩锃亮的半高靴，发型和往常一样，仿佛刚迎风吹过一阵，仿佛刚和陌生的女人在陌生的床上厮混完。

他站定在书房的壁炉边，不时爆发一阵大笑，笑声如灯塔上突如其来的光亮，雪白的牙齿一闪一隐，如灯光一闪而过。他从我手里抓过剧本，又给我倒了一杯雪利酒。

"让我们瞧瞧，我的天才、我的左脑、我的右臂，瞧瞧你到底创造了什么。坐下，喝酒，别说话。"

他双腿叉开，站在壁炉前烤后背取暖，一页页快速浏览我的手稿，脸上阴晴不定，同时也察觉到我把雪利酒喝得太快了。每次他任由一页稿纸滑落到地毯上，我都揪心得紧闭双眼。当他读完，最后一页落下，他点起一支小雪茄，吞云吐雾，仰头紧盯着天花板，由着我苦等。

"你这狗娘养的，"他终于发话了，呼出一口烟气，"太棒了，真活见鬼了，孩子，棒极了！"

我浑身的骨架顿时向内塌陷，我没指望赞扬会来得这么凶狠。

"当然，需要一点小修改！"

我的骨架重新开始自我搭架。"当然了。"我说。

他弯下腰，拾起纸页，转过身，仿佛一头迈步的黑猩猩。我感觉他想把剧本扔进火里。他望着火焰，攥紧稿纸。

"有那么一天，孩子，"他平静地说，"你必须得教教我怎么写作。"此刻他放松下来，语气里满是真正的赞叹。

"有那么一天，"我大笑道，"你必须得教教我怎么拍电影。"

"《野兽》这部电影是属于咱们的，孩子。咱俩是多棒的搭档啊。"他站起身和我碰了碰杯。

"多棒的搭档！"他换了个话题，"你的妻子和孩子们可好？"

"他们在温暖的西西里等着我。"

"我会把你送到他们身边的，送去太阳底下，立刻！我——"他戏剧般地定住，歪着脑袋倾听。

"嘿，怎么回事儿……"他小声嘀咕道。

我转过身等待着。

这时，只听古老的大屋外面传来一线细声，像是有人用指尖

64

划过一幅油画，像是有人沿着树根边的干土坡滑下，滑进阴湿的草地里。接着是一声轻柔的呜咽哀号，一声抽泣。

约翰身体前倾，摆出一副极其夸张的姿态，像极了哑剧里的一座雕塑。他嘴巴大张，仿佛要把声音吞进身体内部。他的眼睛里充满了假装出来的惊恐，瞪得像鸡蛋那么大。

"要我告诉你这声音是什么吗，孩子？一个报丧女妖！"

"一个什么？"我大喊。

"报丧女妖！"他用吟咏般的声调说道，"那是一个老妇人的恶魂，在人临死前一小时，她就会出没在附近的路边。这个声音就是报丧女妖发出的！"他走到窗户旁，拉起窗帘，向外窥视，"嘘！也许它是冲着……我们来的！"

"得了吧，约翰！"我轻笑了两声。

"不，孩子，我得说完。"他目不转睛地望进黑暗中，继续他的闹剧，"我在这里住了十年了，死神就在外面晃荡，报丧女妖总能预知。我们刚刚说到哪儿了？"

他就这样一句话打破了刚才的诡异氛围，大步走回壁炉旁，冲我的剧本眨了眨眼，仿佛这是一个崭新的谜题。

"你有没有意识到，道格，《野兽》的原型多么像我？那个主人公纵横四海，趟过女人的河流，周游世界，从不停歇。也许这就是我拍这部电影的原因。你是否感到好奇，我究竟有过多少个女人？好几百！我——"

他停了下来，我写的对白再次吸引了他。他体会着我的字句，脸庞因激动而红润。"妙极了！"

我等待着，心神不定。

"不，不是那个！"他把我的剧本扔在一边，从壁炉架上抓起一份《泰晤士报》。"是这个，一篇针对你新小说集的绝妙评论！"

"什么？"我跳了起来。

"放轻松，孩子，我来把这篇评论读给你听！你会喜欢的，评论得棒极了！"

我的心泡在了水里，又沉了下去。我能看到又一场玩笑冒了出来，或许更糟，这是一个假装成玩笑的真相。

"听好了！"约翰举起《泰晤士报》读了起来，"道格拉斯·罗杰斯的短篇小说也许称得上是美国文学的巨大成功——"约翰停下来，冲我无辜地眨了眨眼。"听到这里，感想如何啊，孩子？"

"继续读，约翰。"我哀叫一声，一仰头狠狠灌了一口雪利酒。一股厄运判决滑下喉管，与消沉的意志撞在一起。

"——但在伦敦，"约翰念道，"我们对故事讲述者有更高的要求。罗杰斯极力模仿吉普林的创意、毛姆的风格、伊夫林·沃的智慧，却不幸溺毙在大西洋中央。书中故事皆蹩脚不堪，绝大多数都是高级抄写员水平的劣作。道格拉斯·罗杰斯，滚回家去吧！"

我跳起来扑了上去，可约翰手一挥，懒懒地一丢，就把《泰晤士报》扔进了炉火中。报纸像一只垂死扑腾的鸟儿，在怒焰火星间即刻死去。

我猛地蹲下身，瞪视着火焰，想把那张该死的报纸从火里抓出来，但最终还是庆幸它已化为灰烬。

约翰快活地琢磨着我的表情。我的脸颊发烫，牙关紧咬，手抓着壁炉架，像一只冰冷的石拳。眼泪迸出我的双眼，因为我哆嗦的双唇之间已经迸不出任何话语。

"怎么了，孩子？"约翰盯着我，眼神里满是真切的好奇，活像一只捣蛋的猴子挨近另一只关在笼中的病兽。"你感觉不舒服？"

"约翰，看在上帝的分上！"我爆发了，"你非得这么干吗？"我狠狠踢了一脚炉火，堆叠的木头散开，一阵火星腾起，涌进了烟囱。

"怎么了，道格，我没想到——"

"你没想到才怪！"我勃然大怒，扭头用泪水迷蒙的双眼瞪他。"你到底有什么毛病？"

"见鬼，没事了，道格。这是一篇很好的评论，很棒！我只在最后加了几句，消消气！"

"现在我永远也不会知道了！"我大喊，"你看！"我一脚把那团灰烬踢得四散。

"明天你可以在都柏林再买一份，道格。你会看到的，他们爱你。上帝，我只是不想让你太自满，好吧，玩笑结束了。亲爱的孩子，你刚刚写出了你迄今为止最棒的剧本，将要成就一部真正了不起的电影，这难道还不够吗？"约翰伸出手臂搂住我的肩膀。

这就是约翰，他总是用一堆胡话把你轰得晕头转向，紧接着又是一罐子香甜野蜜劈头盖脸浇上来。

"知道你的问题出在哪儿吗，道格？"又一杯雪利酒塞进了我颤抖的手指间。

"出在哪儿？"我深吸一口气，像一个哭哭啼啼的孩子重又活了过来，想再次开怀大笑。"哪儿？"

67

"问题出在，道格，"约翰学着催眠师的样子，努力让脸庞放光，眼睛紧盯住我的双眼，"我爱你那么深，你对我的爱却不及一半。"

"拜托，约翰——"

"不，孩子，我是认真的。上帝啊，孩子，我愿意为你出生入死。你是这世界上最伟大的作家，我爱你，全心全意。正因如此，我觉得应该让你受点儿小小的捉弄，看来是我错了……"

"不，约翰，"我抗议道，"没事。"我真恨自己，现在他居然能让我向他道歉。

"我很抱歉，孩子，真的抱歉——"

"闭嘴！"我一声大笑，"我仍然爱你，我——"

"这才像话！现在，"约翰转身伸出手掌，像个老赌棍玩牌似的把剧本稿纸灵活地插来插去，"让咱俩花上一小时，把你的绝妙佳作好好裁剪裁剪，然后——"

他的脸色突然又变了，这是今晚第三次了。

"嘘！"他眯紧眼睛，在房间中间摇来晃去，像一个淹在水下的死人。"道格，你听到了吗？"

风摇撼着屋子。一根长指甲划过顶楼的窗格。一阵喃喃哀泣的阴云擦洗着月亮。

"报丧女妖。"约翰点点头，等待着，又猛地抬起头。"道格？你跑出去看看。"

"我才不去呢。"

"不，你出去看看吧，"约翰催促道，"不然今晚会沦为误解之夜，孩子。你怀疑我的话，你怀疑报丧女妖的存在。拿上我的外套，就在大厅里。快去吧！"

他一把推开大厅的衣橱门，抓出那件花呢外套，腾起一股好闻的烟草和威士忌味。他两只干瘦的手抓着外套，像斗牛士摇晃斗篷。"嘿，公牛，来这儿！"

"约翰。"我疲倦地叹了口气。

"你难道是个胆小鬼吗，道格？你就那么胆怯？你——"

这是第四次了，我们两个都听到了一声悲叹，一声哭喊，冬夜前门外一声模糊的咕哝。

"她在等着呢，孩子！"约翰得意扬扬地说，"出去，为了咱们俩，跑起来！"

我穿上外套，承受烟草和烈酒气息的熏染。约翰做出一派皇家的高贵架势，替我扣上纽扣，抓住我的双耳，吻了吻我的眉毛。

"孩子，我会在看台上为你欢呼。我本该和你一起去，可报丧女妖很怕羞。上帝保佑你，孩子，要是你回不来了……须知我对你视如己出！"

"老天。"我吐出一口气，猛地推开门。

突然，约翰一下子跳到我和冷冽的月光之间。"别去那儿，孩子，我改主意了！要是你被杀了——"

"约翰，"我推开他的双手，"你变着法儿想让我去那里。你很可能是让那个马厩女孩凯莉躲在那里，发出怪声，好让你的大玩笑——"

"道格！"他大叫一声，一副假装受辱的严正腔调，双眼圆睁，双手紧抓住我的肩膀。"我向上帝起誓！"

"约翰，"我半是愤怒，半是疑惑，"再见。"

一走出门我就后悔了，可他已经关上前门，上了锁。他是在

69

笑吗？几秒钟后，我看到他的身影闪现在书房窗户上，手里端着雪利酒杯，往外窥探夜剧场中这幕他既是导演又是观众的戏剧。

我暗暗咒骂一声，转过身，耸起双肩，顶着如刀割的寒风，跺着脚走下砾石车道。

我打定主意要在屋外待上十分钟，这足以让约翰担心，把这玩笑开回他身上。然后我要跌跌撞撞走回屋，衣衫被撕坏，鲜血淋漓，再来上一个胡编乱造的故事。没错，上帝见证，我要以牙还牙。

我停下了思绪。前面一丛矮树下，我仿佛看到一朵大纸鹞花一晃，被吹散在树篱间。乌云飘过来，遮住那一轮几近圆满的冷月，沉沉幽暗向我威压而来。

又来了，更远处仿佛有一大簇花朵突然爆开，如雪花般纷纷飘散，洒向幽暗小路。同时，一声若有若无的啜泣响起，随后是一声模模糊糊的门轴转动声。

我畏缩了，向后退去，抬头望向屋子。约翰的脸活像一盏南瓜灯在窗后狞笑，他正暖洋洋地啜着雪利酒。

"哦……"一声哭号响起，"……上帝……"

就在这时，我看到了那个女人。

她靠在一棵树旁站着，身穿一件月色长裙，肩披一条垂到大腿的厚重羊毛披肩，那披肩仿佛是活物，随风波动起伏。

她似乎没看见我，或者看见了却并不在乎。我吓唬不到她，这世界上再没有什么东西能吓到她。她的全部身心都投射成一道坚定不移的目光，注视着那栋宅子、那扇窗户、那间书房，注视着玻璃窗上那个男人的剪影。

她脸庞雪白，似由冷酷的大理石雕刻而成，一个最完美的爱尔兰女人。那长长的脖颈如天鹅般优雅，丰满的嘴唇微微悸动，柔和嫩绿的眼睛闪烁着光彩，棕色树枝映衬出她侧脸的轮廓。我心里似有什么东西辗转，痛苦，死去。美人一遇，再无芳踪。你想要大喊：留下，我爱你。但你说不出话来。夏日已逝，如她飘然远去的鲜活肉体，永不再回来。

但现在，这个美丽女人只关注远处那间屋子的窗户。"他在里面吗？"她问。

"什么？"我不由反问一句。

"是他吗？那头野兽，"她压抑着怒气说，"那个怪物，他本人。"

"我不——"

"那头禽兽，"她继续说，"衣冠禽兽。其他野兽都已经消失了，他仍然留在这里。他在肉体上擦拭双手，姑娘是他的纸巾，女人是他的消夜。他把她们储存在酒窖里，知道她们的年份却记不起她们的名字。上帝啊，那是他吗？"

我顺着她的视线望向草坪对面，看向窗户上那个影子。

我想起这位导演平日的放纵生活，在巴黎、罗马、纽约、好莱坞，约翰趟过女人的河流，踩着她们的身体，仿佛漂行在温暖海面上的黑暗基督。一群女人在桌子上如野餐会一般跳舞，渴望约翰的赏识，他却心不在焉地说："亲爱的，借我五块钱，门口那个乞丐看着真可怜……"

我看着面前这个年轻女人，她的黑发在夜风中飘荡。我问道："那是谁？"

"他，"她说，"他住在那儿，本来爱着我，现在却不爱了。"她闭上双眼，任由泪水淌下。

"他已经不住在那里了。"我说。

"他就住在那里!"她猛地转身,仿佛要打人或者吐唾沫,"你为什么要骗我?"

"听着。"我看着她白皙如新雪的脸庞,"那是以前的事情了。"

"不,就是现在!"她作势要冲向那间屋子,"我依然爱着他,我可以为他杀人,为他下地狱!"

"他的名字叫什么?"我挡住她的去路,"他的名字?"

"怎么了,当然是叫威尔,威利,威廉姆。"

她又想冲过去,我举起双臂,摇了摇头。"现在里面只住着一个叫约翰的。"

"你扯谎!我能感觉到他在里面。他的名字变了,但那就是他。你看!感受一下就知道!"

她高举手臂,触摸着吹向屋子的风,我转过身,和她一起感受着。那是另一个年份,另一段时光。风这样说,夜也这样说,那扇窗户上的反光也如是说。

"那就是他!"

"那是我的一个朋友,"我轻柔地说,"他和附近其他人都没什么交情!"

我紧盯着她的眼睛,暗想,我的上帝,这情形已经持续很久了吗?永远都有某个男人住在那栋宅子里,四十年前,八十年前,一百年前……他们并非同一个男人,但全都是黑暗的孪生子,这个迷失的姑娘徘徊在路边,伸出落满冰雪的双臂渴望被爱,怀着霜寒般的心期盼慰藉,却只能不停地轻语低吟,哀诉呜咽,在日出时分停歇,在月升之时重又开始。

"住在里面的是我的朋友。"我又说了一遍。

"如果真是这样，"她压低声音狠狠地说，"那你就是我的敌人！"

我低头看了一眼路面，风裹挟着尘土向墓场大门吹去。"你从何处来，便回何处去吧。"我说。

她望向同样的道路，同样的尘土，声音低了下来。"难道我就不能安息？"她哀诉，"我非得一次又一次地来这里，难道他就没有报应？"

"如果住在那里的男人真的是你的威尔，是你的威廉姆，你想让我做什么？"

"把他叫出来见我。"她平静地说。

"你要拿他怎么样？"

"和他一起躺下来安眠，"她喃喃说道，"永远不再起身。我会把他封冻起来，像冰冷河流里的一块石头。"

"啊。"我应道，点了点头。

"那么，你会把他叫出来吗？"

"不会，因为他并不是你的威尔。他们很像，非常相似。他们把女孩子当早餐，在她们的丝绸衣服上抹嘴，这世纪叫这个名字，下个世纪换另一个名字。"

"他心里从来就没有爱？"

"他随口乱说'爱'这个字眼，就像渔夫把网撒进海里。"我说。

"啊，基督啊，可我被网住了！"她一声大喊，引得大屋里那个影子重又回到窗户后面。"今夜我会一直待在这里，"她说，"他肯定会感觉到我在这里，他的心会融化，不管他叫什么名字，不管他的心是多么冷酷。今年是什么年份？我已经等待了多久了？"

"我不会告诉你的，"我说，"这会让你心碎。"

她转过身仔细打量我。"你是不是那种好人，那种绅士，你从来不撒谎，从来不伤害别人，从来都坦坦荡荡？上帝，真希望我先认识的是你！"

起风了，风声在她喉咙里涌起。田野对面的沉睡小镇里传来钟声。

"我必须进去了。"我深吸一口气，"什么办法能让你安息呢？"

"你办不到，"她说，"当初扰乱我心的并不是你。"

"我明白了。"我说。

"你不能让我安息，但你尽力了，非常感谢。进去吧，你的死期还早。"

"你呢？"

"哈！"她大叫一声，"我的死期很久以前就已经过了，死亡再也不会找上我了。你回去吧！"

我满怀感激地走了，心里满是寒风冷月，旧日时光和她。风推着我走过枯草虬结的缓坡。在门边，我转过身，只见她仍然站在雪白的路上，披肩被风吹起，一只手高举着。

"快，"我仿佛听到了她的低语，"告诉他有人找他。"

我狠狠砸门，闯进屋里，跌跌撞撞走过大厅。我的心脏狂跳，大厅的镜子把我映成一道苍白的闪电。

约翰正在书房里喝另一杯雪利酒，他给我也倒了一些。"有一天你得学会这一点，"他说，"听到我说的任何话，你都得多留点神。上帝啊，瞧瞧你，冻得冰冷。喝下去，喝完再来一杯！"

74

我喝完，他倒酒，我再喝。"这么说，这真是个玩笑？"

"还能有啥别的？"约翰大笑，又停了下来。

低吟声又在屋外响起，若有若无，月光洒在屋顶上。

"你的报丧女妖还在外面。"我说道，看着手中的酒杯，无法动弹。

"当然，孩子，当然，啊哈，"约翰说，"喝你的酒，道格。我会把《泰晤士报》上那篇了不起的评论再念一遍。"

"你已经烧掉了，约翰。"

"没错，孩子，但我能回忆起来，就像耳边这呜咽声一样清晰。喝吧。"

"约翰，"我说道，视线盯着壁炉中的火焰，报纸的灰烬正在热流中轻轻摇摆。"那篇评论……真的存在吗？"

"我的上帝，当然了。事实上……"他停顿片刻，留给听众很大的想象余地，"《泰晤士报》知道我对你的热爱，道格，他们邀我评论你的书。"约翰伸出长胳膊，帮我斟满酒杯。"我照做了，当然用了一个假名。我这么干，是不是挺了不起的？但我必须公平，道格，不能偏私。所以，我写下自己的真实感受，你书里的故事有些好，有些不怎么样。要是你拿来一个蹩脚剧本，我当然会让你回去重写，这回我也批评得毫不留情。这样的我难道不算……有理又有节？嗯？"

他靠向我，伸手抬起我的下巴，久久注视着我的双眼，眼神专注。"你没生气吧？"

"没有。"我说，但声音发颤。

"上帝为证，你不生气才怪。抱歉。那是一个玩笑，孩子，只是个玩笑。"他在我胳膊上友好地敲了一下。尽管很轻，却仿佛一记重锤。

"我真希望你没开这个玩笑，我真希望那篇文章是真的。"我说。

"我也是，孩子，你看上去很糟。我……"

风在屋子四周盘旋，窗户窸窣作响。突然，我没来由地说了一句："那个报丧女妖，她在外面。"

"这是个玩笑，道格。你不能当真。"

"不，"我看向窗户，"她就在外面。"

约翰大笑。"你真看见了，啊？"

"她是一个可爱的女人，寒夜里披着一条披肩。一个年轻女人，黑色长发，绿色大眼睛，面容皎白，鼻梁细挺，像骄傲的腓尼基船艏像。听着像不像某个你认识的人，约翰？"

"上千个，"约翰的笑容变淡了，仿佛看出了我玩笑的分量，"见鬼……"

"她在等着你，"我说，"就在车道尽头。"

约翰犹豫地瞥了一眼窗户。

"我们听到的就是她的声音，"我说，"她描述了你或某个像你的人。把你叫作威利，威尔，威廉姆。但我知道那就是你。"

约翰有些着迷了。"你说她很年轻，很漂亮，这个时候还待在外面？"

"那是我见过的最漂亮的女人。"

"手里没有拿刀？"

"没拿武器。"

约翰长吁一口气。"好吧，那么我觉得自己应该出去和她聊一聊，你说呢？"

"她在等你。"

他向前门走去。

"穿上外套，外面很冷。"我说。

他正在穿外套时，我们又听到外面的声音，这一回非常清晰。哀号，悲泣，然后又是哀号。

"上帝啊。"约翰抓着门把手，不愿在我面前露出怯意，"她真在外面。"

他强迫自己打开门。风吹进来，又带来一声隐约的哀号。

约翰站在冰冷的夜色里，视线沿着长长的小道向黑暗中眺望。

"等等！"我在最后一刻喊道。

约翰等待着。

"还有一件事没告诉你，"我说，"她是在那儿，没错。她能走路，但……她是个死人。"

"我不怕。"约翰说。

"你不怕，"我说，"但我怕，怕你永远回不来了。尽管我现在这么恨你，但不能让你出去。关上门，约翰。"

又是一阵哭泣连着一阵哀号。

"关上门。"

我走过去扯他的手，但他把黄铜把手抓得牢牢的，抬头看着我，叹了口气。"你很棒，孩子，几乎和我一样棒。我会让你出演我的下一部电影，你会成为一个明星。"接着，他转身踏进冰冷的夜色里，静静关上了门。

我等待着，直到他的脚步声在碎石小道上响起。然后我锁上门，快步走遍宅子，关掉所有灯。当我穿过书房时，风呜咽着俯冲进烟囱，吹散了壁炉里《泰晤士报》的灰烬。

我站在那里，眨着眼，盯着那堆灰烬看了好一会儿。我摇了摇头，三步并作两步跑上楼，推开我的塔楼房间门，狠狠关上，脱掉衣服钻进被窝里，拉起被单盖住脑袋。远处小镇的大钟敲响了子夜一点。

我的房间位置那么高，迷失在这大宅和天空中，不管是谁来叩、敲、砸下面的门，不管是什么在低语、哀求、尖叫——我又怎能听得见呢？

巴 哥

收录于短篇集 *Quicker Than the Eye*
1996 年
陈小红 译

　　回想过去，很难记起来有什么时候巴哥是不跳舞的。当然，巴哥就是三十年代后期人们对吉特巴舞的简称，当时的我们马上就要结束高中生活，步入社会找寻根本就不存在的工作机会，而吉特巴舞就是在那会儿风行一时。我记得毕业班最后一次礼堂集会时，爵士乐队演奏得正欢，突然，巴哥（巴哥真名贝特·巴格利，称呼他巴哥也颇为合适）跳出来，走到礼堂前部走道的中间位置，与并不存在的假想舞伴跳起舞来。这一跳博得了满堂喝彩。我们从未感受过那么激烈的欢呼、那么热情的掌声。乐队的指挥深受巴哥忘我而陶醉的舞蹈的感染，指挥乐队又演奏了一遍，巴哥也跟着音乐又跳了一遍。整个人群都炸开了。舞蹈之后，乐队演奏了一曲《感谢回忆》，我们大家跟着一起唱，眼泪顺着脸颊肆意流淌。这么多年过去了，依然没有人能忘记当时巴哥在礼堂走道上跳舞的样子：双眼紧闭，双手伸出，拉住他的假想女友，双腿似乎抽离了身体，只与心相连，只随心而动。一曲终了，所有的人，就连乐队，都不想离开。我们就站在那里，站在巴哥为我们创造的世界里，不愿走出去，不愿再走进那个等待着我们的世界中。

再次见到巴哥是一年后。当时巴哥在路上看到我，他停下跑车，招呼我到他的住处来份热狗加可乐，于是我跳上了他的跑车。我们一路狂飙，车篷敞开着，风在耳边呼啸，巴哥扯着嗓门对我说起生活，说起时代，还说想让我看看他住所前廊摆放的东西——"前廊"，老天，还有餐厅、厨房、卧室。

他想让我看什么？

奖杯。大奖杯、小奖杯，刻着他名字的纯金、纯银、纯铜奖杯。舞蹈奖杯。它们到处都是，床边的地板、厨房的洗碗槽、浴室，随处可见，会客室里尤其多，放眼望去，就像遭了蝗灾。壁炉架上，书橱上（不放书），地板上，到处都是奖杯，如此之多，以至于我们举步维艰，时不时就要踢翻几个。他歪着脑袋闭着眼睛计算着，说大概有三百二十个。这也就意味着，在过去的一年里，他几乎每晚都能拿回一个奖杯。

"所有这些，"我倒吸了一口气，"都是在高中毕业之后赢的？"

"我算不算才艺超群？"

"你真是个绝世奇人！这么多个夜晚，你的舞伴是哪一位？"

"不止一位。"巴哥纠正道，"三百个不同的夜晚，三百个不同的舞伴，误差最大不超过十二个。"

"你去哪儿找来三百个女人，三百个有天赋的、跳得够好、能帮你获奖的女人？"

"她们不都有天赋或跳得好。"巴哥瞥了一眼自己的收藏，"她们只是普通的、和善的、每晚都跳舞的女人。赢得那些奖杯的是我。我把她们变成了好舞伴。然后我们一起去跳舞，横扫整个舞池。所有人都停下来，看着我们陶醉地、无休止地舞蹈。"

他停顿了一下，面色通红，并摇了摇头。"不好意思，我不是有意吹嘘。"

他并不是在吹嘘，看得出来，他讲的都是大实话。

"你想知道这一切是怎么开始的吗？"巴哥说道，一边递来一份热狗和一杯可乐。

"你先别说，"我说，"我知道。"

"你怎么知道？"巴哥问，仔细盯着我看。

"在洛杉矶，高中最后一次礼堂集会。我记得礼堂里演奏了《感谢回忆》，但是在这首歌之前——"

"是《滚啤酒桶》——"

"——啤酒桶，对，当时你在上帝和大家的面前，跳了起来。"

"我一直停不下来。"巴哥说，闭着眼睛，思绪回到当年。"一直跳，"他说，"停不下来。"

"你前途一片光明啊。"我说。

"除非，"他说，"有什么意外。"

当然，那意外就是战争。

回想往事，我记得在校的最后一年我有点傻气，列了一张清单，上面写了一百六十五个最要好的朋友的名字。你能想象吗？一百六十五个最要好的朋友！幸亏当时我没把这张清单给任何人看，否则我该会在一片嘘声中被赶出学校吧。

反正，战争来了，然后又走了，带走了几十个我列在清单上的朋友，剩下的人要么不知踪迹，要么去了东部，要么定居在佛罗里达的马利布或劳德代尔堡。巴哥也在我的好友清单上，但直到过了大半辈子之后，我才知道我其实并不了解他。这时，我已经沦落到只剩下六七个在必要时可以求助的朋友了。也就是在这时，一个周六的下午，我走在好莱坞大道上时，听到一个人喊："来一份热狗加可乐怎么样？"

是巴哥，还没转身我就知道是他。没错，就是他，他正站在好莱坞星光大道上，左脚底下是玛丽·碧克馥和李嘉图·科迪斯的星印，右脚脚尖指向吉米·斯图亚特。巴哥掉了点儿头发，增加了些体重，但他还是那个巴哥。我万分欣喜，可能有点太过了，而且还显露出来了，因为他似乎对我的热情有些尴尬。我发现他的西装还没有半成新，衬衫也磨破了，但是那条领带很整洁。他握了握我的手，然后我们快速走进了一间小店，要了热狗加可乐站着吃。

"你仍然想成为全世界最伟大的作家？"巴哥问。

"还在努力。"我回答。

"你会成功的。"巴哥微笑着说，很是真诚，"你以前就很不错。"

"你以前也是。"我说。

这话似乎微微刺痛了他，因为他突然停止咀嚼，喝了一大口可乐。"是的，先生。"他说，"我以前确实不错。"

"神啊，"我说，"我至今还记得第一次看到那些奖杯的情景。那么一大堆！它们后来究竟——"

我还没问完，他就给出了答案。

"有一些放仓库了，一些留给我第一任妻子了，剩下的都捐给了慈善二手商店。"

"抱歉。"我说。我真的觉得很抱歉。

巴哥冷静地看着我。"为什么抱歉？"

"妈的，我不知道。"我说，"只是，那些奖杯似乎是你重要的一部分。过去的几年里，我并不经常想起你，但是，老实说，只要我想起你，脑海里就浮现出你在你家客厅、厨房，他妈的，甚至车库里，双膝淹没在奖杯中的情景。"

"我该下地狱了，"巴哥说，"我都给你留下了什么记忆啊。"

我们喝完了可乐，该走了。可即使看到他这些年里长胖了不少，我还是忍不住要问。

"什么时候——"我开口，又打住。

"什么时候什么？"巴哥问。

"什么时候，"我艰难地问，"开始不跳舞了？"

"很多年了。"巴哥答。

"可具体是多少年呢？"

"十年前，十五年前，可能二十年前吧。对，二十年前。我不再跳舞了。"

"我不相信。巴哥不跳舞？疯话。"

"真的。晚上外出穿的漂亮鞋子也捐给慈善商店了。总不能穿着袜子跳舞吧。"

"能，光脚跳舞都行！"

巴哥只能勉强一笑。"还真有你的。不过，谢谢你的好意。"他开始一步步慢慢走向门边，"保重，天才——"

"别跑那么快。"我陪他走到大马路上，他左右查看，仿佛此时正值交通高峰期。"有一件事我一直想亲眼见识一下，你知道吗？你吹牛，说你带过三百个普通女孩进入舞池，每一个女孩三分钟之内就会被你变成金格尔·罗杰斯那样的传奇舞者。而我只在1938年的礼堂集会中见过你跳舞，所以我不相信你说的。"

"什么？"巴哥说，"你见过那些奖杯！"

"有可能是你造的假。"我穷追不舍，盯着他起皱的西装和磨损的衬衫袖口。"任何人都可以走进一家卖奖杯的店铺，买个奖杯，然后刻上自己的名字。"

"你觉得我这么做了？"巴哥吼道。

"我就是这么想的，对！"

巴哥扫了一眼马路，目光回到我的脸上，又看向马路，然后又转回我的脸，犹豫该朝哪里跑、该把我往哪里推、该对我怎么吼。

"你中了什么邪？"巴哥说，"你为什么要这么说？"

"上帝啊，我不知道。"我承认，"只是，我们可能不会再相遇了，我或者你可能再也没机会来证明这件事。这么多年过去了，我想看看你曾经说过的场面。我很想看你再次跳舞，巴哥。"

"不行，"巴哥说，"我已经忘记怎么跳了。"

"别这样对我。你可能忘记了，但你的身体知道怎么跳。打赌你今天下午能到国宾酒店，那儿的下午茶时间还有舞会，到那里你能像你说的那样，横扫整个舞池。你一上场就没人跳了，大家都停下来，看着你和她跳舞，就和三十年前一样。"

"不，"巴哥说，向后退了两步又走回来，"不，不。"

"到人群中去，随意挑一个陌生人，任何一个女孩，领她出来，挽着她，带她从舞池地面上飞掠而过，好像你们是在冰面上。送她进入梦中的天堂。"

"你要这么写东西，你的书永远都卖不出去。"巴哥说。

"我打赌你行，巴哥。"

"我不赌。"

"好吧，那么，我赌你不行。上帝啊，我赌你已经失去了这能耐！"

"好了，打住。"巴哥说。

"我说真的。你永远失去了这能耐，永远。我敢打赌。想赌一把吗？"

巴哥的眼睛闪烁着奇异的光芒，脸颊发红。"赌多少？"

"五十美元！"

"我没——"

"那三十美元。二十！你输得起这个数目，对吧？

"该死的，谁说我会输？"

"我说的。二十。就这么定了！"

"你这是拿你的钱打水漂。"

"不，我百分百是赢家，因为你连个屁都不会跳！"

"你的钱在哪儿？"巴哥吼叫道，他被这话激怒了。

"这儿！"

"你的车在哪儿？"

"我没有车，一直没学会开车。你的在哪儿？"

"卖了！上帝，没车。没车怎么去下午茶的舞会？"

我们去了。我们招了一辆的士，我付了钱。趁他还没来得及平息心中的怒火，我拖着他进了酒店大厅，到了舞厅。那是一个美好的夏日午后，天气如此怡人，舞厅里挤满了人，大部分是中年男士带着妻子，也有少数年轻一点儿的带着他们的女朋友，还有三两个看起来与这场合欠协调的大学毕业生，似乎正因为舞厅里放着另一个时代的老歌而窘迫难耐。

我们坐到了舞厅里剩下的最后一张空桌子旁。当巴哥张口想要做最后的抗议时，我往他嘴里塞了根吸管，用玛格丽塔鸡尾酒堵住了他的嘴。

"你为什么要这么做？"他再次抗议。

"因为你正好是我一百六十五个亲密好友中的一个！"我说。

"我们从来就不是朋友。"巴哥说。

"嗯，不管怎样，今天这里放着《月光小夜曲》，我一直很喜欢，可从来没跳过，我是个手脚迟钝的笨蛋。劳你的双腿代舞了，巴哥！"

他已动起脚来，身体缓慢摇摆。

"你要挑哪个？"我说，"要拆散一对？或者那边有几朵壁花，一整桌子的壁花。敢不敢挑个最不可能被人邀请的，教她跳舞，嗯？"

这一招奏效了。向我投了一道纯粹的轻蔑目光之后，他就纵身投入华丽的舞裙和光鲜体面的男士中去了，他寻找着，直到目光落在了一张桌子上：一位难以判断年龄的女士坐在那里，双手交叠，面容清瘦苍白，略显病态，头上的宽边帽遮住了半张脸。她坐在那里，好像在等待某个永远都不会出现的人。

就那个，我心里想。

巴哥看着她，朝我看了一眼。我点点头。他走过去，朝她鞠了个躬，接着开始谈话。她似乎不跳舞，不知道怎么跳，也不想跳。他似乎在说：啊，来跳。她回复：啊，不行。巴哥转身，挽着她的手，意味深长地盯着我，朝我眨了眨眼。接着，他甚至不用看她就抓着她的手和胳膊，将她举起，然后又放下，天衣无缝的一个滑步，他们进了舞池。

我能说什么，还需要证明什么？多年以前巴哥没有吹嘘，说的全是大实话。一旦女孩把手搭在他的手上，她就没有了重量。到了他走叉形步、转圈、领着她在地面滑行的时候，她就几乎要飞起来了，他好像不得不拉住她，以留她在地面。她简直就是一缕游丝，与握在手中的蜂鸟最接近的东西——蜂鸟握在手中时，你感觉不到它的重量，只能感受到它的心跳。她被送出去，绕圈，又拉回来；巴哥指引着、移动着、诱导着、后退着。他不再是五十岁，不，他现在是十八岁，他的身体记起了大脑早已忘记的东西，他的身体现在也脱离了地心引力。他领着自己舞蹈，也领着她舞蹈，就像一位恋人，举手投足间流露出一种漫不经心的情绪，好像对接下来一小时乃至夜幕降临之后的一切都胸有成竹。

事情真发生了，正如他所说的那样。一分钟之内，最多一分半钟，舞池里只剩下了他们俩。当巴哥和他的陌生女伴瞥眼之间飞转而过时，舞池里的每一对都停了下来。乐队指挥几乎忘记了手里的指挥棒，管弦乐队的成员也同样着了迷，他们抱着各自的乐器尽力向前探出身子以一睹巴哥和他新欢的风采，看他们如何凌空飞旋转身。

《月光小夜曲》终了之时，有一瞬间整个舞厅静寂无声，然后雷鸣般的掌声响了起来。巴哥假装掌声是送给他舞伴的，帮她行屈膝礼，然后带她回到座位上。她坐在那里，双眼紧闭，无法相信刚刚发生的一切。这时巴哥早已进了舞池，手里挽着另一位从邻近桌上借来的舞伴。这次，没有一个人走进舞池。巴哥和他借来的舞伴在舞池里一圈又一圈地跳，这一次，巴哥自己也闭上了双眼。

我起身，把二十美元放在桌上他能找到的地方。毕竟，他赢了这场赌局，不是吗？

我为什么要这么做？我不能把他抛弃在高中的礼堂走道上让他独自舞蹈吧，我能吗？

往外走的时候，我回头一望，巴哥看到了我，朝我挥手示意，他和我一样热泪盈眶。穿过人群时，我听到有人在悄声低语："嘿，快看，看这个家伙！"

天哪，我心想，他会跳一整个晚上的。

而我，我只会离开。

于是我走出酒店，一直走，直到我又变回五十岁，直到太阳下山，直到六月提前到来的低矮雾气弥漫整座洛杉矶城。

那晚睡前我许了一个愿，希望第二天早上巴哥醒来的时候，他的床四周都摆满了奖杯。

或者，至少他一转身就能看到一个安静而善解人意的"战利品"，她的脑袋枕在他的枕头上，触手可及。

夏天奔跑的声音

刊于《周六晚间邮报》(*Saturday Evening Post*)
1956 年 2 月 18 日
徐黄兆 译

那天深夜，道格拉斯看完电影和爸爸妈妈，以及弟弟汤姆一起回家。半路上，他看到了明亮的商店橱窗里的那双网球鞋。虽然只是一瞥而过，但他的脚踝就好像被定住了，脚步也猛地停了下来。天旋地转，商店遮阳篷的帆布随着他上身前冲的姿势在空中拍击个不停。妈妈、爸爸和弟弟都在他身旁静静地走着。道格拉斯向后退去，盯着身后午夜橱窗里的那双网球鞋。

"电影真好看。"妈妈说。

道格拉斯喃喃自语道："是好看……"

六月到了，距离上一次购买专用鞋已经过去了很长时间，穿着这样的鞋子走路，脚步安静得就像夏天的雨水落在小路上。六月的大地充满了原生的力量，万物都运转不息。小草从乡间的土地上喷涌而出，包围了人行道，淹没了房子。城市似乎随时都会在苜蓿和野草丛中倾覆、下沉，一点响动都没有。道格拉斯就这样站着，被陷在用死气沉沉的水泥和红砖铺就的街道上，完全不能动弹。

"爸爸！"他脱口而出，"后面的橱窗里，摆着绵白帕拉莱佛特鞋……"

爸爸连身子都没转过来。"那你跟我说说为什么你想要一双新运动鞋吧。"

"呃……"

每个夏天当你第一次脱下鞋子在草地上奔跑；冬天把脚从热乎乎的被窝里伸出来，让窗户外吹进来的冷风从脚面上嗖地吹过去，就这样一直把脚晾在外面，许久才缩回被窝，感觉像塞进了团雪；每年第一次赤脚踩进潺潺流动的溪水中，看着水面下的脚因为折射，仿佛与水面上的腿分离了：穿上新运动鞋给人的感觉就是这样。

"爸爸，"道格拉斯说，"我很难解释。"

或许，那些制造网球鞋的人知道这些男孩子的需求和感受。他们把棉花糖和螺旋弹簧放在鞋底，用野地里经过暴晒和火烧的草茎编出鞋面。鞋子柔软的土壤层深处还埋着公鹿那细细的硬肌腱。造鞋的人肯定无数次观察过风刮过树梢的样子，注视过河水流到湖泊里的情景。不管怎样，这种感觉就在鞋里，它与夏天有关。

道格拉斯试着把这种感觉组织成语言。

"好吧，"爸爸说，"但去年那双运动鞋呢？不好穿了吗？为什么不从橱子里拿出来？"

他真为那些住在加利福尼亚的男孩子感到悲哀，他们一整年

90

都穿着网球鞋。他们不可能体会到这种感觉：冬天过去之后，脱掉被雨雪冻得硬邦邦的铁底皮鞋，光着脚跑上一天，再穿上应季的第一双新网球鞋，那可比赤脚还要爽快多了。新鞋总是充满了魔力。虽然九月一来临，这种魔力就会消失殆尽，但六月魔力可充足得很，拥有这些魔力的鞋子可以带着你越过树梢、河流和房屋。如果你愿意，它们甚至能帮你从栅栏、人行道甚至狗身上跳过去。

"您难道不明白吗？"道格拉斯说，"去年那双鞋我不能穿了，就这么简单。"

因为去年那双鞋的内在已经死去了。去年刚开始穿时，它还好得很，但就和往年一样，当夏天结束时，你总会发现，你穿着它没办法越过树梢、河流和房屋，它已经死了。现在已经是新的一年了，道格拉斯觉得眼下正是买新鞋的时候，有了新鞋，他就无所不能了。

他们走在通向自家房子的台阶上。"把钱省下来，"爸爸说，"再过五六个星期——"

"那夏天就结束了！"

熄灯。汤姆睡着了，道格拉斯躺在床上看着自己的脚。它们远远地搁在床那头，月光照在上面，没有沉甸甸的铁鞋，漫长的冬天也早已远去。

"理由，我得想个买鞋的理由。"

和朋友们在城市周围的山坡上赶着奶牛乱跑，折腾那些测定气压变化的气压计，没事晒晒太阳，日子就像日历一样，一页一页地翻过去，每个人都知道这样的生活快乐极了。要跟上这些朋友，你必须跑得比狐狸或松鼠还要快。而城里挤满那些暴躁易怒、一点就着的敌人，每个冬天上演的争吵和侮辱一直留在脑海里。寻找朋友，摆脱敌人！这就是绵白帕拉莱佛特鞋的口号。世界运转得太快？想保持警觉吗？那就穿上莱佛特鞋吧！

他拿起自己的集钱罐摇了摇，只有几乎弱不可闻的叮当声，看来里面没几枚硬币。

不管你想要什么，他想，你都得先找到路。现在已经深夜了，让我们来寻找穿过森林的那条小路……

市中心，商店里的灯一盏接一盏熄灭。风吹过橱窗，就像一条往下游流淌的小河。他也想迈开腿追随河流的脚步。

在梦里，他听到一只兔子嗖地跑进暖烘烘的草丛里，奔跑，奔跑，奔跑。

年迈的桑德森先生在自己的鞋店里巡视，一边轻轻触摸货架上的每一双鞋。他就像宠物店的店主，店里住着来自世界各地的动物。桑德森先生用手擦拭橱窗里的鞋子，在他看来，有些鞋子就像猫咪，而有些就像狗狗；他关切地碰碰它们，为它们整理好鞋带，调整好鞋舌。然后，他站在地毯中心的固定位置，环顾四周，满意地点了点头。

但一阵轰隆隆的脚步声传来。

片刻之前，桑德森鞋店的门口还空荡荡的。下一秒，道格拉斯·斯伯丁笨拙地站在那里，低头看着自己的皮鞋，仿佛这双笨重的鞋子已经陷到水泥地里拔不出来了。等他停住脚步，响声便也止住了。时间慢得令人心烦，道格拉斯只敢盯着手里捧着的钱，然后从周六正午的艳阳照耀下挪动身体。他小心翼翼地把硬币码在柜台上，就像下棋的人在担心下一步局面究竟会明朗起来，还是被对手直接将死。

"什么也别说！"桑德森先生说。

道格拉斯僵住了。

"首先，我知道你想买什么。"桑德森先生说，"其次，每天下午你都站在我橱窗的前面。你觉得我会看不到你吗？再次，请叫出它的全名，你想买的是皇冠绵白帕拉莱佛特网球鞋。'穿上它，你的脚就像陷在薄荷糖里！'最后，我敢说你想赊欠。"

"不是！"道格拉斯喊道，他呼吸急促，好像一整晚都在梦里奔跑。"我想到了比赊欠更好的办法！"他喘着气说，"在我告诉你之前，桑德森先生，您必须回答我一个小问题。您还记得最后一次穿莱佛特运动鞋是什么时候吗，先生？"

桑德森先生的脸沉了下来。"哦，十年、二十年，让我想想，三十年前吧。为什么这么问？"

"桑德森先生，难道你不觉得亏欠顾客吗？你至少应该试穿一下自己卖的鞋子，哪怕一分钟时间，不然你怎么知道穿上去什么感觉？不试一下就会忘。雪茄店的店主肯定会抽雪茄，卖糖果的人也会品尝自己的糖果，我是这样认为的。"

"可能你已经注意到了，"老店主说道，"我现在正穿着鞋子呢。"

"但不是运动鞋，先生！卖运动鞋就得会夸，如果自己一点都不了解，那从哪儿夸起呢？"

男孩的狂热让桑德森先生有些退缩，他用一只手摩挲着下巴。"这个……"

"桑德森先生，"道格拉斯滔滔不绝，"您卖东西给我，我也会把同样价值的东西卖给您。"

"要做成这桩买卖我还得试穿一下，这样做真的有必要吗，孩子？"桑德森疑惑地问道。

"我当然希望您能试一试，先生！"

老人叹了口气，默默地坐了下来。一分钟以后，他气喘吁吁地将网球鞋套在自己狭长的脚上。顺着西裤深色的裤脚看过去，它们显得有些不伦不类。

桑德森先生站了起来。

"穿起来感觉怎么样？"男孩问道。

"感觉怎么样？感觉很好。"他准备坐下来。

"别！"道格拉斯伸出手来，"桑德森先生，现在您能来回走两步，跳一跳，然后我再告诉您剩下的话吗？是这样的：我给您钱，您给我鞋子，我还差您一美元。不过，桑德森先生——一旦我拥有了这双鞋子，您知道会发生什么吗？"

"你想说什么？"

"砰！我会帮您送包裹，拿包裹，给您买咖啡，帮您烧垃圾，帮您跑邮局、电话局、图书馆！每一分钟，您都会看到一打的我从这里进进出出。感受一下这双鞋子，桑德森先生，想象它会带着我跑得多么快。感觉到里面的弹簧了吗？感觉鞋子内部在奔跑了吗？感觉到它就像握住了您的脚，时刻粘着您，不想让您老是站着吗？感觉到我能够飞快地干完这些事情不让您操一点心了吗？您悠闲地待在凉爽的店里，而我在满城跑！不过，到处跑的可不是我，而是鞋子。它就喜欢沿着巷子抄近路疯跑，再跑回来！它什么地方都去！"

桑德森先生惊讶地站着。这番话就像汹涌的激流一样裹挟着他；他开始深陷到鞋子里，脚趾变得弯曲，脚弓灵活了起来，连脚踝也受到了考验。伴着从门口吹进来的微风，他偷偷地轻轻摇晃起来。网球鞋静悄悄地陷在地毯里，就像踩在草丛里，又像踩在富有弹性的黏土上。他站在这块发酵面团上，站在这片柔顺且热切的大地上，郑重地踮起了脚后跟。他脸上的神情变化莫测，仿佛有无数盏彩灯开了又关，关了又开。他的嘴巴微微张开。

慢慢地，他放松了下来，不再摇晃。男孩的声音消失了。他们站在那里彼此对视，周围静得连根针掉地上也能听得见。

店外面，几个行人正顶着大太阳走在人行道上。

店主和男孩依然站着，男孩子显得兴高采烈，而店主看起来如有顿悟。

"孩子，"老人最后说道，"五年之后，你想来这里工作吗？来店里卖鞋子？"

"天呐，谢谢您，桑德森先生，但现在我还不知道自己将来的打算。"

"你想干什么都成，孩子，"老店主说，"你一定会成功的。没人能阻止你。"

老人脚步轻盈地穿过店铺，走到放满鞋盒的墙边，取了一双鞋回来给男孩，然后又在一张纸上列了个清单。男孩穿上鞋之后就站在那里，静静地等待着。

老人递过清单。"这是今天下午你要为我做的一堆事情。办完这些事，我们就两清了，你可以走了。"

"谢谢你，桑德森先生！"道格拉斯蹦蹦跳跳地准备离开。

"等等！"老人喊道。

道格拉斯停下转过身来。

桑德森先生俯身向前。"鞋子感觉如何？"

男孩低头看着自己的脚，它们深陷在河流中，深陷在麦田中，深陷在正将他推出城去的风中。他又抬头看着老人，他的眸子在喷火，嘴巴在嗫嚅，却没有声音发出来。

"羚羊？"老人问道，视线从男孩的脸上移到鞋上，"瞪羚？"

男孩想了想，犹豫了一番，然后很快地点点头。几乎一瞬间，他就不见了。他悄无声息地转身离去，门口空荡荡的。网球鞋的声音消逝在丛林般的高温里。

桑德森先生站在阳光灼热的门口，侧耳倾听。很久以前，当他还是个爱做梦的男孩时，他就记住了那个声音。这些美丽的生物在蓝天下跳跃，它们穿过灌木丛，从树下闪身而过，只留下轻柔的奔跑回音。

"羚羊，"桑德森先生说，"瞪羚。"

他弯腰拾起男孩扔掉的冬鞋，遗忘之雨和久融之雪让鞋变得沉甸甸的。老人走出了骄阳的炙烤，脚步轻柔、淡然、缓慢，他转身向着文明世界迈步而去……

火 箭

刊于《超级科学故事》(*Super Science Stories*)
1950 年 3 月
阿古 译

许多个夜晚，菲奥雷洛·波多尼醒来，听到火箭掠过夜空的
轻啸声。他会踮着脚爬起床，不去惊醒熟睡的妻子，溜进屋外的
夜色里。有那么一会儿，他不用再去闻这间河边小屋里隔夜食物
的气味。在这安静的片刻，他能放飞自己的心，追随那些火箭飞
向太空。

现在，这个夜晚，他半裸着站在黑暗中，看着火焰喷泉在夜
空中流泻。火箭正在飞向火星、土星、金星的狂野征途上。

"瞧瞧，瞧瞧，波多尼。"他喃喃自语。

寂静河边的柳条牛奶箱上坐着一位老人，他也在午夜的静谧
中观看火箭。

"噢，是你啊，布拉曼特！"

"你每天晚上都出门溜达吗，波多尼？"

"透透气儿。"

"是吗？我更喜欢这些火箭，"老布拉曼特说，"开始发射火箭的时候，我还是个孩子。八十年过去了，我还没登上过其中一艘。"

"有一天我会登上一艘的。"波多尼说。

"蠢话！"布拉曼特嚷道，"你永远登不上。那是有钱人的世界。"他摇了摇满头灰发的脑袋，回忆着，"在我年轻那会儿，他们用火热的词句书写：未来世界！科学，舒适，每个人都能得到新奇玩意儿！哈，八十年了，未来变成了现在！我们乘上火箭了吗？没有！我们还和祖先一样，住在棚屋里。"

"也许我的儿子们……"波多尼说。

"不会，儿子的儿子也不会！"老人咆哮道，"拥有梦想和火箭的，是那些有钱人！"

波多尼迟疑了一下，说道："老头儿，我已经存了三千美元。攒这笔钱花了我六年，为了生意，为了投资买机器。但一个月来，每晚我都睡不着，我听着火箭的轻啸，我不停琢磨。今晚，我下定了决心。我们家里的一个人将飞向火星！"他的眼神坚定而深邃。

"傻瓜，"布拉曼特打断他，"选谁去？谁会去？你去了，飞向太空，离上帝更近，你的妻子会恨你。以后的日子里，当你把这趟奇妙旅行一遍遍讲给她听的时候，嫉恨难道不会啃噬她的心？"

"不会，不会！"

"会的！你的孩子们呢？爸爸飞向了火星，他们只能用一生的时间去回忆你。你怎么能这么轻率，把这样的缺憾丢进孩子们

98

心里。他们会一辈子惦记着火箭。他们会失眠，心神不宁，就像你现在这样失魂落魄。要是去不了，他们情愿去死。别好高骛远，我警告你。让他们甘于清贫，让他们低下头颅，把目光看向双手和院子里的废料堆，而不是仰视群星。"

"但……"

"要是你的妻子去了？知道她饱览了你错失的奇观，你会怎么想？她会变得神圣不可攀。你会恨不得把她扔进河里。不，波多尼，买一台新的粉碎机吧，那才是你急需的，把你的梦想打个粉碎。"

说完，老人停了下来，盯着河面，火箭划破夜空的景象正倒映在水面上。

"晚安。"波多尼说。

"祝你睡得好。"老人回了一句。

吐司片咔嗒一声跳出银色烤面包机，差点儿吓了波多尼一跳。他一夜都没睡好。挤在一群孩子中间，身边躺着身材壮硕的妻子，波多尼辗转反侧，目光呆滞。布拉曼特是对的，还是应该把钱拿去投资机器。攒着这点儿钱，只能让一个人乘上火箭，却让家里其他人深陷挫败之中，何必呢？

"菲奥雷洛，赶紧吃你的面包。"妻子玛丽亚说道。

"我喉咙有点儿干。"波多尼说。

孩子们冲了进来。三个男孩在抢夺一个玩具火箭；两个女孩抱着布娃娃，那是模仿火星、金星、海王星居民的绿色人偶，长着三只黄眼睛，十二根手指。

"我看到了金星火箭！"保罗喊道。

"咻一下就飞走了。"安东尼洛模仿着哒哒声。

"孩子们！"波多尼大喊一声，手拢在耳朵边。所有人都盯着他。他很少喊叫。

波多尼站起身。"所有人都听着，"他说，"我攒了一笔钱，够一个人去乘火星火箭。"

每个人都欢呼起来。

"你们听明白了吗？"他问，"我们之中，只有一个人能去。选谁？"

"我，我，我！"孩子们叫嚷起来。

"你。"玛丽亚说。

"你。"波多尼对玛丽亚说。

他们陷入了沉默。

孩子们也改口了。"让洛伦佐去——他是大哥。"

"让米丽娅姆去——她是女孩！"

"想想那些奇观。"妻子对波多尼说。她的眼神有点不自然，声音在颤抖。"那些彗星就像游鱼。整个宇宙。月亮。得有个人去，回来讲讲。你很会讲故事。"

"瞎说，你也很会讲。"他反对。

每个人都在颤抖。

"来吧。"波多尼闷闷不乐地说道。他从一个扫把上折下一把长短不一的稻草。"抽到短的赢，"他伸出攥紧的拳头，"抽吧。"

每个人都表情肃穆地抽了一根。

"长的。"

"长的。"

又一根。

"长的。"

孩子们都抽过了。屋子里一片沉寂。

还有两根稻草。波多尼心中一阵悸痛。"该你了，"他小声说，"玛丽亚。"

她抽了一根。

"是短的。"她说。

"啊，"洛伦佐叹了口气，半是欢喜，半是忧伤，"妈妈去火星。"

波多尼试着挤出微笑。"恭喜，我今天就去买票。"

"等等，菲奥雷洛……"

"下周你就能出发了。"他轻声说。

她看着孩子们，他们望向她的眼神里带着忧伤，挺挺的鼻子下却藏着微笑。她慢慢伸出手，把稻草还给了丈夫。"我不能去火星。"

"为什么不？"

"我又怀上孩子了。"

"什么！"

她不去看他的脸。"我这种状况，不适合旅行。"

他抓住她的胳膊肘追问："真的？"

"再抽一次。重新开始。"

"你之前怎么不告诉我？"他仍然难以置信。

"我忘了。"

"玛丽亚，玛丽亚。"他轻声唤着，抚摩着她的脸庞。他转向孩子们。"再抽一次。"

保罗第一个就抽到了短稻草。

101

"我要去火星喽！"他猛地跳蹦起来，"谢谢你，爸爸！"

其他孩子往后退去。"你运气真棒，保罗。"

保罗止住了微笑，仔细看着父母和同胞手足脸上的表情。"我能去吗，能不能？"他心神不定地问。

"能去。"

"我回来以后，你们还喜欢我吗？"

"当然。"

保罗盯着颤抖的手中那根珍贵的稻草，摇摇头，把它扔在了地上。"我忘了，学校已经开学了，我不能去。咱们再抽一次吧。"

没人上前来抽，所有人都陷入了忧伤。

"我们都不去。"洛伦佐说。

"那最好。"玛丽亚说。

"布拉曼特说得对。"波多尼说。

早饭还在肚子里消化，菲奥雷洛·波多尼就来到废料场，开始拆解、熔化废旧金属，浇铸成金属锭。他的设备早已老化，让人发狂的激烈竞争把他逼到了穷困的边缘，已经二十年了。

上午过得非常糟糕。

下午一个男人走进废料场，向坐在粉碎机上的波多尼打招呼。"嘿，波多尼，我这儿有些金属！"

"什么金属，马修先生？"波多尼心不在焉地问了一句。

"一艘火箭。怎么了？你不想要吗？"

"要的，要的！"他抓住那个男人的胳膊，又松开手，一脸困惑。

"当然，"马修说，"这只是一架模型，你懂的，在设计新型号火箭时，他们会造一个同样大小的模型，铝的。把模型熔化，你也许能小赚一笔。要不就两千……"

波多尼垂下了手。"我没那么多钱。"

"遗憾。本来想拉你一把的。上回你说别人卖废品都开那么高的价。这回我可是成本价给你，算了……"

"我需要新设备。我得存钱换新设备。"

"我理解。"

"就算买了你的火箭，我也没办法熔化金属。上个星期我的熔铝炉坏了……"

"是吗。"

"就算买了，我也拿这火箭没辙。"

"明白了。"

波多尼眼睛眨了眨，又猛地闭上了。他再次睁开眼，盯着马修先生。"但我是个大傻瓜，我会把钱从银行取出来给你的。"

"可要是你不能熔化……"

"把火箭运来吧。"波多尼说。

"好吧，既然你这么说。今晚？"

"就今晚。"波多尼说，"对，我今晚买下这艘火箭。"

月光明亮。竖立在废料场里的火箭又白又大，反射着皎洁的月光和湛蓝的群星。波多尼看着它，喜欢得不得了。他想要拍拍它，靠在它身上，把它搂进怀里，把心底的秘密全都告诉它。

他抬头仰视着它。"你是属于我的，"他说，"就算你不能动弹，不能喷火，就算你蹲在那里锈上五十年，你也是我的。"

火箭散发着遥远时光的气息，让你觉得就像走进了一个时钟里。火箭还有种瑞士钟表的精致，仿佛能挂在表链上。"今晚我甚至会睡在这儿。"波多尼兴奋地小声嘀咕。

他坐进宇航员的驾驶席，动了动操作杆。他合上嘴巴轻轻哼起来，然后闭上双眼。

嗡嗡声越来越大，音调越来越高，越来越狂野、怪异、令人兴奋。他浑身颤抖，前后俯仰。嗡嗡声推动着他和火箭，这是寂静的呼啸，是金属般的尖啸。他的拳头在控制面板上飞舞，他紧闭的双眼颤抖起来。声音越来越激昂，变成了一股烈焰、一种力量、一种提升之力，仿佛要把他撕成两半。他喘了口气，又不停哼着，仿佛停不下来，仿佛永不停息，这低沉的嗡嗡声只能继续。他眼睛闭得更紧，他的心狂跳。"发射！"他尖叫一声。地动山摇！轰隆隆！"月亮！"他大喊，眼睛依然紧闭着。"彗星群！"火山爆发般的光亮，然后是一阵寂静。"火星。噢，没错！火星！火星！"

他向后倒去，筋疲力尽，气喘咻咻。他颤抖的双手松开控制杆，脑袋猛地往后一仰。他坐了很久，呼气，吸气，心跳渐渐和缓下来。

慢慢地，他睁开双眼。眼前仍然是一片废料场。

他一动不动地坐着，盯着眼前的一堆堆金属废料看了好一会儿，目不转睛。突然，他跳了起来，用脚猛踢操纵杆。"发射啊，该死的！"

飞船纹丝不动。

"我要好好教训你。"他喊道。

他钻出火箭，走进夜风中，跌跌撞撞地跑过庭院，爬上粉碎机，启动马达，又冲向火箭。他推动粉碎机操纵杆，把粉碎机沉重的巨锤举向空中。他颤抖的双手握紧操纵杆，他要向前猛砸，砸烂这场虚假的迷梦，砸烂这让他花光了所有积蓄的蠢东西。这东西既不能动，也不听他使唤。"我要好好教训你。"他喊道。

但是，他的手停住了。

银色的火箭矗立在月光里。院子里几十码之外，屋中流淌出黄色灯光，温暖氤氲。他依稀听到收音机正在播放音乐。他坐了半小时，注视着火箭和家里的灯光，沉思。他眼睛猛地一眯，又睁大。他爬下粉碎机，向家里走去，走着走着大笑起来。走到屋后，他深吸一口气，喊道："玛丽亚，玛丽亚，打点行装，咱们要去火星了！"

"哦！"

"啊！"

"真不敢相信！"

"是真的，是真的。"

孩子们站在起风的院子里，站在高耸的火箭下，不敢去触碰。他们开始大哭。

玛丽亚看着丈夫。"瞧你都干了啥？"她说，"花钱买了这个？它永远都飞不起来。"

"它能飞。"他注视着火箭，说道。

"火箭旅行要花好几百万。你有好几百万吗？"

"它能飞，"他坚定地重复了一句，"现在，所有人都回屋里去。我有几个电话要打，有工作要做。明天我们就出发！别告诉任何人，明白吗？这是个秘密。"

105

孩子们推推搡搡地从火箭旁退开。他看到他们紧张的小脸挤在窗户后面，远远地张望着。

玛丽亚没有走。"你把我们都毁了，"她说，"把家里的积蓄浪费在这……这个玩意儿上。那钱是拿来买设备的。"

"到时候你就知道了。"他说。

她没再搭腔，转身就走了。

"上帝保佑我。"他轻声说了一句，忙活起来。

半夜时分，来了好几辆卡车，送来了几个木箱。波多尼面带微笑，花光了银行账户里的钱。拿上喷灯和金属条，他爬进火箭，焊接、切割、东敲西打，这边砰砰折腾一下，那边秘密鼓捣一番。他把九个古旧的汽车马达紧锁在空空的火箭引擎室里。接着，他把引擎室焊死，没人能看到他的劳动成果。

黎明时，他走进厨房。"玛丽亚，"他说，"我准备好吃早饭了。"

她不愿意和他说话。

日落时，他呼唤孩子们："一切准备就绪，来吧！"屋子里静悄悄的。

"我把他们锁在储藏室里了。"玛丽亚说。

"你什么意思？"他质问道。

"这火箭会害死你们的，"她说，"两千块钱你能买到什么样的火箭？一艘坏火箭！"

"听我说，玛丽亚。"

"它会爆炸。再说了，你也不会驾驶。"

"别管了，我能驾驶这艘火箭，我已经把它修好了。"

106

"你已经疯了。"她说。

"储藏室的钥匙呢？"

"在我手里。"

他伸出手。"给我。"

她把钥匙给他。"你会害死他们的。"

"不会的，不会的。"

"会的，你会的。我有预感。"

他站在她面前。"你不来吗？"

"我待在这儿。"她说。

"你会明白的，你会看到的。"他说着，脸上露出了微笑，打开储藏室的门。"来吧，孩子们，跟上老爸。"

"再见，再见，妈妈！"

她安静地站在厨房的窗户后面，站得直直的，往外眺望。

在火箭的舱门外，父亲说道："孩子们，这是一艘高速火箭。我们只离开一小段时间。之后，你们必须得回学校上学，我还得做生意。"他依次握了握每个孩子的手。"听着，这艘火箭非常老，只能再旅行一次，它不能再飞第二次了。这将是你们一生难得的一次旅行。睁大眼睛好好观察。"

"好的，爸爸。"

"听着，你们要好好聆听火箭的声音，好好闻闻火箭的气味。好好感觉，好好记忆。等你们返回后，就有一辈子的时间来回味。"

"好的，爸爸。"

火箭安静得像一只停摆的钟。气闸在他们身后咝的一声关闭。像绑假人般，他用安全带把孩子们都绑在橡胶吊床上。"准

107

备好了吗？"他喊道。

"准备好了！"孩子们大声回答。

"点火！"他打开十个开关。火箭轰鸣着飞升。孩子们在吊床上蹦跶着，尖叫着。"我们动了！我们起飞了！瞧啊！"

"这是月亮！"

月亮掠过舷窗外，翩翩若梦影。流星雨划过，绽放如烟花。时间飞逝，宛如轻烟。孩子们大叫大嚷。几小时后，他们从吊床上下来，透过舷窗往外望。"那是地球！""那是火星！"

时钟的指针旋转，火箭不停飞行，抛落下粉红花瓣般的火焰。孩子们终于倦了累了，他们像喝醉的蛾子，爬进了吊床的茧里。

"不错。"只有波多尼一人还醒着。

他踮着脚离开了控制室，在气闸前提心吊胆地站了好一会儿。

他按下一个按钮。空气闸门弹开了，他走了出去。走进了太空？走进了邃黑的彗星潮里？走进了炙热的火箭尾气里？走进了浩瀚的空间里？走进了无尽的虚空里？

不。波多尼脸上露出了微笑。

颤抖的火箭仍然矗立在废料场里。

一切依旧，锈迹斑斑的废料场大门，河边的安静小屋，厨房的窗户亮着灯，小河依然向同一片大海流淌。而在废料场的中央，正孕育着一个神奇的梦境，矗立着那架颤抖的、不停低吟的火箭。安睡在吊床上的孩子们像凝结在蛛网上的露珠，微微晃动。

玛丽亚站在厨房的窗边。

他冲她挥手，满脸微笑。

他看不清妻子挥手了没有。也许，她轻轻挥了一下，微微笑了一下。

太阳要升起来了。

波多尼赶紧回到火箭里面。静悄悄的，孩子们依然在熟睡。他松了口气，把自己绑在一张吊床上，闭上了眼睛。他默默祈祷，喔，接下来的六天，千万别出什么岔子，搅扰了幻境。让所有的空间来了又去，让红火星和火星的月亮们从我们的火箭上方升起吧。别让彩色荧幕露出任何破绽。让画面保持三维。别让营造幻境的隐蔽镜子和荧幕出任何故障。让时间平缓流淌，别出任何状况。

他醒了。

红火星正漂浮在火箭附近。

"爸爸！"孩子们挣扎着要松开安全带。

波多尼看了一眼红火星，画面完美无瑕，他非常高兴。

第七天的傍晚，火箭停止了颤抖。"我们到家了。"波多尼说。

他们走出敞开的火箭舱门，走过废料场，他们的血液在歌唱，他们的脸庞在发光。也许他们已经知道了他的行踪，也许他们已经看穿了他的奇妙把戏，但就算他们知道，就算他们看穿，也永远不会说出来。此时此刻，他们奔跑着，欢笑着。

"我给大家准备了火腿和鸡蛋。"玛丽亚站在厨房门口说。

"妈妈，妈妈，您也应该一起去，去看看火星，妈妈，看看彗星，看看这一切。"

"是啊。"她说。

睡觉前,孩子们聚拢在波多尼身旁。"我们想要谢谢你,爸爸。"

"这没什么。"

"我们会一直记得这次旅行的,爸爸。我们永远不会忘。"

深夜,波多尼睁开了双眼。他感到妻子正躺在他身旁,看着他。她一动不动看了他好久,突然,她吻了吻他的脸颊和额头。

"怎么了?"他轻声问道。

"你是世界上最棒的父亲。"她小声说。

"为什么这么说?"

"现在我看到了,"她说,"明白了。"

她躺回去,闭上眼睛,握着他的手。"这是一次非常可爱的旅行,对吧?"她问。

"是的。"他说。

"也许,"她说,"也许,某个夜晚,你也能带我来一趟短途旅行,你觉得呢?"

"如果只是短途旅行,也许可以。"他说。

"谢谢你,"她说,"晚安。"

"晚安。"菲奥雷洛·波多尼应道。

一叶绿草

刊于《颤栗冒险故事》（*Thrilling Wonder Stories*）
1949 年 12 月

徐黄兆 译

决议已定，乌尔塔被判有罪。理事会成员从容不迫地坐着，侍从正忙着往他们钳子一般的手上和纤细的金属关节上涂润滑油。

在这十七位成员中，克鲁特的态度显得最为激越。他的钢手噼啪作响，圆圆的灰色视觉系统闪耀着红色的火焰。

"他是个让人无法容忍的实验主义者。"克鲁特说，"我建议使用锈刑！"

"锈刑？"奥米惊呼道，"会不会太过激了？"

克鲁特将自己那颗被合金罩住的头颅猛地往前一探。"才不会。对付他这样的人正合适。搞不好他会在自己玩完之前把整个机器国拖下水。"

"差不多得了。"莱昂纳理性地提议道，"让他短路几年作为惩罚说不定更好。为什么要这么残忍冷酷呢？你说是不是，克鲁特？"

"看在机器大神的分上！"克鲁特说，"难道你们对危险都熟视无睹吗？他竟然用原生质来做实验！"

"我同意，"另一位成员附和道，"这种行为怎么惩罚都不为过。如果乌尔塔一意孤行地要完成实验，他肯定会毁掉这个已经延续了三十万年的文明。把乌尔塔不抹油扔到海里，让他好好反省反省。锈刑可不是一时半会能结束的，让他尝尝慢慢生锈腐烂的滋味。记住别把合金头罩弄破，这样海水就不会让他的意识短路，他会一直保持清醒。"听到这里，众人只觉一阵恶寒，他们的金属躯体也忍不住暗暗战栗起来。

克鲁特摇晃着站了起来，他那长方形的面孔闪耀着冰蓝色的冷酷光泽。"我想我们该投票表决。赞成对乌尔塔用锈刑的，请举手！"

大家都犹豫起来。克鲁特那四米多高的合金躯干在润滑油的作用下有些不自在地扭动着。

钳子一根根地举了起来。起初是六只，然后又是四只。奥米和其他五位成员拒绝投赞成票。克鲁特快速扫视了一遍。

"很好。有一艘特快火箭可以前往乌尔塔的实验室，不过它只剩下一百秒就要发射了。如果动作快些，我们还来得及！"

巨大的磁板降到地上，涂满油的金属身体悄无声息地升到了空中。

众人急匆匆地向着宽敞的门口走去。奥米和五位异议者紧跟在后面。他在门口拦住了克鲁特。"克鲁特，我想问你一件事。"

"有话快说，我们赶时间。"

"你……见过那东西吗？"

"你是说原生质？"

"是的。你见过原生质吗？"

克鲁特点点头。"我见过。"

"它长什么样？"奥米又问道。

克鲁特迟疑了很长时间，然后他一字一顿地说道："它足以让机器世界的万物都停止运转。它太可怕了，太令人难以置信了。我觉得你们最好也来见证一下。"

"我也去。"奥米审慎地回答道。

"那就快点儿吧，我们还剩五十秒。"

他们跟上了其他人。

大海波澜不惊，就像一只毫无光泽且肌肉松弛的大手掌。这只巨大手掌的静脉和动脉中没有任何活动迹象，除了灰暗的血潮。海水静悄悄地移动着，随着月潮的运动而相互碰撞。海洋深处依然一片死寂。这里了无生机，虽然潮汐变化时会扬起海尘，但找不到任何可以过滤它们的软体动物、鱼类和其他活物。海洋已经死了。

森林也是静悄悄的。灌木丛光秃秃的，树木在静谧的荒原中绝望地高耸着。听不到鸟儿的歌唱，也听不到狡黠动物的脚爪踩在秋叶上发出的咔嚓声，没有潜鸟的鸣叫，没有麋鹿悠远的呼喊，更没有花栗鼠的窸窸窣窣。只有当风吹起时，人们才会依稀想起，在三十万年前，这里曾生活着一些叫鸟的东西。森林和森林脚下的这片土地都死了。树也死了，它们都变成了化石，直挺挺地为坚硬的砾质土提供永久的荫蔽。这里没草也没花。大地死了，死得和海洋一样彻底。

死亡大地的上方，无鸟翱翔的天空中突然传来了一阵金属声响。那是火箭在死寂的空气中呼啸。

随后它一闪而过，只在尾迹中留下了浅金色的纹理。克鲁特和他的同伴正在赶往乌尔塔的堡垒。

火箭一落地门便打开了。克鲁特和其他人从里面鱼贯而出。

"我一直在等你，"乌尔塔说，他就站在实验室洞开的门口，"我知道你肯定会带着理事会来，克鲁特。你们都进来吧。从你们现在的体温我就知道，我肯定已经被判处锈刑了。事情很快就会见分晓的，但不管怎样，你们还是先进来吧。"

理事会成员身后的门关闭了。乌尔塔领着众人穿过一座管状的过道，过道尽头是一个漆黑的房间。

"请坐，机器王国的统治者们。这真是非比寻常，这是为大神所准备的招待规格。我简直受宠若惊。"

克鲁特发出愤怒的咔嗒声。"在死之前，你必须向我们展示一下原生质，这样我们就能对它进行判断和销毁。"

"非得这样做吗？还是说你们也想看看？"

"别废话，它究竟在哪儿？"

"这里。"

"哪儿？"

"耐心点，克鲁特。"

"我对渎神者没有任何耐心！"

"这我看出来了。"

房间的角落里摆着一个巨大的方盒子，里面发出的光照亮了旁边的墙壁。盒子上方悬着一块黄布，它罩住了里面的东西。

乌尔塔很清楚揭晓这一切将会带来的震撼效果，他走到盒子边上，中途还对体温刻度表调节了好几次。他的视觉系统迸发出灼热的光芒。他一把抓住黄布，猛地拉了起来。

一阵刺耳的震颤声响了起来。理事会成员的视觉系统画面开始闪烁，并不断变幻颜色。他们的金属身体发出惴惴不安的吱嘎声。眼前的景象着实令人不快。他们摇摇晃晃地走上前去，在盒子周围站成一圈，凝视着里面的东西。他们看到的是一个亵渎神明、极其邪恶的玩意儿。

它会生长。

它会扩张并自我构建，会变化，会繁殖。它活着又会死去。

死去。

太愚蠢了！没有人必须死，永远永远不需要！

它可以被折磨得鲜血淋漓，再腐朽成虚无。它能知冷知热感受各种痛苦。愚蠢，愚蠢透顶的东西，恐怖，恐怖至极的东西，它难以理解且不可预知，如噩梦一般可怕！

一米八的粉红色血肉之躯，有着长长的肉质胳膊和手，以及两条长长的肉质腿部。还有两种只存在于上古神话中的多余构件——嘴巴和鼻子！

奥米心里慢慢升腾起一种被欺骗的感觉。简直令人难以置信！这一切就像道听途说的一出《血肉和黑暗时代》神话。所有这些半真半假的谣言，所有这些模糊不清的喃喃低语声，都来自这些会自己生长而不是被造出来的造物！

谁听说过这样亵渎神明的东西呢？会自己生长而不是被建造出来的？如果缺少机器科学家的用心构建和无微不至的辅助，事

115

物还怎么能够完美？这团肉浆就是不完美的。它一碰就碎，稍微热一点就融化掉，稍微冷一点又会冻上。至于能够自我生长，那又有什么用呢？它能长成什么样子只能靠运气，纯粹的运气。

机器王国的居民可不是这样的！他们从一开始就是完美的，随着时间的流逝，他们会变得更加完美——虽然这话听起来似乎有些自相矛盾。活上十几万年对于他们而言完全不是问题。奥米就已经三万岁了，但他还是一个青年，依然青春年少！

可血肉之躯呢？它只能依靠所谓自然的灵光乍现来拥有智慧、健康和长寿？多么愚蠢的笑话，简直毫无意义！零件包、轮子、齿轮、红蓝电线以及闪烁的电流，拿来直接就可以安装了！

"就是它了。"乌尔塔带着自豪感淡淡地说道。他的语气中充满了无所畏惧的决绝感，"一具由骨骼、肉质和鲜血组成的奇妙躯体。"

一阵长久的沉默，其间夹杂着一些惊恐的理事会成员发出的吱嘎声。他们几乎一动不动，只是目不转睛地注视着眼前的东西。

奥米说："它太可怕了。你从哪儿找到的？"

"我亲手制作的。"

"你怎么会想到做这种东西？"

"说来话长。十万年前的某一天，我和往常一样独自穿过石林，意外发现了一棵小草。没错，这个世界上最后一棵绿色小草。你们想象不到当时我有多么激动。我小心翼翼地把它举起来仔细查看，它就是一个小小的绿色奇迹。我感觉自己仿佛要炸裂成无数的比特单元。我小心地把草带回家，也没有告诉任何人。哦，它真是一份美妙的珍宝。"

"这是直接违反法律的行为。"克鲁特说。

"是的，法律。"乌尔塔陷入了回忆，"三十万年前，我们焚尽空中的飞鸟，杀光洞穴中的狐狸和蛇，屠戮海中的鱼类，以及其他所有动物，包括智人——"

"那是禁忌之名！"

"也是封存在回忆中的名字，从未被遗忘。大屠杀之后，森林依然在生长，这让我们总是想起以前会生长的万物，于是我们干脆把森林变成了化石，消灭了所有的花花草草。自那以后，我们便生活在一个贫瘠的石头世界中。为什么？我们甚至摧毁了连看也看不见的微生物，我们是有多害怕那些会生长的东西啊！"

克鲁特愤怒地回击道："我们不害怕！"

"真是这样吗？没关系，请让我把故事讲完。虽然我们消灭了所有的飞鸟、昆虫和花花草草，但这一小棵青草却逃过了一劫，我发现了它，把它带回来加以培育，它生长了数百年，变成了可供研究的几千万棵小草，因为它拥有可生长的细胞。当迎来第一朵盛开的鲜花时，我简直无法向你们描述我当时激动的心情。"

"花！"

"不起眼的小生命。经历了近千年的实验后才开出一朵蓝色小花。自那以后，花越来越多，过了五个世纪，花变成了一片灌木丛，四百年之后，灌木丛中又长出了一棵树。哦，不得不说，这真是一段长得离奇的工作和观察时间。"

"但这个玩意儿，"克鲁特喊道，"它又是怎么演化来的？"

"我继续研究。我在世界上到处搜寻。因为我有理由相信，如果能发现一棵珍贵的小草，或许我也能发现其他的生物，譬如一只幸存下来的蜥蜴、蛇或其他生命。最后我竟然极其幸运地发现了一只小猴子。我又花费了几千年的时间把猴子变成了这玩意儿。人工繁殖和授精，各种基因和细胞研究，我都涉猎过。现在，成果摆在这里了，它看上去挺不错的。"

"这是被严令禁止的！"

"是啊，可恶的禁令。奥米，你知道众生为什么会被从地球上清除掉吗？"

奥米斟酌着答道："因为它们威胁到了机器法则。"

"它们是怎么威胁的？"

"它们以锈刑相威胁。"

"不只是锈刑，"乌尔塔平静地回答说，"众生以另一种生命和思维形式威胁着我们。它们以令人愉悦的不完美性、不可预知性、艺术和文学威胁着我们，于是我们开始屠戮众生，宣称它们是渎神者，禁止去了解或谈论它们。"

"你说谎！"

"我说谎？"乌尔塔反问道，"在我们之前，谁是这个世界的主宰？"

"我们一直掌握着它，自始至终。"

"那众生从何而来？能解释一下吗？"

"它们是从我们手中逃脱的试验品。一些疯狂的机器科学家创造了如同怪物一般的生物，它们竞相繁殖，它们是机器人的奴仆，它们一度颠覆了机器人的统治。但最终，机器人摧毁了它们。"

"宗教教条主义！"乌尔塔回应说，"这是你们被洗脑之后形成的固定思维。真相远非如此，一切皆有起源，你说呢？"

"是的。一切都有起源。《金属之书》中说，宇宙万物皆诞生自一台巨大的机器车床之上。我们就是这台车床制造出来的小小机器人。"

"肯定有第一个机器人，不是吗？"

"是的。"

"那是谁制造了他？"

"另一台机器。"

"但在此之前的之前的之前呢？是谁制造了制造机器人的机器呢？让我来告诉你们吧，是众生。众生曾经统治着这片大陆，以及所有的大陆。生物会生长，而机器不会生长。机器是用零件一片片地组合起来的。会生长的生物们制造出了机器！"

奥米简直要发狂。"不，这不可能。这样的念头太可怕了！"

"事实就是如此，"乌尔塔说，"我们无法忍受人类和他们不完美的存在方式。我们认为他们以及他们的艺术和音乐极其愚蠢荒谬。他们会死亡，我们不会，于是我们摧毁了他们，因为他们太碍事了，他们阻碍了我们宇宙的完美。从那时开始，我们就不得不自我欺骗。自说自话是徒劳。正如人类以自己的形象来创造上帝，我们也以同样的方式塑造了我们的神。我们无法忍受人类曾经贵为机器之神的历史，于是我们抹去了地球上原生质存在的所有痕迹，并禁止讨论。我们是人类用机器制造出的机器，这就是全部的真相。"

他结束了演讲。其他人看着他，最后克鲁特说："你为什么要这样做？你为什么要制造出这具充满缺陷的血肉之躯？"

"为什么？"乌尔塔转向盒子，"看看他，这种生物，这个人类个体，如此渺小，如此脆弱。但正是不堪一击让他的生命具备了某种价值。超脱了恐惧、敬畏和不确定性的他们，曾经创造出了伟大的艺术、音乐和文学。而我们呢？我们什么也没有。

"如果一个文明能够永生且完全没有价值观，那它如何能创造呢？事物的价值源自短暂性，失去后才感到可贵。夏日的美丽是独一无二的，你们都曾有过这样的感受——天气，是我们能够感知的为数不多的美丽事物之一，因为它会变化。我们不会变化，因此我们的世界缺乏美，缺乏艺术。

"看看他，正在盒子里做梦的他，他就快苏醒了。战战兢兢的渺小人类，徘徊在死亡边缘，但却写下了流芳百世的经典著作。我曾经在被列为禁地的图书馆中读过这些书，它们满溢着爱意，富于柔情，也不乏恐惧。他们的音乐中也充满了对不确定的生命和确定的死亡的告白式抗争。如此完美的成就却来自如此不完美的生物。他们娇弱，浑身缺点，他们发动战争，也做过很多坏事，这些都是完美的我们所无法理解的。

"我们真的无法理解死亡，它在我们中间太罕见了，也没有任何价值。但人类懂得死亡和美，正因为如此，我创造了他，我希望这种美和不确定性能够重回这个世界。唯有如此，我们眼中的生命才有意义可言，我才能以自己有限的才智去领会这份意义。

"他能感受到痛苦的愉悦，没错，即便痛苦也成了一种愉悦，因为那是一种活着的感觉。他活着，他会进食，这些都是我们做不到的，他知道爱的美好之处，他会像善待自己那样善待他人。他会进入一种叫'睡眠'的状态，在睡着时他会做梦，这也是我们无法做到的。现在他正在做梦，梦中出现的美好事物我们永远都别指望能够知晓或理解。你们正站在这里，畏惧他，畏惧生命的美丽、意义和价值。"

其他人都僵住了。克鲁特转过身去对他们喊话道："你们所有人都听着，今天听到看到的，一个字都不能漏出去，不准告诉任何人。懂了吗？"

大家都嘟囔着点头，看上去迷惘且犹豫不决。

长方形盒子里的睡眠者慢慢动弹起来，他的眼睑在颤抖，嘴唇也在微微颤动。他正在苏醒过来。

"锈刑！"克鲁特尖叫着冲上前去，"抓住乌尔塔！锈刑！快用锈刑！"

汤因比暖房器

刊于《花花公子》(*Playboy*)

1984 年 1 月

秦鹏 译

"太好了！太棒了！为我自己喝彩！"

罗杰·沙姆韦冲进座位，系上安全带，发动起旋翼，把他的蜻蜓超级六型直升机开上夏日的天空，朝南方的拉荷亚飞去。

"一个人可以走运到什么程度啊？"

说这话是因为他正赶赴一次不可思议的会面。

在一百年的沉默之后，那位时间旅行者终于同意接受采访了。到今天他已经一百三十岁了。而这个下午，太平洋时间四点整，正是他那唯一一次时间旅行的周年纪念。

天呐，没错！一百年前，克雷格·班尼特·斯戴尔斯向人们挥手告别，迈进他的那部"巨钟"，然后消失于当下。他是历史上唯一进行过时间旅行的人，而沙姆韦是这么多年来唯一被他邀请共进下午茶的记者。然后呢？或许还会宣布第二次也是最后一次时间旅行。旅行者曾经暗示还会有这样一次时光之旅。

"老人家，"沙姆韦说，"克雷格·班尼特·斯戴尔斯先生——我来了！"

御风而行的蜻蜓号抓住了一股气流，朝海岸降落下去。

在拉荷亚的滑翔翼之崖边缘，在那座时光圣殿的房顶，老人已经在等着他了。天空中满是深红色、蓝色和柠檬色的滑翔翼，年轻的小伙子们在上空叫嚷着，而年轻的姑娘们在悬崖边呼喊着他们的名字。

已经一百三十岁高龄的斯戴尔斯并不显老。他那张仰望直升机的脸庞容光焕发，并不亚于那些挂在滑翔翼上躲避直升机降落的浪荡美男子。

沙姆韦让飞行器多悬停了一会儿，品味着这个时刻。

下面那张脸庞的主人曾经梦想广厦万间，曾经心怀世间大爱，曾经把时间里的秘密书写在蓝图中，然后扎进岁月的长河，逆流而上。他的脸庞洒满阳光，仿佛在庆祝自己的生日。

在一百年前的那一夜，刚刚从时间旅行中返回的克雷格·班尼特·斯戴尔斯曾通过通信卫星向全世界的亿万观众播报，对他们讲述了未来的模样。

"我们做到了！"他说，"我们做到了！未来属于我们。我们重建了城市，修整了小镇，清理了湖泊和河流，洗净了空气，拯救了海豚，增加了鲸的数量。我们不再打仗，而是在太空中安置了太阳能空间站用来照明。我们在月球殖民，在火星定居，还去了人马座阿尔法星。我们治愈了癌症，阻止了死神。我们做到了——哦，上帝啊，太感谢了——我们做到了。哦，未来就像是明亮美丽的高塔，拔地而起，直刺云霄！"

他给他们看了照片，为他们带来了样品，送给他们记录着这次非凡环游的磁带、密文唱片、胶片和盒式录音带。全世界都高兴得发了疯。他们急切地前去迎接、去创造那样一个未来，去建设承诺中的都市，去拯救所有的动物，与它们共享陆地和海洋。

风中传来老人呼喊的欢迎之语。沙姆韦高声作答，让蜻蜓号在它自己卷起的疾风中稳稳降落。

一百三十岁高龄的克雷格·班尼特·斯戴尔斯迈着轻快的步伐走上前来，还不可思议地帮助年轻的记者走出机舱，因为沙姆韦突然因这次会面激动得心悸腿软。

"真不敢相信我来到了这里。"沙姆韦说。

"你来了，来得恰是时候。"时间旅行者笑着说，"我现在随时都有可能分崩离析随风而去。午餐已经准备好了。来吧！"

斯戴尔斯从旋翼下阔步离开，仿佛在举办一场只有一个人的游行。快速转动的旋翼在他身上投下扑朔的阴影，让他看上去像是一段来自未来却已然陈旧的新闻短片。

跟在后面的沙姆韦则像是百万雄师身后的一条小狗。

"你想了解些什么？"两人快步穿过房顶时，老人问道。

"首先，"努力跟上步伐的沙姆韦喘息着说，"你为什么要在一百年之后打破沉默？其次，为什么选择了我？然后，今天下午四点钟你要发布的重大通告是什么？那正是年轻的你从过去抵达现在的时刻——有那么片刻，你将同时出现在两个地方，造成一个悖论：过去的你、现在的你，共同为我们造就一个值得欢庆的辉煌时刻。"

老人笑了。"你还真是出口成章！"

"不好意思，"沙姆韦脸红了，"这是我昨天晚上写的。好了，问题就是这些。"

"你会得到答案的。"老人轻轻晃了一下他的手肘，"等到合适的时候。"

"请一定原谅我的激动。"沙姆韦说，"毕竟你是一个神秘人物，是举世瞩目的名人。你离开后见到了未来，又回来告诉我们，然后就离群索居了。哦，当然，有那么几个星期，你在全世界参加彩纸漫天飞的游行，在电视上露面，写了一本书，为我们呈现了一部精彩纷呈的两小时电视电影，然后就把自己关在了这个地方。是的，时间机器就在下面供人参观，每天中午人们都可以进来触摸它。但是你本人却拒绝了名望——"

"也不尽然。"老人带领他走到房顶。下面的花园里，其他直升机正陆续抵达。它们从世界各地带来电视设备，来拍摄天空中的奇迹，拍摄来自过去的时间机器出现、闪光，然后在回到过去之前去访问其他城市。"我一直都很忙，我是个建筑师，帮助人们建造我年轻时曾亲眼见到的金色未来！"

他们站了一会儿，看着下面众人的准备工作。巨大的桌子上已经摆放好美食佳酿。来自世界各个国家的达官贵人很快就会抵达，为的是感谢——或许是最后一次感谢——这位传奇般的、几乎神话一样的时间旅人。

"过来。"老人说，"你想不想在时间机器里坐一下？要知道除我之外从来没有别人坐过，你要不要当第一个？"

根本不需要回答。老人看得出年轻人的双眼充满了欣喜的泪光。

"好了，好了。"老人说，"哦，我的天，淡定，淡定。"

一部玻璃电梯将两人带到楼下。走出电梯是一间纯白色的地下室，中央立着的正是那台不可思议的设备。

"就在那儿。"斯戴尔斯碰了一个按钮，一百年来一直密封着的时间机器的塑料壳滑开了。老人点点头。"去吧，坐上去。"

沙姆韦缓缓走向时间机器。

斯戴尔斯按了另一个按钮，机器内部亮起灯光，有如一个蛛网密布的洞穴。它吐息着岁月，轻吟着记忆。幽灵流淌在它晶莹剔透的血管里。伟大的造物蜘蛛一夜之间织就了它的锦帷。它生气勃勃，仿佛鬼魂附身。看不见的潮汐在它的机械结构中涌起又退却。它的内部蕴藏着如火的骄阳和阴晴圆缺之月。万物尚在秋风中凋零，凛冬便乘着飞雪悄然而至；刚有百花在春日下争艳，炎夏的原野却已落英缤纷。

年轻人坐在这一切的中央，带着难以言传的激动抓紧了衬垫座椅的扶手。

"不要害怕。"老人轻柔地说，"我不会送你去时间旅行的。"

"我不会介意。"沙姆韦说。

老人仔细端详着他的表情。"对，我看得出来你不会介意。你看上去就像是我在一百年前的今天的样子。真可惜你不是我的义子。"

年轻人闻言闭上了双眼，机器中的幽灵在他周围嘈嘈切切，述说着关于未来的承诺。他的眼睑前明灭不定。

"好啦，你觉得我的汤因比暖房器怎么样？"老人轻快的声音打破了魔咒。他切断了电源。年轻人睁开双眼。

"汤因比暖房器？什么——"

"越说越乱了是吧？汤因比，这位伟大的历史学家曾经说过，任何团体，任何种族，任何世界，若不主动去把握和塑造未来，就注定会归为尘土，埋没于岁月中。"

"他这么说过吗？"

"大概这个意思吧，确实说过。所以说，我的机器取这个名字应该更加恰当吧？汤因比，不管你在哪里，这就是你用来把握未来的设备！"

他抓住年轻人的手臂，引领他走出了那部机器。

"机器不用再看了，时间不早了，快要到我从过去抵达的伟大时刻了，嗯？还有那个老时间旅行者斯戴尔斯震天动地的最后宣告！跳！"

回到屋顶，两人低头看着花园，那里已经挤满了来自全世界的名人。近旁的道路已经堵塞，天空中布满了直升机和盘旋的双翼机。那些玩滑翔翼的早就放弃了，在悬崖边站了一排，活似一群艳丽的翼手龙。他们收起翅膀抬着头，盯着云彩等待着。

"所有这些，"老人喃喃道，"天哪，都是冲着我来的。"

年轻人看了一下表。

"还有十分钟就四点了。那次伟大的驾临时刻即将到来。对不起，这是一周前写新闻稿时，我对那个时刻的称呼。到达和离开的时刻就在眨眼之间，通过在时间里穿行，你把世界的整个未来从黑夜变成了白天，从黑暗变成了光明。我常常在想——"

"什么？"

沙姆韦认真地看着天空。"当你在时间中前行时，没有人看到你抵达吗？你知不知道，有没有人碰巧抬着头，看到你的设备悬浮在半空中，先在这儿，过一会儿又在芝加哥，然后是纽约和巴黎？没人吗？"

"嗯，"汤因比暖房器的发明人说，"我认为不会有人预料到我的到来！而如果有人看到了我，他们肯定也不知道自己看到的究竟是什么。反正我很小心，不在一处停留太久。我只需要有时间拍下重建的城市、清洁的海洋和河流、没有雾霾的新鲜空气、不设防的国家、得到拯救的可爱的海豚。我行动敏捷，拍照迅速，然后就返回原来的时间了。荒谬的是，今天却不一样。成千上万双眼睛将带着巨大的期待看向天空。他们会盯着看的，不是吗，从那些在天空中烧油的小傻瓜，到这个仍然为自己的成功而开心的老傻瓜？"

"会的。"沙姆韦说，"哦，当然，他们会的！"

一枚软木塞弹了起来。沙姆韦从附近场地上的人群和天空中无数绕圈的物体上转开视线，看到斯戴尔斯刚刚打开了一瓶香槟。

"这是我们私下的干杯以及我们的私人庆祝。"

他们举起杯来，等待着精准的畅饮时刻。

"还有五分钟到四点。为什么，"年轻的记者说，"没有其他人进行时间旅行？"

"我自己叫停了这种行为。"老人从房顶上倾身朝下看着人群，"我意识到这种行为有多么危险。当然我自己是可靠的，没有危险。但是，天哪，想想吧——任何人都能沿着时间的保龄球道滚滚向前，轻率地把柱子撞飞，吓唬当地人，再去惊扰别处的居民，摆弄拿破仑的生命线或者恢复希特勒的表亲？不，不行。政府当然也同意——不，是要求——我们把汤因比暖房器锁起来。今天，你是第一个也是最后一个在它里面留下指纹的人。在这数万个日日夜夜里，为了防止机器被人偷走，严密的守卫一直都没有断过。还有多长时间？"

沙姆韦看了一眼自己的手表，屏住了呼吸。

"一分钟倒计时——"

他数着秒，老人也在数。他们举起了盛香槟的酒杯。

"九、八、七——"

下面的人群陷入了沉默。天空中充满了期待的低吟。电视摄像机的镜头朝上扫来扫去，搜索着。

"六、五——"

他们碰了杯。

"四、三、二——"

开始畅饮。

"一！"

两人笑着喝下香槟，看向天空。拉荷亚海滨的金色天空等待着。伟大的驾临时刻已经到来。

"就是现在！"年轻的记者喊道，仿佛魔术师在下达指令。

"就是现在。"斯戴尔斯异常平静地说。

什么都没有发生。

五秒钟过去了。

天空中什么也没有出现。

十秒钟过去了。

天空仍然在等待。

二十秒钟过去了。

平静如常。

终于，沙姆韦转身向身边的老人投去探询的目光。

斯戴尔斯看着他，耸耸肩说道："我撒谎了。"

"你说什么！？"沙姆韦喊了出来。

下面的人群不安地骚动。

"我撒谎了。"老人不动声色地说。

"不！"

"哦，是真的。"时间旅行者说，"我哪儿都没有去过。我留在原地，但是做出一副旅行过的样子。没有什么时间机器——只是有个样子像时间机器的东西。"

"但是为什么？"年轻人喊了出来，困惑地抓着房顶边缘的栏杆，"为什么？"

"我看到你的翻领上有一个录音按钮。打开吧。没错，就是它。我想要所有人都听到这些话。"

老人喝完了杯中的香槟，开始说道："因为我出生成长在二十世纪六十年代至八十年代，当时人们已经不再相信他们自己了。我看到了那种怀疑，正是因为它，人类不再给予自己生存的理由；因为它，人类动摇、沮丧，乃至愤怒。

"每一处，所见所闻皆是怀疑；每一处，毁灭的消息铺天盖地。到处充斥着专业的绝望、才智的厌倦、政治的愤世嫉俗。而除了厌倦和愤世，便是猖獗的怀疑主义和初生的虚无主义。"

老人想起了什么事情，便停了下来。他弯腰从一张桌子下面取出一瓶红色勃艮第，专用的瓶子上有 1984 年的标签。他一边说一边轻轻地开启古老的瓶塞。

"你能想到的问题我们都有。经济发展慢得像蜗牛，世界就像个粪坑，经济学仍然是个无解的谜团。所有人都闷闷不乐，流行的态度是拒绝改变，时兴的口号是世界末日。

"什么都不值得做。每天晚上十一点钟听够了坏消息上床睡觉，早晨七点钟醒来听更坏的消息。白天过得像是在水底跋涉，夜晚又淹没在痛苦烦恼当中。啊！"

塞子已经被轻轻地拔出。这瓶现在已经无足轻重的1984年陈酿已准备好醒酒了。时间旅行者嗅着酒香，点点头。

"骑行在地平线上冲进我们城市的，不仅是天启四骑士，还有更加恶劣的第五骑士与他们同行：绝望。挫败是他用来缠身的黑色裹尸布，而不断地从他口中喊出的，只有过去的灾难、当今的失败、未来的懦弱。

"只有黑暗的谷壳，没有光明的种子，在不可思议的二十世纪后半叶，人类能得到什么样的收成？

"忘记了月亮，忘记了火星的红色景观、木星的巨眼、惊艳绝伦的土星环。我们拒绝得到安慰。我们在自己孩子的坟墓前哭泣，而那孩子就是我们自己。"

"当时是那个样子吗，"沙姆韦轻声问道，"一百年前？"

"是的。"时间旅行者举起葡萄酒瓶，仿佛里面盛放着证据。他往一个杯子里倒出了一些，观赏了一下，嗅了嗅酒香，然后继续说，"你看过关于那个时代的新闻短片和书籍。你都知道。

"哦，当然，有那么几个闪光的时刻。沙克研发了脊髓灰质炎疫苗，给全世界儿童带来生机；阿波罗着陆静海，人类的一大步踏在月球表面上。但是很多人的脑中所想、口中所说，都是第五骑士阴郁的叫嚣。有些时候似乎他就要取得胜利了。假如末日的预言从一开始便是正确的，所有人都会得到阴暗的满足。所以，我们做出了自我实现的预言，我们自掘坟墓，并准备好葬身其中。"

"而你不允许那样的事情发生？"年轻人问。

"你知道我不会允许的。"

"所以你建造了汤因比暖房器——"

"并不是一下子建好的。我花了好几年来策划。"

老人停下了摇晃深色葡萄酒的手，注视片刻，轻呷一口，闭上了眼睛。

"在此期间，我在绝望中借酒浇愁，在深夜的思考中轻声哭泣。我怎么做才能把我们从自己手中拯救出来？我怎么才能拯救我的朋友、城市、州、国家，拯救整个世界，让人们不再执迷于末日？那是某一天深夜，在我的书房里，我伸手在书架上搜寻着，最终碰到了威尔斯那本受人喜爱的旧书。仿佛鬼魅一般，他的时间机器对我的呼喊穿透了岁月。我听到了！我理解了。我用心地聆听，然后画出草图，建造了机器，进行了时间旅行，或者看起来是那样。后来的事情你都知道了，已经写在了史书中。"

苍老的时间旅行者喝下葡萄酒，睁开双眼。

"老天爷。"年轻的记者摇着头轻声说道，"哦，我的天。哦，这些奇迹，这些奇迹——"

这时，在下面的花园中，在远处的田野里，在道路上和天空中，人群躁动不安起来。伟大驾临到底发生在哪里？

"那么，"老人又为记者倒了一杯葡萄酒，说道，"我是不是挺厉害的？我制造了机器，做出了微缩的城市、湖泊、水塘、海洋。在明澈如水的天空里建起巨大的建筑，和海豚对话，与鲸戏耍，伪造了磁带，虚构了电影。哦，这花了很多年，很多年的艰苦工作和秘密准备，然后我才宣布启程，离开后再带着好消息回来！"

他们喝下了剩下的葡萄酒陈酿。嗡嗡的声音传来，下面所有的人都看向房顶。

时间旅行者朝他们招手，然后转身。

"现在快点吧，从此刻开始全交给你了。你有磁带，我的声音刚刚被录到上面。这里还有三卷磁带，里面的数据更多。这盘录影带完整记录下了我灵感勃发的欺诈行为。这是一份最终手稿。拿着，都拿着，把它们交给大众。我任命你为我代言。快点！"

再次被催促着进入电梯时，沙姆韦感觉世界已经消失在脚下。他不知道该哭还是该笑，于是最终长啸一声。

惊讶的老人也跟着呼喊一声，随后两人走进室内，走向汤因比暖房器。

"你明白这个道理了，是不是啊，孩子？生活的真谛一直都是对自己撒谎。从男孩到小伙子到老翁，从女孩到少女到妇人，人人都要温和地说出谎言，再去证实它的真实。编织梦想，然后全身心地投入，真相便会蕴藏在梦想中。归根结底，一切都是一个承诺。看似谎言的，其实是摇摇欲坠、渴望实现的需要。这儿，按照说明操作。"

他按下了升起塑料罩的按钮，又按下另一个按钮，让时间机器嗡嗡响了起来，然后紧走几步，冲进了暖房器的座椅。

"扳最后那个开关，年轻人！"

"可是——"

"你在想，"老人笑了，"如果时间机器是个骗局，现在扳开关有什么用呢，是吧？别管那么多，扳吧。这一次，它会管用的!"

沙姆韦转身找到了控制开关,抓住把手,然后看着克雷格·班尼特·斯戴尔斯。

"我不明白。你要去哪里?"

"怎么了,当然是成为与岁月同在的人。现在我要开始生存了,只不过是在深远的过去。"

"这怎么可能?"

"相信我,这一次会发生的。再见,我亲爱的年轻人。"

"再见。"

"好了。对我说我的名字。"

"什么?"

"喊我的名字,并且扳开关。"

"时间旅行者?"

"是的!动手!"

年轻人猛拉开关。机器的嗡嗡声变成怒吼,动力十足地发着亮光。

"哦。"老人说着闭上双眼,嘴角微微露出笑意,"是的。"

他的头朝前奔拉下来。

沙姆韦叫了一声,关闭开关,冲上前来撕扯把老人固定在机器上的皮带。

他停了下来,摸摸时间旅行者的手腕,又把手指放在他脖颈上检查了那里的脉搏。他呜咽着哭了出来。

老人已经真正地回到时间里去了,这次,目的地是死亡。他将永远地旅行在过去的岁月中。

沙姆韦退回来,再次启动了机器。如果老人要远行,就让机器象征性地随他而去吧。它发出和谐的嗡鸣，在蛛网和线圈当中，亮如白日的火焰燃烧着，照亮了老旅行者的双颊和浓密的眉毛。随着机器的震颤，他仿佛在不停颔首。在走进黑暗的旅程中，他微笑着，就如同一个心满意足的孩童。

记者在那里又站了很长时间，用手背擦干了脸上的泪水，然后没有关闭机器便转身穿过房间，按下了玻璃电梯的按钮。等待的过程中，他从夹克口袋里取出了时间旅行者的磁带和卡带，一个接一个地扔进了墙上的垃圾焚烧口。

电梯门打开，他走进去，门关上。电梯也嗡鸣起来，如同另一部时间机器，把他带向一个被震撼的世界，一个等待着的世界；把他送入一块光明的大陆、一个未来的国度、一个奇妙而生生不息的星球……

而这一切，都源自一个人，源自一个谎言。

末日临头

刊于《记者》(*The Reporter*)
1957 年 12 月 26 日
秦鹏 译

1967 年 8 月 22 日的正午,亚利桑那州的石结镇已然在望。威利·博辛格脚蹬矿工靴,轻轻踩在老爷车的油门上,悄声和他的搭档萨缪尔·菲茨聊天。

"没错,老兄,萨缪尔,进城是一件大好事。在那个吓人的矿上熬了几个月之后,点唱机在我眼里都像是彩绘玻璃窗一样。我们需要镇子,要是不进城,可能某天早晨起来,我们会发现自己变成了行尸走肉。另外,当然啦,镇子也需要我们。"

"这话怎么说?"萨缪尔·菲茨问。

"你瞧,我们为镇子带来的都是它原本没有的东西——大山、小河、沙漠的夜晚、星星,诸如此类……"

这话一点儿不假,威利一边开车一边想。把一个人放到陌生之地,他就会被寂静之泉所充盈。这种寂静来自山艾树丛,来自

136

像午间暖融融的蜂巢一样低吟的美洲狮，来自深邃山谷里河流的浅滩。所有这些会被一个人纳入胸怀，到了城里又会在他的吐息之间流露出来。

"我真的好喜欢一屁股坐进理发店的那张旧椅子。"威利说，"那些城里人在印着裸体女郎的挂历下面排队，回头看着我，一边等待一边听我细细讲述关于岩石与蜃景的哲理，讲述在山间流连的光阴。我一呼气，荒野的纤尘便落在顾客们的双肩上。哦，那感觉真棒，我在讲述，轻柔而从容，巨细无遗，反反复复……"

他仿佛已经看到了顾客的眼睛里闪着亮光。终有一天，他们会叫嚷着跑向群山之间，把家庭和古板的文明世界抛在身后。

"被人需要的感觉很好。"威利说，"你和我，萨缪尔，就是城里那些家伙的基本需求。我们来啦，石结镇！"

伴着尖利的金属颤音，他们穿过了边界，进入了充满赞叹与惊奇的镇子。

在镇子里行进了大概一百英尺，威利踩下了刹车。细碎的铁锈从挡泥板上抖落下来，好似一场急雨。汽车颤抖着停在了路上。

"有点儿不对劲。"威利说。他眯起那双山猫般犀利的眼睛，左看右看，又用他的大鼻子嗅了嗅。"你感觉到没有？你闻到了没有？"

"当然。"萨缪尔不安地说，"到底是怎么回事？"

威利皱起了眉头。"你见过天蓝色的印第安雪茄店吗？"

"没见过。"

"那边就有一家。见过粉红色的狗窝、橙色的厕所、淡紫色的鸟浴盆吗？那儿，那儿，还有那边！"

两个人慢慢立起身来，站在咯吱作响的车底盘上。

"萨缪尔，"威利说，"全部这些该死的东西，所有的柴火、门廊栏杆、栅栏、消防栓、垃圾车，还有各种花里胡哨的东西，整个该死的镇子，瞧瞧吧！一小时之前刚刚刷过漆！"

"不要啊！"萨缪尔·菲茨说。

演出馆、浸礼会教堂、消防站、共济会孤儿院、铁路仓库、县监狱、宠物医院，以及遍布这些设施之间的平房、别墅、温室、遮阳棚、商店招牌、邮箱、电线杆和垃圾箱，全都涂上了夺目的颜色——玉米黄、苹果绿，还有马戏团红。从水罐到帐篷，每一座建筑看上去都像是上帝片刻之前才刚拼装好、涂上颜色，然后放在那里晾干。

不仅如此，原来一直杂草丛生的院落里，现在长满了卷心菜、绿洋葱和莴苣，成群的向日葵好奇地凝望着正午的天空，三色堇像夏天的小狗一样盘踞在难以计数的树荫下，湿意氤氲的大眼睛扫视着修剪齐整的草坪，草坪的薄荷绿色让人联想起爱尔兰的旅游宣传海报。更有甚者，十个男孩从面前跑过，个个面容洁净，头上抹着锃亮的发油，衬衫、裤子和网球鞋都洁白如雪。

"这个镇子已经疯了。"威利看着他们跑过，说道，"不可思议。到处都不可思议。萨缪尔，什么独裁者掌权了？通过了什么法律让这些孩子这么干净，让人们把每个花盆、每根牙签都涂上了漆？闻到那种气味了吗？每一座房子里都糊上了新墙纸！世界末日以可怕的形态出现，在试炼这些人。人类不会一夜之间变得这么吹毛求疵苛求完美。我用上个月淘到的所有金子打赌，那些阁楼和地窖都被打扫收拾过了。我跟你打赌，这个镇子确实出事了。"

"哎呀，我简直都能听到花园里有小天使唱歌了。"萨缪尔抗议道，"你怎么说是末日呢？握个手吧，我接受你的赌局，而且肯定会挣到你的钱！"

迎着一阵带来松脂和石灰水味道的清风，老爷车绕过了一个转角。萨缪尔哼哼着扔出去一块口香糖包装纸，接下来的事情令他颇感意外。一位老人穿着崭新的工装裤和亮得能照出人影的鞋子，跑到了街上，捡起皱巴巴的口香糖包装纸，在离去的老爷车后面挥舞着拳头。

"世界末日……"萨缪尔·菲茨扭头看着，声音越来越小，"不过……打赌还继续算数。"

两人推开了理发店的门，发现里面挤满了顾客。他们的头发都已经修剪过并上了油，脸也刮得干干净净的，但是仍然坐在那里，等着再次回到椅子上，让三位理发师拿着剪子梳子施展一番。顾客和理发师都在说话，房间里喧闹得像是证券交易大厅。

威利和萨缪尔进去的时候，喧闹立刻停止了，就好像有人朝门里开了一枪。

"萨姆……威利……"

寂静中，一些坐着的人站了起来，一些站着的人坐了下去，都动作缓慢，紧盯着他俩。

"萨缪尔，"威利的话仿佛是从嘴里挤出来的，"我感觉红死魔正站在这里。"然后他又大声说："大家好啊！我要来完成关于美国大沙漠有趣动植物的讲演了，然后——"

"不要！"

139

首席理发师安东内利三步并作两步冲到威利旁边，抓住他的手臂，用手捂住了他的嘴，就像是用套盖熄灭了蜡烛。"威利，"他转脸瞧着自己的顾客，忧心忡忡地悄声说道，"答应我一件事情：买卷针线把你的嘴缝上。别出声，老兄，如果你还爱惜自己的小命的话。"

威利和萨缪尔被人匆匆地推向前面。两位已经仪容整洁的顾客主动从理发椅上跳下来。两位矿工坐进椅子，在污迹斑斑的镜子里看着自己的形象。

"萨缪尔，看镜子！瞧一瞧！比较一下！"

"天哪，"萨缪尔眨着眼睛说，"整个石结镇只有咱们俩才真的需要刮脸理发。"

"异乡人！"安东内利放平了椅背，好像打算尽快地麻醉他们，"你们不知道自己有多么格格不入！"

"怎么了，我们只不过离开了几个月——"冒着热气的毛巾盖住了威利的脸，也盖住了他的喊叫声。在一片雾气升腾的黑暗中，他听到安东内利低而急切的声音："我们会把你们俩打理得和其他人一样。并不是说你们的样子有什么危险，不是的，在这样的时刻，你们矿工说的那些话可能会让居民们心烦。"

"这样的时刻？见鬼！"威利揪起滚烫的毛巾，一只眼睛模糊地盯着安东内利，"石结镇出什么岔子了？"

"不光是石结镇。"安东内利看向远方，仿佛盯着某个不可思议的梦境，"凤凰城、图森、丹佛，美国所有的城市！我和妻子下周要去芝加哥旅行。想象一下芝加哥城被清洗粉刷得焕然一新。他们都叫它'东方珍珠'！匹兹堡、辛辛那提、水牛城也都一样！全都因为——嗯，你起来一下，走到那里打开墙边的电视。"

威利把冒着热气的毛巾递给安东内利，走了过去。他打开电视机，听着里面传出嗡嗡的声音，拨弄了几下调台旋钮等待着。荧幕上一片雪花。

"再试试收音机。"安东内利说。

威利拧旋钮时，觉得所有人都在看着他。

"见鬼，"他最后说道，"你的电视机和收音机都坏了。"

"没有。"安东内利简单地说。

威利坐回椅子里，闭上双眼。

安东内利呼吸沉重地凑上来。

"听着。"他说，"想象一下，四星期之前，周六快到中午的时候，女人和孩子们都盯着电视上的小丑和魔术师表演。美容院里的女士们在看电视时装秀。理发店和五金店里的男人在观看棒球比赛和钓鳟鱼。文明世界每一处的每个人都在看电视。没有声音，没有动作，只除了那块小小的黑白荧幕。

"就在这时，大家正看得起劲……"

安东内利停下来，掀起了滚烫毛巾的一个角。

"太阳黑子。"他说。

威利愣住了。

"凡夫俗子一辈子能遇到的最大的该死的黑子爆发。"安东内利说，"整个他妈的世界都被电流淹没了。如同一声哨响，所有电视荧幕被抹了个一干二净，什么都没留下。"

他的声音空洞得像是在描述北极地貌。他在威利的脸上抹肥皂，却根本没有朝手上的活儿瞧上一眼。威利凝视着理发店另一头，嗡嗡作响的荧幕上雪花温柔地飞舞，像是一场永不落幕的冬天。他几乎听得到店里每个人的心都在扑通乱跳。

安东内利继续他葬礼陈词般的讲述。

"第一天我们花了整整一天才明白发生了什么事。第一波太阳黑子风暴袭击两小时之后，美国所有的电视检修员都上路了。每个人都以为是自己的电视机坏了。由于收音机也都出了毛病，直到那天晚上，当报童和过去一样走街串巷吆喝头条时，我们才震惊地意识到，太阳黑子的影响可能会持续——一辈子。"

顾客们窃窃私语。

安东内利握着剃刀的手在颤抖。他只能等着。

"所有的空白，那些落入我们电视机里的虚无，哦，我跟你讲，让所有的人都心惊肉跳。就好像一位好友在你的前厅和你讲话，可忽然之间他闭上嘴，面色苍白地躺在那里，你知道他已经死了，而你自己也开始发凉。

"第一夜，镇里的电影院放了连续场。电影本身算不上好看，不过那天晚上镇中心热闹得就像开舞会。灾难后的第一夜，杂货店卖出了二百支香草冰淇淋，三百份巧克力汽水。但是你不能每一夜都看电影喝汽水。那怎么办？打电话叫亲戚来玩纸牌或飞行棋？"

"也可以吧，"威利说，"能练练脑子。"

"不假，不过人们总得走出那闹鬼似的房子。走在会客厅里就像飘在墓地里一样，那么安静……"

威利坐起来一点。"说到安静……"

"第三夜，"安东内利不容他插话，"我们都还没从震惊中恢复，而一位女士将我们从彻底的错乱中拯救了出来。在这个镇子的某处，这位女士走出房子，一分钟之后返回时，一只手里拿着

142

油漆刷，另一只……"

"一桶漆。"威利说。

看到他理解得这么快，所有人都露出了笑容。

"如果让那些心理学家发金牌的话，他们应该为这位妇女乃至每个小镇上为我们拯救世界的妇女发一枚。她们在黄昏时分本能地踱进镇子里来，带给我们奇迹般的解药。"

威利想象着那种情形。双目圆睁的父亲和愁眉苦脸的儿子颓然围坐在他们死掉的电视机周围，等着该死的机器里传出"一号球"或者"二垒"的喊声。这时，他们缓过神来抬头看去，看到在暮色当中，一位有着崇高目标和高贵气质的美丽女子站在那里，手持刷子和油漆桶等待着。她发出的辉煌光线照亮了他们的脸颊和眼睛……

"天哪，就像是星火燎原一般！"安东内利说，"一家接一家，一城接一城。1932 年的拼图游戏热、1928 年的溜溜球热，都比不了这个镇子爆发的人人动手无所不做热，镇子简直就像被拆成碎片又被粘了起来一样。只要是能够静立达到十秒的东西，就有男人往上面刷漆。到处都有人在爬房顶或跨坐在围墙上，好几百人摔下了房顶和梯子。女人给碗柜、衣柜刷漆，小孩给积木、手推车、风筝刷漆。要不是他们一直都忙着，大概可以在这个镇子周围建一道围墙，给它改名为'潺潺溪流镇'。所有镇子都一样，人们忘记了怎么活动下巴，怎么说话。我跟你讲，男人们都在漫无目的地转圈，转得头昏脑涨，直到他们的妻子把刷子递到他们手里，把最近一面未刷漆的墙指给他们！"

"看上去你们已经把这个油漆活儿干完了。"威利说。

"第一周油漆店就断了三次货。"安东内利自豪地扫视了一下镇子，"刷漆当然不可能持久，除非你要开始一根根地朝篱笆上刷漆，一片片地往草叶上喷色。因为阁楼和地窖也都清理过了，我们的热情转向了，女人们又开始做水果罐头、西红柿酱和木梅、草莓蜜饯，地下室的架子都装满了。大教堂也没闲着，他们组织了保龄球赛、晚间骑驴棒球赛、饭盒联欢会、啤酒欢宴会。音乐商店在四周之内卖出了五百把尤克里里、二百一十二把夏威夷吉他、四百六十根陶笛和卡祖笛。我正在学习长号。那边的麦克在学习长笛。周四和周日晚上都有乐队演出。曲柄冰激淋机？伯特·泰森光是上周就卖出了两百台。二十八天，威利，震撼世界的二十八天！"

威利·博辛格和萨缪尔·菲茨坐在那里，试图想象并感受那种震撼，那种摧枯拉朽的冲击。

"二十八天，理发店里挤满了一天理发两次的男人，他们只为了坐在那里盯着其他客人，就好像他们有话可讲。"正在给威利刮脸的安东内利说，"还记得，在电视出现之前，理发师一度被认为是健谈的人。结果呢，这个月我们花了一星期才找到感觉，嘴皮子利索起来。现在我们都能以一敌三。虽然没什么正儿八经的内容，但是我们一张开嘴就收不住，所以你们进来的时候听到了一片骚乱。哦，等我们习惯了'大空白'，骚乱就会平息。"

"这是大家对这件事的称呼？"

"对我们大多数人来说就是那么回事，这已经有一阵子了。"

威利·博辛格摇着头轻轻笑了。"现在我明白了，为什么我进门的时候你不让我说话。"

很明显嘛，威利想，我怎么一开始没看出来呢？在短短的四星期之前，荒原上的故事为这个镇子带来了巨大的震撼和足够的恐惧。因为太阳黑子，整个西方世界的所有镇子面临着足以持续十年的寂静。而我来到此地时又带着更多的寂静，我准备聊一聊无月星夜下的沙漠里风起沙扬，窸窸窣窣的声音飘荡在空荡荡的河谷里。如果安东内利没有阻止我，很难讲会发生什么事情。我能想象自己身上涂着沥青粘着羽毛离开镇子。

"安东内利，"他大声说，"谢谢。"

"客气了。"安东内利，拿起了梳子和剪刀，"那么，两边短一点，后面长一点？"

"两边长一点，"威利·博辛格说着，再次闭上了眼睛，"后面短一点。"

一小时之后，威利和萨缪尔一起回到了老爷车上。他们在理发店的时候，不知道哪一位已经把老爷车洗净擦亮了。

"末日。"萨缪尔递过去一小袋金粉，"如假包换的末日。"

"留着吧。"威利若有所思地坐在驾驶座上，"咱们应该拿着这笔钱去凤凰城、图森、堪萨斯城，为什么不呢？如今我们在这一带是多余的人了。在那些小电视机里重新有人唱歌跳舞之前，我们是不会受欢迎的。显然，如果我们留下，我们的话匣子就会打开，那些关于毒蜥、老鹰和荒野的故事就会从我们嘴里漏出来，给我们带来麻烦。"

威利斜视着笔直地通往前方的公路。

"'东方珍珠'，他们是这么说的。你能想象那个脏兮兮的芝加哥老城被涂得焕然一新，就像晨光里的婴孩吗？我们必须瞧一眼芝加哥，看在上帝分上！"

他发动汽车，让它空转，然后看向镇子。

"人们能够挺过灾祸，"他喃喃道，"也能忍受苦难。我们错过了巨变，实在是一大憾事。当时的情形肯定很惨烈，人们接受审判与考验。萨缪尔，我们在电视上看到过什么？我不记得了，你呢？"

"有一天晚上看过一个女人和一头熊摔跤，三局两胜。"

"谁赢了？"

"我才不记得。她——"

老爷车开动了，威利·博辛格和萨缪尔·菲茨坐在车上。他们的头发经过修剪和上油，整整齐齐地覆盖在散发着香气的头皮上，他们的脸颊被刮得白里透红，指甲反射着阳光。他们开行在刚经过剪枝浇水的绿树之下，开行在繁花似锦的路上，经过了路旁那些一尘不染的水仙花色、丁香花色、紫罗兰色、玫瑰色和薄荷色的房屋。

"'东方珍珠'，我们来了！"

一条喷了香水、烫过毛发的狗跑了出来，吠叫着追咬他们的轮胎，直到他们开远，开出了视线之外。

碗底的水果

刊于《侦探书》(*Detective Book*)

1948 年冬

陈小红 译

威廉·艾克顿站起身来。壁炉架上的时钟嘀嗒，敲响了午夜十二点。

他看看自己的手指，看看周围偌大的房间，又看看地上躺着的男人。他，威廉·艾克顿，曾用他的手指敲击键盘、做爱、煎制火腿和鸡蛋当早点，现在，他就用这十根指尖带涡纹的手指完成了一桩谋杀。

他从没觉得自己可以是雕塑家，但此刻，当他透过指间看到躺在抛光硬木地板上的躯体时，他意识到自己在对这块黏土般的人肉进行了一番雕塑般的揉捏、重塑、扭曲之后，这个名叫唐纳德·赫胥黎的人已经动弹不得，他的容貌——他身上最具区别性的部位——也发生了根本的变化。

他的手指一旋，就拂去了赫胥黎眼神里的挣扎，冰冷的眼眶中只剩下一片失明般的黯淡浑浊。他的双唇总是性感的粉红色，现在张开着，露出马一般的牙齿——黄色的门牙、满是烟碱的犬齿和填了黄金的臼齿。他的鼻子也曾和双唇一样粉红，但此时上面布满斑点，显得苍白失色，耳朵也是。赫胥黎的手摊开放在地板上，这是它们生平第一次摆出这种乞求而非命令的姿势。

是啊，这看起来颇具艺术感。从整体上来说，这一变化对赫胥黎有好处，死亡让他看起来更好打交道些。要是现在你跟他讲话，他可就不得不听了。

威廉·艾克顿看着自己的手指。

事情已经做了，也变不回去了。有人听到了吗？他注意听外面的动静：深夜，街道上的车马喧嚣一如既往。没有重重捶门的声音，没有肩膀顶门企图破门而入的声音，也没有人叫门。谋杀，或者说是对人肉黏土从尚有余温到完全冰冷的雕塑，已经完成，而且无人知晓。

接下来怎么办？时钟嘀嗒，午夜将近。每一下脉搏都歇斯底里地在他体内炸开，催他冲向门边。快跑，逃跑，跑起来，永远不再回来，跳上一辆火车，拦一辆的士，上车，离开，跑，走，漫步，但要先把这里所有的痕迹都毁掉！

他的双手在眼前盘旋、飘拂、翻转。

他于沉思中缓慢扭动双手。它们轻盈如羽。为什么他要这样盯着双手？他质问自己。难道在成功地掐死了一个人之后，他的指尖还有什么极端有趣的地方，值得他这样停下来一个涡纹一个涡纹地审视？

这只是普通的手。不粗不细，不长不短，不算多毛也不光溜，未经护理却也不脏，不柔软但也没长茧，没有褶皱亦不细嫩。它们压根不是罪恶的手——然而也并不无辜。他看着它们，好像在看两个奇迹。

他在意的不是手掌，也不是手指。一项暴行之后，麻木到对时间失去知觉，现在，他在意的只有指尖。

壁炉架上的时钟嘀嗒。

他在赫胥黎身旁跪下，从死人衣服口袋里掏出一块手帕，然后有条不紊地擦拭他的喉咙。他卖力地用手帕对尸体的喉部又擦又揉，接着是脸和后颈。然后他站起来。

他看看赫胥黎的喉咙，又看看抛光的地板。他慢慢俯下身，用手帕在地板上点了几下，开始黑着脸擦地板。先是靠近尸体头部的地方，接着是靠近双臂的地方。他环绕尸体擦了一整圈，然后擦拭以尸体为中心一码以内的地方，接着是两码、三码，然后——

他停下来了。

有那么一瞬间，他环顾整栋房子，看着镶了镜子的前厅、雕花的门和上好的家具，他好像听到了一小时前赫胥黎和自己的谈话，一字一句在耳畔重播。

一根手指按在赫胥黎家的门铃上。门开了。

"噢！"赫胥黎很惊讶，"是你啊，艾克顿。"

"我老婆在哪儿，赫胥黎？"

"你真觉得我会告诉你？别站在外面，你这蠢蛋。想谈正事就进来。进门，到那儿去，去书房。"

艾克顿碰到了书房的门。

"来点喝的？"

"来一杯。难以相信莉莉走了，她——"

"橱柜那边有一瓶勃艮第葡萄酒，艾克顿，你可以把它拿过来吗？"

对，把酒瓶拿过来，握着它，触摸它。他确实都做了。

"我这些书都是初版，有点意思，艾克顿，你摸摸这个装帧，这手感。"

"我不是来看书皮的，我——"

他摸了那些书，还有书桌，他还碰了勃艮第酒瓶和勃艮第酒杯。

现在，他蹲在赫胥黎冰冷的尸体旁，手指拈着手帕，一动不动。他专注地盯着房子，盯着墙，又盯着周围的家具看，然后被自己所看到、所意识到的一切吓得目瞪口呆。他闭上眼，低下头，双手把手帕揉成一团，咬紧双唇，屏住呼吸。

指纹到处都是，到处都是！

"能拿一下勃艮第酒吗，艾克顿，嗯？勃艮第酒杯，嗯？用手指，嗯？我累坏了，你能理解吗？"

一双手套。

在做下一件事之前，在擦另一块区域之前，他必须要有一双手套，否则他很可能不自觉地在擦拭过程中又再留下自己的身份印记。

他把双手插进口袋里，从房子的这一头走到另一头，走向前厅的雨伞架、衣帽架。赫胥黎的外套。他翻出外套口袋。

没有手套。

他又把手插回口袋里，走上楼，动作迅速又有节制。不能再让自己做出什么出格的疯狂事。他一开始就犯了没戴手套的错，但此前他并没打算杀人。虽然他的潜意识预感到了这桩血腥的犯罪，但并没有给他任何提示，告知他在黎明来临之前可能需要一双手套。所以，他现在要为自己的疏忽汗流浃背。房子里的某个地方肯定有手套。现在必须抓紧时间，因为即便是这个时候也可能随时有人来拜访赫胥黎。他的富朋友时常不打招呼就来他家喝酒，大喊大笑，随意进出。艾克顿只能待到早上六点，六点后必须离开，到时候那些朋友会来接赫胥黎，送他到机场搭飞机去墨西哥城……

艾克顿在楼上忙碌。他用手帕垫着手，打开一个又一个抽屉。他翻乱了六个房间里的七八十个抽屉——每个抽屉都被拉了出来，像一张张嘴吐着舌头——然后又冲向其他抽屉。他觉得自己浑身赤裸，找不到手套就什么也干不了。要是没有手套，他可能会拿着手帕巡视这栋房子的每个角落，擦遍每一处可能留有指纹的地方，最终却因不小心碰到了哪堵墙，将自己的命运封印在一个只有用显微镜才能观察到的涡纹标记里！这就相当于给自己的谋杀罪盖了个核定章，事情就是这样！这章就像古时候的石蜡印章——他们在莎草纸上窸窣书写，墨水洇开，掸掉干燥用的沙子，将图章戒指按压在文末热乎乎的猩红油脂上。所以请注意，如果他在现场留下一个指纹，只要一个，效果就会是那样的！他即便认可这场谋杀，也不能在犯罪现场烙上这样的印记。

还有更多抽屉！要静心，要好奇，要仔细，他告诉自己。

在第八十五个抽屉的底部，他终于找到了手套。

"噢，我的主，我的主！"他瘫倒在抽屉旁，长吁一口气。他戴上手套，得意地活动手指，然后扣上纽扣。手套质地柔软，颜色灰黑，厚厚的，似乎牢不可破。他现在可以动手做各种把戏而不留下一丝痕迹了。他对着卧室里的镜子，以大拇指抵鼻子做了个鬼脸，牙齿吸得嘶嘶响。

"不！"赫胥黎当时这样喊叫道。

这是个多么邪恶的预谋。

赫胥黎摔倒在地板上，他是故意的！噢，这是个怎样聪明绝顶的人！他故意倒在硬木地板上，艾克顿随后也摔到地上。他们在地上翻滚，扭打，手指在地板上狂抓，印下无数指纹。赫胥黎滑开了几英尺，艾克顿从后面向他爬去，双手扒到他的后颈，掐住他的脖子，直到最后像挤牙膏一样把他的生命挤出了身体。

戴上手套，威廉·艾克顿回到房间，跪在地板上，开始费力地擦拭每一寸鲁莽留下的印记。一寸又一寸，一寸又一寸，他擦呀擦，擦到几乎可以在地板上看到神情专注、热汗涔涔的自己。然后他走到一张桌子旁边，开始擦拭桌腿，再往上擦到桌沿、桌角，最后擦到桌面。桌上是一碗石蜡水果，他把碗的银边擦得雪亮，还把露出碗口的水果也一个个取出来擦拭干净，只留下碗底的。

"我确信我没碰过碗底的水果。"他说。

擦净桌子后，他把目标转移到了桌子上方的画框。

"我确信我没碰那个。"他说。

他站在那里，盯着画框。

他瞥了一眼房间里所有的门。今晚他碰过哪些门？他不记得了。那么，就把它们都擦了吧。从球形门锁开始，把它们擦个闪亮，然后从上到下把门擦一遍，确保万无一失。随后，他着手对付房间里所有的家具，擦拭椅子扶手。

赫胥黎当时说："你坐的这把椅子，艾克顿，是路易十四那时候的。感受一下那材质。"

"我来不是为了跟你聊家具的，赫胥黎，我来是为了莉莉。"

"噢，算了吧，你对她根本就没那么上心。你知道她不爱你。她说了，她明天会跟我一起去墨西哥城。"

"去你的，去你的臭钱，去你妈的家具！"

"这是上好的家具，艾克顿。做个懂事的访客，好好欣赏。"

家具、桌椅、墙体，所有建材设施上都能找到指纹。

"赫胥黎！"威廉·艾克顿盯着那具尸体，"你是不是猜到我会杀你？你的潜意识是否和我的潜意识一样早就有所预感？是不是潜意识指使你让我在房间里四处走动，把玩、触摸、抚弄各种书、餐具、门、椅子？你有那么聪明，那么残忍？"

他握紧手中的手帕"干洗"了所有椅子，然后他想起了那具尸体——还没把它也"干洗"一遍。他走向尸体，把它翻来倒去，将表面的每一寸都擦得干干净净。他甚至连死人的皮鞋也给擦得锃亮，还不收一分钱。

擦鞋的时候，焦虑在他的脸上震颤。过了一会儿，他站起身，走向桌子。

他取出碗底的水果，把它们擦得发亮。

"好多了。"他嗫嚅道，又回到了尸体旁边。

当蹲伏在尸体旁时，他眼皮抽搐，牙齿不由得磨动，他的心中正有一场辩论。然后，他站起身来重新走到桌子旁。

他擦亮了画框。

擦拭画框时，他想到了——

墙壁。

"这……"他说，"有点太蠢了。"

"噢！"赫胥黎当时大叫一声，把艾克顿挡开了。两人扭打起来时，他推了艾克顿一把。艾克顿摔倒，爬起来，摸到了墙，然后重新跑向赫胥黎。他勒住了赫胥黎，赫胥黎死了。

艾克顿坚定地转身背向墙，宁静而决绝。那些粗暴的话语和动作渐渐淡出他的脑海，他把它们藏起来了。他瞥向四面墙。

"可笑！"他说。

他眼角的余光看到一面墙上有什么东西。

"我不管。"他力图通过说这话分散自己的注意力。"现在，隔壁房间！要讲究方法。让我想想——我们一起待过的房间有门厅、书房、这个房间、餐厅，还有厨房。"

身后的墙壁上有一个小点。

难道不是吗？

他愤怒地转身。"好了，好了，确保万无一失。"他走过去看，却什么也没发现。噢，是有一个小点。他轻轻擦掉了那个小点。反正也不是指纹。他擦完了，戴着手套的手撑在墙面上，他盯着墙，看它如何从右延伸到左，如何从脚下延伸到头顶，然后他轻柔地说："不。"他上看下看，左看右看，然后轻轻地说，"我管得太多了。"有多少平方英尺？"我才不管。"他说。但是，在他眼睛看不到的地方，那双戴着手套的手正有节奏地擦拭着墙面。

他盯着自己的手，又盯着壁纸。他扭头看向另一个房间。"我必须进去擦拭主要物件。"他告诉自己。但是他的手留在原

154

处，好像要撑住墙面，又好像是为了撑住自己。他神情凝重。

他一声不响地开始擦拭墙壁，上上下下、前前后后、上上下下，上到他尽力伸手能碰到的地方，下到他尽力弯腰能摸着的处所。

"荒谬，噢，我的主，简直荒谬！"

但是，你必须要百分百确定，脑子里的想法对他说。

"是的，必须要百分百确定。"他回答道。

他擦完了一面墙，接着，他走向了另一面。

"几点了？"

他看着壁炉架上的时钟。一小时过去了，现在是一点零五分。

门铃响了。

艾克顿僵住了，他看看门，看看钟，又看看门，又看看钟。

有人在大声喊叫。

又过了好长一会儿。艾克顿一直屏着呼吸，没有新鲜空气摄入体内，他开始有点恍惚，身体飘摇。寂静在他的脑海里翻滚，像一波冰冷的海浪拍打在巨大的岩石上。

"喂，伙计！"一个醉醺醺的声音喊道，"我知道你在里面，赫胥黎！开门，妈的！我是威仔啊，醉成猫头鹰了，赫胥黎，老伙计，我醉得像猫头鹰一样。"

"走开。"艾克顿无声地低语，几近崩溃。

"赫胥黎，我知道你在，我都听到你喘气儿了！"醉鬼喊道。

"是的，我在里面。"艾克顿低语，觉得自己好像被拉长加宽平铺在木地板上，迟钝、冰冷、无声。"是的。"

"见鬼！"那个人说，声音渐渐消失在雾中，脚步声渐渐远去，"见鬼……"

艾克顿闭着眼站了许久，感觉到一颗红心在他紧闭的双眼里跳动，在他脑海中跳动。终于睁开眼时，他看着一面全新的墙，并最终鼓起勇气说："别犯傻，这面墙上完全没有污点。我不会碰它的。要抓紧，要抓紧。时间，时间。就剩几小时了，几小时后他那帮愚蠢的朋友就要闯进来了！"他转身。

眼角的余光又瞥见一张张小网。就在他转身的一瞬间，小蜘蛛们从木制家具中爬出，细致地编织脆弱的小网，那些网忽隐忽现。左手边已经擦干净的墙上没有网，网结在他还没碰过的另外三面墙上。每当他盯着这些蜘蛛时，它们就退回到木制家具中去，但只要他一移开目光，蜘蛛就又跑出来织网。"这些墙都没问题。"他几乎半吼着说出这句话，"我不会碰它们的！"

他走向赫胥黎不久前坐过的书桌，打开书桌抽屉，找到了他想要的东西——赫胥黎不时用来看书的袖珍放大镜。他拿着放大镜，不安地把它贴近墙面。

有指纹。

"但这些不是我的！"他笑得有点别扭，"我没把指纹落上面！我肯定没有！可能是一个仆人、管家，或者侍女的！"

墙上布满了指纹。

"看看这个指纹，"他说，"长而尖，女人的，我敢打赌。"

"你敢？"

"我敢！"

"你确定？"

"确定！"

"肯定？"

"肯定。"

"绝对肯定？"

"是，见鬼，绝对肯定！"

"擦了它，管他是谁的，为什么不擦？"

"擦！我的上帝！"

"擦掉那个点，嗯，艾克顿？"

"还有这个点，在这边。"艾克顿嘲讽道，"这指纹是个胖子的。"

"你确定？"

"别再来那套！"他厉声说道，然后擦了它。他脱下一只手套，把手举在耀眼的光线下，浑身颤抖。

"仔细看，你这白痴！看看那些涡纹都长啥样？看清楚了吗？"

"这证明不了任何事情！"

"哼，算了！"他怒不可遏，戴着手套的手在墙上来来回回，上上下下地擦。他头上冒汗，嘴里又是咕哝又是发誓，身体一会儿弯下一会儿直起，脸颊越来越红。

他脱下外套，放在椅子上。

擦完墙壁，他盯着钟。"两点。"

他走向果碗，取出石蜡水果，擦亮碗底的那几个，再把它们放回去，然后擦拭画框。

他抬头盯着吊灯。他的手指在身侧抽动。他的嘴巴微张，舌尖在双唇上游移。他的目光定在吊灯上，移开，又定回吊灯，然后移到赫胥黎尸体上，接着重又回到那盏水晶吊灯上。吊灯边缘垂着七彩长吊坠，一颗颗玻璃球就像珍珠。

他找到一把椅子，把它拉到吊灯下，一只脚踩上去，取下吊灯，然后粗暴地把椅子往角落里一扔，大笑起来。他跑出房间，留下一面尚未清洁的墙。

他走到餐厅的一张桌子前。

"我要给你看看教皇格里高利时期的餐具，艾克顿。"赫胥黎当时那样说。噢，那散漫又催眠的嗓音！

"我没有时间，"艾克顿回答，"我必须见莉莉——"

"胡说八道，看看这银器，这精湛的工艺。"

艾克顿停在餐桌旁，桌上摆放着盒子，盒子里装着餐具。他再一次听到了赫胥黎的声音，想起了所有的触碰和手势。

现在艾克顿擦起了刀叉、汤匙，又从墙上取下所有的匾额和陶碗……

"这是件漂亮的陶艺品，出自奥地利著名陶艺家格特鲁德和奥拓·纳齐勒夫妇。艾克顿，你对这俩人的作品熟悉吧？"

"挺漂亮。"

"拿起来，翻过来看。看那碗有多薄，转盘上手工制作的，就跟蛋壳一样薄，难以置信。还有那绝妙的火山釉。把玩它，去吧。我不介意。"

把玩它，去吧。拿起来！

艾克顿抽泣起来。他把陶器掷向墙壁。陶器摔了个粉碎，散落一地。

片刻间他已跪在地上。每一片，每一点都要找到。愚蠢，愚蠢，愚蠢！他朝自己喊叫，摇头，闭眼，睁眼，弯腰钻到桌子底下。每片都要给我找到，蠢货，一片也不能遗落。愚蠢，愚蠢！他搜集起碎片。全都在这儿了？他看着眼前桌子上的碎片堆，又查看了桌子底下、椅子底下、柜子底下。借着火柴的光线，他又找到了一片。接着他开始像擦拭珍贵的宝石一样擦拭每一块碎片。他把所有碎片整齐地摆放在擦得发亮的桌子上。

"真是一件漂亮的陶器，艾克顿。去吧，把玩它。"

他取出那块亚麻手帕开始擦拭，还有椅子、桌子、球锁、窗玻璃、壁架、窗帘和地板。他擦到了厨房，气喘吁吁，呼吸粗重。他脱下汗衫，调整手套，继续擦拭亮闪闪的铬制品……"我想带你看看我的房子，艾克顿。"赫胥黎说，"跟着来……"接着他擦拭了所有炊具和银制水龙头，还有搅拌钵，因为现在他早已忘记自己碰过什么没碰过什么了。他曾和赫胥黎在此徘徊，在这个厨房里。赫胥黎对厨房设计感到很骄傲，极力掩饰身边存在一个潜在杀手的紧张感，在厨房徘徊可能是为了靠近刀子以备不时之需吧。当时他们在厨房闲荡，碰过这个，碰过那个，还碰了其他一些东西——根本记不起来到底碰过什么、碰的数量有多少、面积有多大——他搞定了厨房，穿过前厅，走进尸体所在的那个房间。

他叫出了声。

他忘了擦这个房间里的第四面墙！他不在的时候，小蜘蛛从第四面未擦的墙边冒出来，涌向早已清洁干净的另外三块墙面，把它们再次弄脏。天花板上、吊灯上、角落里、地板上挂着数百万个小小的涡纹状的网，朝着他尖叫摇摆翻滚！极小极小的小网，讽刺的是，小到就和你的指头肚儿差不多！

就在他注视的这会儿，蛛网覆盖了画框、果碗、尸体，还有地面。指纹挥舞着裁纸刀，拉出抽屉，触碰桌面，触碰，触碰，触碰每一处的每一样东西。

他疯狂地擦拭地板，漫无目的。他翻动尸体，一边擦一边哭，然后站起身去擦碗底的水果。接着他在吊灯下放了一把椅子，踩上去擦吊灯上每一个悬着的"小火苗"，把它晃得叮当响，声音犹如敲打一面手鼓，直到最后吊灯像钟一样安静地悬在空中。然后他跳下椅子，抓紧一个又一个的球形门锁，跳上一把又一把的椅子，擦拭一面又一面墙体的高处部位。他跑进厨房，拿出一把扫帚，将天花板上的蛛网扫下，又去擦碗底的水果、尸体、球形门锁、银器，擦到门厅扶梯，最终顺着扶梯上了楼。

三点了！钟声四处响起，声音洪亮，机械感十足！楼下有十二间房，楼上有八间。他一码一码地计算着房间面积，以及相应需要的时间。一百张椅子、六张沙发、二十七张桌子、六台收音机，还有每样东西的底部、顶部和背面。他猛地一把扯下了墙壁上的装饰，啜泣着，为它们拂去累积多年的尘灰。他脚步踉跄，顺着扶梯向上，走上台阶，观察、擦拭、揉搓、打磨，因为只要他留下一个小小的印记，它就会变成上百万个！——然后所有的活儿都要重新再干一遍，而现在已经四点了！他已经双臂酸痛，眼睛肿胀呆滞，步履缓慢，双腿麻木到仿佛不属于自己。他头低着，双臂还在移动、刮擦，从一间卧室到另一间卧室，从一个橱柜到另一个橱柜……

早上六点三十分，人们找到了他。

他正在阁楼上。

整栋房子焕然一新，光芒四射。花瓶闪耀着琉璃珠般的清辉。椅子干净铮亮。青铜、黄铜、纯铜都灿烂耀眼。地板光可鉴人。扶梯微泛清光。

一切都在泛光，一切都在闪耀，一切都明亮异常！

人们找到他时，他正在阁楼上擦拭旧行李箱、旧木框、旧椅子、旧马车、玩具、音乐盒、花瓶、餐具、木马、积灰的内战时期的古硬币。警察拿着枪从后面走上来，他正擦到一半。

"搞定！"

出门时，艾克顿用手帕擦亮了大门的球形锁，他一把甩上门，神情得意！

芬尼根

刊于《科幻奇幻杂志》(*Magazine of Fantasy & Science Fiction*)
1996 年 10/11 月

徐黄兆 译

如果说芬尼根事件是我余生一直挥之不去的梦魇,这样的概括是严重低估了这段最终导致我陷入忧郁的经历。直到现在,已年届古稀的我才有勇气为一位惊讶的警察写下这些文字。也许为了证实我口中的真相抑或埋葬我的谎言,他愿意动用一切工具。

以下是事实:

三个孩子失踪了。他们的尸体在查塔姆森林中被发现,虽然身上找不到任何遭受袭击的痕迹,但体内的血液却被抽干了。他们的皮肤就像干旱无雨时在太阳下暴晒褪色的葡萄皮。

在无辜孩子们的干枯遗体的刺激下,关于吸血鬼或吸血野兽出没的谣言开始甚嚣尘上。类似的谬传总是试图从蛛丝马迹中追寻事实真相,以达到震惊世人的效果。有人说,一定是坟场里有只怪物,它不仅夺去了三条生命,还残害了其他三十几人。

孩子们的遗体最终被安葬在了墓园里最为神圣的位置。不久之后，心中以福尔摩斯二世自诩、表面却低调谦逊的罗伯特·梅里威瑟爵士，便从自己那栋收藏了一百多扇门的深宅大院走了出来，想抓住这个专偷生命的可怕盗贼。需要补充的是，我自己也成了他的助手，我不仅要帮他捧着白兰地撑着雨伞，还要警告他小心黑暗神秘森林里灌木丛下的陷阱。

你是说，罗伯特·梅里威瑟爵士？

就是他喽。他那密不透风的宅邸里确实摆着一百多扇令人啧啧称奇的门。

这些门他用过吗？恐怕用过的还不到九分之一。这些门怎么会被运到罗伯特爵士的老房子里？他是个门板收藏家，他从里约、巴黎、罗马、东京和中美洲搜集各种门，然后用船运回来。他将这些门板存放起来，然后装上铰链，安在房间的墙上，这样从屋里、屋外两面都能看到。他还会领着一些对古董一窍不通的傻瓜来参观这些怪异的门，它们有些造型夸张，有些又过于质朴，有些是典型的洛可可风格，有些则保留了拿破仑侄儿们所摒弃的第一帝国风格，还有些是从赫尔曼·戈林手中夺过来的，这个纳粹头子曾经洗劫了卢浮宫。总之，这些门让参观者们看得津津有味。其他一些门板堆在他家里的平板车上，任由俄克拉荷马的沙尘暴蹂躏，车上垫着从狂欢节上拿回来的鲜艳海报——海报虽然还在，但狂欢节却已经被尘封在 1936 年美国的风化废墟之中。只要你能讲得出自己最讨厌的门，在他家里准能找得到。若论起最好的门，他倒是也有一些，不过它们就像藏在深闺之中的绝色美人一样，从不轻易示人。

我本来只是想看看他收藏的大门，而不是去见证死亡。在他近乎命令的邀请下，我为自己的好奇心买了一张汽船票，并最终见证了罗伯特爵士的另一面。与罗伯特纠缠在一起的并不是那一百多扇门板，而是一扇更阴暗的大门——一个神秘的入口，至今依然无人能找到。入口通往哪里？通往一座坟墓。

罗伯特爵士领着我走马观花地过了一遍盛大的观门之旅，其实也就是简单地开开关关那些从北平抢救出来、从埃特纳火山附近挖出来的，或从楠塔基特岛上偷回来的藏品。可以看得出，他的心思不在这上面，他原本愉悦的心情充满了阴郁。

他向我描述了事件的经过：先前浸透乡间的连绵春雨让万物都变得绿意盎然，紧接着便是一周的晴好天气，但出来踏青的人们并没有享受到春光，他们发现了一具被掏空了生气的男孩尸体，他脖子上有两道切口。接下来的一周人们又发现两具女孩的尸体。大家除了喊来警察，也没有其他办法可想，只能坐在酒吧里喝闷酒。母亲们都把孩子锁在家里，父亲们也一再强调发生在查塔姆森林中的惨案。

"我邀请你去赴一场奇怪而忧伤的野餐会，"罗伯特爵士最后说，"你去不去？"

"去。"我说。

于是我们迅速换上雨衣，拎起一个装着三明治和红酒的食盒，在一个阴郁的周日一头扎进了森林。

我们沿着山坡往下走，进入湿嗒嗒的阴郁树林里，一路上我总是回想起报纸上提到的那些东西：孩子们惨白的尸体，十几次搜索森林却毫无头绪的警察，还有太阳一落山就将门关得严严实实的周边住户。

"该死的，又下雨了！"罗伯特爵士面容苍白，凝视着前方，灰色的胡子在薄薄的嘴唇上方不住颤动。他看起来既病态又苍老，还爱发脾气。"我们的野餐泡汤了！"

"野餐？"我说，"杀人凶手和我们一道用餐？"

"我求之不得，"罗伯特爵士说，"我祈求上帝，希望他能出现。"

起雾了，日光暗淡，我们穿过一片开阔的林间空地，又进入了静谧的树林，树木在潮湿的雾气中密集生长，青苔也悄无声息地贴在草地和小丘上。空荡荡的树梢还未被绿意完全填满。太阳就像一个散发着寒意的圆盘，冷漠孤独，仿佛没有一丝活气。

"就是这里。"罗伯特爵士终于开口了。

"孩子们就是在这里被发现的？"我问道。

"他们的身体里是空荡荡的。"

我看着这片空地，脑海里浮现出孩子们躺在地上的模样。人们站在尸体边上一脸惊愕；警察窃窃私语，检查了一下尸体，然后扬长而去。

"凶手一点儿线索也没留下来吗？"

"没有，这家伙很聪明。你看出些端倪没有？"罗伯特爵士问道。

"你有线索了吗？"

"有一点发现，但那些警察根本没留意。他们愚蠢地认为一定是人类犯下了这桩血案，于是到处寻找长着两条胳膊两条腿穿着正经衣服还带着把刀的凶手。于是，在这种概念的迷惑下，他们忽视了与这片空地相关的一条明显却又令人难以置信的线索。这就是我的发现！"

他用手杖轻快地敲了一下地面。

165

地面似乎有些变化，我盯着仔细看。"再来一次。"我嘀咕道。

"你发现了？"

"我好像看到了一扇小活板门开了，又关上了。我能借用一下你的手杖吗？"

他把手杖递给了我。我也敲了敲地面。

暗门又出现了。

"一只蜘蛛！"我惊呼道，"跑掉了！天哪，它太快了！"

"是芬尼根。"罗伯特爵士喃喃自语道。

"你说什么？"

"有句古老的谚语，你知道吧，'进进出出，开开合合，正是芬尼根'。看这里。"

他掏出一把小刀插进土里，撬动了一整块泥土，然后又将土块敲碎，一条小小的地道便出现在眼前。那只蜘蛛惊慌失措地从薄薄的小门后面跳了出来，摔在地上。

罗伯特爵士把整条地道挖出来递给我。"里面摸起来就像灰色的天鹅绒，你感受一下。活板门蛛①真是模范建筑师一般的小家伙。这处小巧的庇护所伪装得很好，它就在里面守着，一听到有虫子经过，它便猛扑出来，抓住猎物，然后缩回洞里，砰地合上盖子！"

"我不知道你这么热爱大自然。"

"虽然蜘蛛令人厌恶，但这只小虫子却告诉了我们很多信息。

---

①活板门蛛：这一类蜘蛛会利用土壤、植被和蛛丝建造洞穴和门板，用蛛丝制作合页，在感知到过往猎物的振动时，活板门蛛会迅速钻出洞穴捕猎，平时则留在洞穴中。以中国较常见的螈蟷为例，其洞穴深可达15厘米，门常掩。

有门和合页，根本不用考虑其他蛛形纲的物种。出于对门的爱好，我曾经研究过这类不可思议的小工匠。"罗伯特爵士审视着陷阱上的蛛丝合页。"太精巧了！惨案肯定都和它有关联！"

"你是说它谋杀了那些孩子？"

罗伯特爵士点点头。"注意到这片森林的特别之处了吗？"

"这里太安静了。"

"就是太安静了！"罗伯特爵士淡淡一笑，"安静得有些可怕。我们听不到熟悉的鸟鸣，也看不到甲虫、蟋蟀和蟾蜍活动的身影，听不到任何窸窣动静。警察并没有注意到这一点，他们也不可能会留心这些蛛丝马迹。正是在这片死寂空地的启发之下，我萌生了一个关于杀人凶手的疯狂理论。"

他拨弄着手中精巧的小玩意。

"设想一下，如果有一只足够大的活板门蛛，藏在一处足够宽敞的巢穴里，随着一阵啦啦声，奔跑玩耍的孩子便被它抓住了，然后就砰的一下消失在地洞里。你觉得我的理论怎么样？"罗伯特爵士注视着那些树木问道。"你认为我是在胡说八道？难道没有这种可能吗？演化，选择，生长，突变，然后——噗！"

他又用手杖敲了一下地面。一处陷阱打开，合上。

"芬尼根。"他说。

天色暗了下来。

"下雨了！"他的灰眼睛冷冷地瞥向阴云，同时伸出干枯的手碰了碰雨丝。"真见鬼！这些蜘蛛讨厌下雨。那只躲在黑暗里的巨大芬尼根肯定也是这样。"

"芬尼根！"我不禁喊出声来。

"我相信它真的存在。"

"一只体型比人类儿童还要大的蜘蛛？！"

"是小孩的两倍大。"

冷风夹着细雨吹打在我们身上。"老天，我真不想现在就收手，我们加快速度吧。看这里。"罗伯特爵士用手杖拨开地上的枯叶，两颗灰褐色的球状物体露了出来。

"这是什么？"我弯下腰仔细观察，"旧炮弹吗？"

"不是。"他敲碎了这些灰球，"泥土，完全就是泥土。"

我摸了一下碎土块。

"芬尼根刨出来的，"罗伯特爵士说，"为了挖隧道，它用如同耙子一般的巨大螯肢清出泥土，加工成球状，再用大颚衔出来，扔到洞外。"

爵士捡起几颗小球放在颤抖的手掌上。"这是活板门蛛挖洞时刨出的正常土球，就这么大。"接着他又用手杖敲了敲我们脚边的巨大土球。"那这些球又是怎么回事？请解释一下！"

"肯定是孩子们用泥巴做的！"我讪笑道。

"胡说八道！"罗伯特爵士怒视着这片林地，厉声喝道，"我敢对天发誓，我们的黑色怪物肯定就潜伏在某处毛茸茸的门盖之下。说不定我们就站在它头顶上。老天，别这样瞪着我！它的活板门边缘是逐渐变薄的，肉眼很难发现。这只芬尼根是位建筑大师，它绝对是个伪装方面的天才。"

罗伯特爵士渐渐语无伦次，不停描绘着脚下这片黑暗土地，描绘那只蜘蛛如何不住地拨弄螯肢和它饥渴的大嘴。风声呼啸，树木被吹得乱晃。

罗伯特爵士猛地扬起了手杖。

"不！"他喊道。

我已经来不及转身了，只觉得浑身僵直，心脏几乎停止跳动。

有东西搭在了我的背上。

我仿佛听到一个巨大的瓶子被拔去了瓶塞，那是活板门弹起的声音。然后，我便感觉到有东西在我背上游走，令我毛骨悚然。

"这边！"罗伯特爵士叫道，"快跑！"

他挥舞着手杖。巨大的重量把我压倒在地。他把那东西从我背上推开，然后将它举了起来。

原来是风吹断的一根枯枝砸在了我的背上。

我软弱无力浑身颤抖，试图站起来。"愚蠢，"我喃喃自语地重复了几十遍，"愚蠢。简直愚蠢透顶！"

"别说蠢话了，不如喝口白兰地。"罗伯特安慰我，"来点儿吗？"

天色已经完全暗了下来。雨水瓢泼般浇在我们身上。

穿过一扇又一扇门，我们终于回到了罗伯特爵士乡间别墅中的书房里。这是一个温暖豪华的房间，通风良好的壁炉中炉火正在闷烧。我们狼吞虎咽地吃三明治，等雨停下来。爵士推测要到八点雨才可能停，到那时借着月光，我们还可以勉强回到查塔姆森林去查看现场。枯枝那爬虫一般的触觉一直萦绕在我心头，我只记得自己当时将葡萄酒和白兰地混在一起灌下去不少。

"森林里安静得可怕。"罗伯特爵士说道，他已经吃完了自己那份，"究竟什么样的杀人凶手会制造出这样的寂静来？"

"一个精神错乱的聪明人，设下各种带毒饵的陷阱，再用上数量充足的杀虫剂，就有可能杀光所有的鸟儿、兔子和昆虫。"我说。

"可他为什么要这样做呢？"

"为了让我们相信森林附近藏匿着一只巨大的蜘蛛，为了掩盖他的罪行。"

"但我们是唯一注意到这种寂静的人，警察根本没留心。凶手为什么要费这么大劲来制造这种没什么必要的效果呢？"

"杀人犯的事情谁搞得懂？等抓住他，你可以好好问问。"

"我还是无法相信这是人为的。"罗伯特爵士将葡萄酒淋在食物上。"我觉得就是那只长着贪婪大嘴的怪物清洗了整个森林。因为什么东西都不剩了，它只好去抓孩子。沉寂、凶杀案、活板门蛛的大量出没，以及巨大的土球，这些线索都对得上。"

爵士的手指在桌面上刮来刮去，活像一只经过清洗修剪的蜘蛛在爬行。接着他又将瘦弱的双手举了起来，合拢成杯状。

"蜘蛛洞穴的底部相当于一个垃圾桶，它吃剩下的昆虫残余部分都被丢在那里。设想一下，那只巨大的芬尼根的垃圾桶该有多么惊人！"

我试着想象了一下：巨大的节肢动物静悄悄地潜伏在森林中的黑色盖板下，一个孩子毫无察觉地在暗影中边奔跑边唱歌。一阵腥风拂过，歌声戛然而止，空荡荡的林地上好像什么都没发生，只听到盖板落下时的轻微回响。而在黝黑的地下洞穴中，那只蜘蛛正用灵活的足肢拨弄蛛丝，慢慢缠住已经被吓晕的孩子。

这样一只令人难以置信的蜘蛛怪，它的垃圾桶会有多大呢？它会留下哪些残羹冷炙呢？想到这里，我不寒而栗。

"雨停了。"罗伯特爵士点头示意，"我们回森林去。我花了几周的时间，终于画好了那鬼地方的地图。所有的尸体都是在一片半开阔的林间空地上被发现的。如果凶手是人，那他肯定就在附近！如果凶手是个吐丝挖洞的邪恶建筑师，那它肯定还躲在自己的巢穴里。"

"能不能别再往下说了？"我抗议道。

"听着。"罗伯特爵士终于喝完了最后一口葡萄酒，"可怜孩子们的干瘪尸体每隔十三天被发现一具。这意味着每两周，我们那令人憎恶的八脚怪就必须进食。从最近一次人们发现尸体到今天刚好是十四天。今天晚上，我们那躲在地下的朋友肯定已经饥渴难耐了。我敢说，用不了一小时，我就能带你见识到那只真正恐怖的巨型芬尼根！"

"现在，"我胆战心惊地说，"我只想喝点儿酒压压惊。"

"该出发了。"罗伯特爵士的脚步已经迈出了那扇铸造于路易十四时期的大门，"去寻找我生命中最后一扇，也是最可怕的一扇大门。你会跟过来的。"

真见鬼！我跟了上去。

太阳早已落山，雨消云雾，露出一轮清冷不祥的明月。沿着静谧的小道，我们一言不发地穿梭于树林中，罗伯特爵士冷不丁地塞给我一把小巧的银色手枪。

"不到万不得已千万不要开枪。一只特大号的蜘蛛怪可不是那么容易干掉的。我也不知道第一枪该往它哪里打，如果没打中要害，我们就没机会开第二枪了。不管它有多大，那些该死的玩意儿都跑得飞快！"

"谢谢你。"我接过手枪，"我想我得喝上一口。"

171

"没问题。"他又递给我一瓶银色瓶子的白兰地,"想喝就喝吧。"

我喝了一口。"那你呢?"

"我有专用的。"罗伯特爵士把瓶子举了起来,"等到适当的时候我会喝。"

"为什么要等?"

"我要给它来个出其不意,现在还没打照面,我可不能喝醉了。在它快抓住我之前,我就会痛饮下这瓶昂贵的葡萄酒,这里面可加了好东西。"

"出其不意?"

"等着瞧吧,让那个躲在黑暗里的恶棍也见识见识。那么现在,亲爱的先生,我们在这里兵分两路。我沿着这边走,你走那边。你觉得怎么样?"

"我还没到被吓破胆的地步。那又是什么?"

"拿着。"他递给我一枚封好的信封,"如果我失踪了,你就当着警察的面把信拆开。他们可以根据这封信找到我和芬尼根,失而复得。"

"请别再往下说了。我现在感觉自己就像个傻子似的跟着你,而那只也不知道是真是假的芬尼根还藏在它温暖的巢穴里,搞不好它在想,哈,那两个在地面上到处乱跑的傻瓜,等会儿我就会让你们动弹不了。"

"说点吉利的吧。现在我们分头行动,如果老是待在一起,它是不会跳出来的。只有分散开来,它才会用明亮的巨眼透过细小的缝隙偷窥外面的情形,待时机成熟便掀开盖板,嗖的一声,将我们其中的一个拖入黑暗之中。"

"别是我，千万可别是我。"

我们继续往前走，两人之间隔了六十英尺的距离，在半暗半明的月光下，我们渐渐看不到彼此的身影了。

"你还在吗？"在黑魆魆的树荫中，罗伯特爵士的呼喊声仿佛从另一个世界传来。

"我都想回去了。"我回应道。

"继续往前走！"他又喊道，"密切注意我的行踪。我们再靠近点儿，就快到了。凭直觉，我几乎能感觉到——"

随着最后一片乌云散去，借着明亮的月光，我看到罗伯特爵士挥舞着胳膊，扬起的手臂就像天线一般。他眼睛半闭，眼神中洋溢着渴望和期待。

"越来越近了，"我甚至能听到它呼气的声音，"肯定就在附近。这么安静。也许……"

突然，他定在了原地，好像身边出现了什么东西。我简直想蹦起来冲过去，把他从那片草丛里拖走。

"罗伯特爵士，哦，上帝！"我呼喊，"快跑！"

爵士的身体一动不动，一条胳膊在空气中挥舞，仿佛在摸索什么，另一只手却掏出了镀银的白兰地酒瓶。在月光中，他将它高高举起，向噩运敬酒。然后，他迫不及待地喝下了一口、两口、三口，我的天，他痛饮了四大口！

他展开双臂，迎着风向后仰起头，孩子般大笑起来，然后喝光了神秘瓶中的最后一滴液体。

"好了，芬尼根，藏在地下的小贼！"他叫道，"快出来抓我吧！"

他跺了跺脚，发出胜利者的呼喊，然后就消失了。

这一切几乎是在转瞬之间发生的。一团模糊的黑影悄无声息地从地面上冒出来，爵士摔倒在地，紧接着便传来砰的关门声。

林地顿时空荡如昔。

"罗伯特爵士，快跑！"

已经没有人回应了。

我跌跌撞撞地跑到爵士刚才痛饮烈酒的地方，心中全然没了被怪物抓住吃掉的恐惧。

我站在那里，低头凝视地面，周围安静得甚至能听到自己的心跳声。风吹走枯叶，地上只留下了石头、枯草和尘土。

我昂起头对月狂啸，跪倒在地，毫无畏惧地在地上乱刨，想挖出盖板和洞穴。在黑暗的隧道坟墓中，那头沉默的怪物也许正在挥舞着足肢，用蛛丝将我的朋友紧紧缠起来，做成木乃伊。这是他人生中穿过的最后一扇门，我一边胡思乱想，一边疯狂地喊着朋友的名字。

我只找到了他的烟斗、手杖和空空如也的白兰地酒瓶，这些他平时必备的物品散落了一地。

我摇摇晃晃地站了起来，对着缄默无言的大地疯狂地开了六枪。完成了这件徒劳无益的蠢事之后，我又在这片吞噬和囚禁了他的土地上蹒跚而行，希望能听见低沉的尖叫声，但最终我什么都没听到。我甚至绕着圈子跑，弹药耗尽，我只能悲鸣发泄。我本想在此逗留一整夜，但漫天飞舞的枯叶及遍地散落的嶙峋断枝让我陷入无边的恐慌和痛苦之中。我飞也似的逃离，乌云遮蔽了明月，我只能向着无边的静寂呼喊他的名字。

在罗伯特爵士的庄园中，我号哭着猛拉书房门。突然间，我想起这扇门是向内开的，它没有被锁住。

我孤单地坐在房间里，靠着酒精才缓了过来。最终，我打开了罗伯特爵士留下的信。

我亲爱的道格拉斯：

　　我年纪大了，也经历过很多事，但我并没有疯。芬尼根真的存在。药剂师向我提供了一种可靠的毒药，我把它掺进白兰地里，再全部喝光。芬尼根不知道我已经成了毒饵，它会毫不犹豫地吃掉我。或许你读这封信的时候，我已不在人世了。我会先它而亡，但几分钟之后，我就将成为置它于死地的索命利器。我觉得地球上肯定不存在第二只这样的蜘蛛怪。一旦它死掉，世界就安宁了。

　　虽然老了，但我的好奇心却依然旺盛。我不惧怕死亡，医生告诉我即便不死于意外，癌症也将夺走我的生命。

　　我原本想用兔子充当毒饵来诱杀那只噩梦般的怪物。但我不知道它藏在哪里，也无法证明它真的存在。芬尼根也许会默默无闻地死在自己巨大的巢穴里，这样我还是没得到自己想要的答案。但通过眼下这种方式，我可以在那胜利的一刻，直面恐惧本身。羡慕我，并为我祈祷吧。抱歉，没有作别就离你而去。亲爱的朋友，请多保重。

我把信折起来，眼泪止不住地流了下来。

他就这样消失了，再无音信。

也有些人说罗伯特爵士是自杀的，就像一位演员选择在舞台上终结生命。他们说终究有一天人们会发现罗伯特爵士已经腐烂的尸体，就是他杀死了那些孩子，对门和铰链的痴迷令他疯狂地去研究活板门蛛，他构思并打造了世界上最奇异的门，以及一处可怕的地洞，然后以在我眼前掉进地洞的方式突然结束自己的生命，由此将不可思议的芬尼根传说永远流传下去。

但我没有找到任何洞穴。我也不相信人能建造出这样的陷阱来，即便是对古董门收藏有着无比热忱的罗伯特爵士。

我只能问自己，如果真是人类犯下了这样的血案，他真的会吸干被害人的血，并建造一处地洞吗？出于什么动机？是为了创造出世上最难破解的谜案吗？这太疯狂了。还有那些巨大的灰色土球，如果不是从蜘蛛巢穴里抛出来的，又是怎么回事？

也许在某处不起眼却如同天鹅绒一般光滑的地下洞穴中，芬尼根和罗伯特爵士正相拥着躺在一起。他们就像各自的另一个偏执自我，是否真是如此，我不敢肯定。但是，谋杀案没有再发生，兔子们又在查塔姆森林中蹦蹦跳跳，灌木丛中也随处可见蝴蝶和鸟儿。次年春日，孩子们再一次欢快地穿过林间空地，寂静早已被喧哗替代。

芬尼根和罗伯特爵士，愿死亡带给你们平静。

笑面人

刊于《怪谭》(*Weird Tales*)
1946 年 5 月
陈小红 译

　　这栋房子出奇地静。格雷芬先生走进正门，把门开启和摇晃之时那黏滞的寂静关在身后，这寂静就像一个打开又关上的梦，完成于橡胶垫之上，浸润于润滑剂之中，缓慢而不真实。玄关处新近铺了双层地毯，人在上面走动，不出一丝声响。就是深夜狂风大作房屋震颤，也不会有屋檐的吱吱呀呀声，或者松动的窗框嘎吱嘎吱响。风雨防护窗已经检查过，纱窗也换上了全新的钩子，牢牢地铆在门上。地下室的火炉也不呼哧呼哧响了，出奇温柔地从炉膛向外轻轻呼出暖暖的气流，气流向上通到门厅，吹起格雷芬先生的裤脚翻边——他正站在火炉上方的位置取暖，好散去一下午的冰冷寒意。

　　他竖起一对小耳朵，耳内精妙的构造像精密的仪器，衡量着周围寂静之声的音高与和谐度。然后，他满意地点点头——房内的静是如此一致、完美。之前这儿的墙体夹层内总有老鼠乱窜，弄出窸窸窣窣的动静，下了捕鼠器，投了老鼠药之后，墙体内才恢复了宁静。地上的老爷钟也停摆了，雪松钟壳长长方方，像一口立着的棺材，正面镶嵌着一块玻璃，古铜色的钟摆僵直不动，在玻璃后闪烁点点寒光。

他们在餐厅等他。

他仔细听：他们没有弄出动静。好，非常好。他们到底学会了沉默。有些人还是需要费点心思调教，调教还是有效果的——餐厅里安静得连刀叉碰撞的声音都没有。他褪去厚实的灰色手套，挂起冰冷的御寒外套，站在那里，想着接下来必须要干的事，脸上的表情既急切又犹豫。

格雷芬先生走进餐厅，和往常一样，步履坚定、动作麻利。餐厅里坐着四个人，他们等待着，不动也不说话。唯有格雷芬先生的鞋子落在厚地毯上的摩擦声在回荡，这也是他能忍受的最大声音。

他的眼睛还是本能地落在桌首那位女士身上。走过她身边时，他竖起手指在她脸颊附近晃了晃，她的眼睛连眨也没眨一下。

罗丝婶婶稳稳地在桌首坐着。如果此时天花板缝隙中轻轻飘下一粒灰尘，罗丝婶婶的眼睛会不会追寻它的轨迹？她的眼珠子会不会在上了清漆的眼眶中机械、精准地转动？假如这粒灰尘恰巧落在她玻璃珠般的眼膜上，她的眼睛会不会眨巴？眼部周围的肌肉会不会收紧，睫毛会不会盖下，眼睛会不会闭上？

不会。

罗丝婶婶一只手放在桌上，好像一件餐具，稀有、精致、富有年代感，同时暗淡无光、锈迹斑斑。一抹酥胸在蓬松的亚麻织物下若隐若现。

桌子底下，她伸出一双细腿，鞋子扣得很高，再往上就是一条直筒裙。双腿仿佛就截断至裙尾，而裙尾以上好像安着一个百货商店的橱窗模特，全身石蜡，了无生气。真要说有点什么，大概就是和橱窗模特一样冰冷的动作，一样程度的热情和反应。

这就是罗丝婶婶了。她直勾勾地盯着格雷芬。他压着嗓子笑了笑，然后，充满嘲弄地啪一声合上双掌——罗丝婶婶的上唇已经落了薄薄一层灰，像一抹淡淡的胡须！

格雷芬弯腰鞠躬道："晚上好，罗丝婶婶。"他又毕恭毕敬地问候："晚上好，第米叔叔。"他抬起手。"没有，什么回应都没有。你们俩一点儿回应也没有。"他又弯腰道："啊！晚上好，莱拉堂妹，还有你，山姆堂弟！"

莱拉坐在格雷芬的左侧，她的头发就像一管黄铜在车间加工后留下的金黄刨花。山姆坐在莱拉对面，顶着爆炸头。

莱拉和山姆年纪都还小，莱拉十六，山姆十四。第米叔叔——他们的父亲，（"父亲"真是个恶心的词！）坐在莱拉和罗丝婶婶之间，第米叔叔坐在这个老二的位置已经很久很久了，因为罗丝婶婶说，如果第米叔叔坐在桌首，从窗缝钻进来的风会伤到他的脖子。啊哈，这个罗丝婶婶！

格雷芬拉过来一把椅子，紧绷着裤子一屁股坐下，胳膊肘随意撑在亚麻桌布上。"我有件事要说，"他开腔，"这件事非常重要。这事儿已经有好几周时间了，我不能再瞒着你们：我恋爱了！不，不对，这个我很早就告诉你们了，我让大伙儿都笑的那天，还记得吗？"

他们四个坐着，眼睛一眨不眨，手纹丝不动。格雷芬陷入沉思，记忆回到他让他们四人都微笑的那天，那是两周前的一天。他回到家，跨进家门，看着他们说："我要结婚了。"

他们一下子全转过身来，脸上的表情好像谁刚打破了窗玻璃。

"你要干什么？"罗丝婶婶惊叫道。

"和爱丽丝·简·巴拉德结婚！"他略微有点僵硬地答道。

"恭喜啊。"第米叔叔说，他看了看妻子，又补充道，"不过，"他清了清嗓子，"会不会早了点啊，孩子？"他的目光又望向妻子。"没错，有点早。我不建议你现在结婚，还不是时候，不是时候。"

"家里乱糟糟的，"罗丝婶婶说，"没有一年时间我们是准备不好的。"

"你去年这么说，前年也这么说！"格雷芬回嘴，"但不管怎么说，这是我家！"他坦率地补充道。

罗丝婶婶抓住后面这句话不放。"过了这么多年，我们全家还是要被赶走，为什么我——"

"谁说要赶你们走了，别犯傻。"格雷芬火冒三丈。

"哎，罗丝——"第米叔叔无力地想要劝慰。

罗丝婶婶垂下双手。"这么多年，我为这个家付出了这么多，却还——"

就在这一瞬间，格雷芬突然意识到这群人必须走，他们统统都得走。他会先让他们闭嘴，然后让他们微笑，最后像清理行李一样把他们清理出去。他怎么也不能让爱丽丝·简来自己家的时

180

候看到这么令人压抑的场景：你到哪儿，罗丝婶婶就跟到哪儿，就算她不跟着你，只要使一个眼神，她的一双儿女就会对你做些无礼行为；他们的父亲比小孩强不到哪里去，简直就是罗丝婶婶的第三个孩子，他一定会换套说辞再劝你别结婚。格雷芬盯着他们：都是他们的错，都是因为他们，他的爱情和生活才都错得这么离谱。要是他对他们做点什么，这样，夜夜春梦中的温香软玉或许就触手可及；这样，他就能独享整栋房子，他就能拥有爱丽丝·简。对，爱丽丝·简！

他们必须走，必须尽快走。如果他像往常一样，只是叫他们走，恐怕二十年一晃而过，罗丝婶婶还在他家收集晒得都褪了色的香囊和爱迪生牌留声机，而爱丽丝·简却被赶走了。

格雷芬拿起一把切肉的餐刀，看着他们。

格雷芬的脑袋疲惫地猛然顿下。

他突然睁开眼。咦？哦，原来他刚才在打瞌睡，或者说神游。

所有这一切都发生在两周前。两周前的那个夜晚，他们说到了结婚、搬家、爱丽丝·简。已经过了两周了。两周前，他让他们所有人都微笑了。

现在，他已回过神来。他冲四周沉默无言、一动不动的这几个人笑了笑。他们也朝着他笑，样子古怪又讨喜。

"我恨你，老女人。"他对着罗丝婶婶十分直接地说，"两周前，我绝对没胆说这话，今晚嘛，哈——"他转向第米，语调懒散地说："第米叔叔，我给你点小建议吧，老头子——"

他自顾自地碎碎念，拿起一把勺子，假装从一只空盘子里吃桃子。实际上他早已在市区的自助餐厅吃过了,有猪肉、土豆、苹果派、豆荚、甜菜还有土豆沙拉。现在,他假装在吃甜点,只是因为他享受这个过程。他咀嚼着,好像自己真的在吃东西。

"所以——今晚你们终于要永远离开这里了。我已经等了两周,把所有的事情都考虑了个遍。从某种意义上,我想,我把你们留在这里这么长时间是想盯住你们,一旦你们走了,我就不能保证——"这时,他的眼里闪烁着恐惧。"你们可能会在四周晃荡,晚上还弄出声响,而我不能忍受这些,我绝对不能让这栋房子里有任何噪声,就是爱丽丝·简搬进来之后也……"

双层地毯很厚实,踩在脚下能消磨掉所有声音,着实令人安心。

"爱丽丝想后天搬进来,我们就要结婚了。"

罗丝婶婶冲他邪恶地眨了眨眼,眼神里充满怀疑。

"啊!"他惊跳起来,双眼盯着罗丝婶婶,然后又落回座位,双唇剧烈颤动。接着绷紧的神经又松了,他大笑:"哈,原来是只苍蝇在作祟。"他看着那只苍蝇在罗丝婶婶象牙色的脸上一步一个脚印地爬行,然后突然飞走。为什么它偏偏要挑在这时出现,让她的眼睛眨巴、犹疑?"罗丝婶婶,你怀疑我不会结婚,是吧?你觉得我婚姻无能、恋爱无能,也无法承担爱情的责任?你觉得我还不成熟,无法应对一个女人,也没法适应她的生活方式?你觉得我还是个孩子,结婚只是我在做白日梦?好啊!"格雷芬努力让自己平静下来,他摇了摇头。"伙计啊,伙计,"他自我宽慰道,"那只是一只苍蝇。是苍蝇怀疑爱情,还是你把爱情变成一只苍蝇和一次眨眼?去你娘的!"他指着他们四个。

"我去把火炉弄热点。一小时后,我就把你们都请出我家,一劳永逸。你们明白了吗？很好！我看你们是都明白了。"

外面下起了雨。冰冷的雨丝密密地斜织着，淋湿了房子外层。格雷芬面露愠色。雨声是他唯一不能控制的声音，完全没有办法，买新铰链、润滑剂或是钩子都不顶事。或许可以买块大布，把整栋房子罩起来，弱化雨声，可以吧？这有点太过了。不，不，雨声是没办法消除的。

他急需安静，人生中第一次如此渴求安静——每一丁点声响都能让他感到无比恐惧。所以任何一丁点声响都必须被扑灭、处理、消除。

雨声咚咚如鼓，又如一个男人不耐烦地用指节叩击桌面。他又陷入了回忆。

他想起之后的事情，两周前他让他们微笑的那天发生的事情……

他拿起切肉的餐刀准备切桌上的禽肉。和往常一样，一家人围坐一起，表情凝重、拘谨。要是两个小孩敢在这个场合笑，罗丝婶婶一定会像踩死臭虫一样恶狠狠地阻止他们。

他一边切禽肉，罗丝婶婶一边挑剔他双肘的角度，还指指点点说餐刀不够锋利。啊哈，对，刀的锋利度。回忆暂停，他转动眼珠，大笑。回忆继续。然后，他好像身负重任，用磨刀石把刀磨锋利，再次挥向那只肉禽。

几分钟之内他就削下好些肉，他缓缓抬起头看着周围凝重又挑剔的脸，活像一个个镶了玛瑙眼的布丁。他盯着他们看了一会儿，好像他们眼中的自己不是在切一只光腿的山鹬，而是在与一个裸女快活逍遥。他发了疯似的举起刀，声嘶力竭地狂吼："上天啊，为什么你们，你们中任何一个人，就不能笑一下？我要让你们笑！"

他几次挥刀，手起刀落，动作宛若魔术师挥舞魔棒。

片刻之后——看啊！他们就全都微笑了！

他把这段记忆撕成两半，揉皱，团成团，丢开。他迅速起身，走到门厅，走下厨房。厨房再往下，他顺着灯光昏暗的楼梯走到地下室。他打开炉门，慢慢加柴、拨火，动作娴熟。炉子的火烧得很旺。

他重又上楼往回走，四下里看了看：该请保洁打理这栋空房子了，也该让搞装潢的来扯掉这些土气、呆板的窗帘，挂上些耀眼闪亮的画布。厚实的东方地毯是新买的，能进一步保证房内的安静。他现在十分渴求安静，少则一月，多则一年，他都要安静的环境。

他双手盖脸：要是爱丽丝·简在房内弄出动静怎么办？在某个地方不知怎么地就是弄出了点动静！怎么办？

然后他笑了。这简直就是笑话。这个问题根本不是问题。嗯，不是问题。他根本无须担心爱丽丝·简带来的噪声。事情简单到可笑：爱丽丝·简只会给他带来无尽的快乐，她不会是他的摧梦人，不会给他带来焦虑和不适。

要保证安静的质量，还有一件事要做。家里各处的门，风一吹就砰一声关上，砰、砰的声音响得还很频繁。他要在门顶部装空压阀，很多图书馆都装的那种，门关上时，撬杠慢慢合上，门发出轻轻的嘶嘶声。

他穿过餐厅。餐厅里的四个人还在原地，他们的手还摆放在原来的位置。他经过时，他们漠不关心，而这和礼貌与否无关。

他从门厅旁边的楼梯上楼换衣服，准备下来把这家人撵走。他松开做工精致的袖口，把脖子扭向一边。有音乐。刚开始他并没有注意到音乐声。然后他慢慢地把脸转向天花板，脸色煞白。

乐声源于房子的最顶端，一个音符又一个音符，不间歇，不停顿。他万分惊恐。

每一个音符都好像是谁拨动一根竖琴琴弦发出的。四周一片死寂，音符的小小声响也就显得十分响亮、突出。它不断地侵入、伸展至这片寂静中去，直到最后音量完全与自身比例失调，声声直锥人心。

嘣的爆炸般的一声巨响，他双手推开房门。一出房门，双脚就摸索着踏上三楼的台阶，手下的扶梯像一条滑溜的长蛇盘旋而上。他的手握紧、放开、上伸、拉住，他一步一步向上爬，脚下台阶越来越长、越来越高、越来越黑……一开始他还跌跌撞撞，现在，他已铆足劲往前跑，就算此时有堵墙突然挡在他前面，他也一定不会停下来，直至墙面上满是他试图穿过时留下的血迹、抓痕。

他就像一只在一口空荡的钟里奔跑的老鼠。在钟的顶端，那根竖琴琴弦嗡嗡作响。它催促他前进，它内部的琴音像一根脐带牢牢抓着他，它给予他的恐惧以生命和养料，它哺育、抚慰他。恐惧在母亲与挣扎的孩子间传递。他力图用双手扯断脐带，可是失败了。他觉得好像有人重重拉了一下这根纽带，琴弦震颤。

又一声清脆的琴声。接着又一声。

"不，安静！"他吼叫道，"这里不可能有噪声。两周前就没有了。我说过，这里不会再有噪声。所以，这里不可能有——绝对不可能！安静！"

他冲上阁楼。

歇斯底里可以是一种解脱。

水滴从屋顶通风口落下，打在一个长颈瑞士雕花花瓶上，水花四溅，声音洪亮。

他得意扬扬，飞起一脚，将花瓶踢了个粉碎。

回到房间，他挑了一件旧衬衣、一条旧裤子穿上，暗自发笑。音乐声已经消失，通风口也堵上了，一切重归寂静。静有千万种，各有各不同。有夏夜的静，但根本算不上什么静：虫儿唱着赞美诗，一重又一重；孤寂的乡间小路上，电弧灯孤单地循着自己的小轨道左右摇摆，咿咿呀呀，投放出圈圈微弱的光晕，哺育着夏夜——感受夏夜的静，听者要忽略这些声响，还要有一份懒散、冷淡的心态。夏夜的静，几乎算不上静！还有冬的静，静虽静，却不是木棺内的死寂，而是时刻准备着，一有春意就马上爆发。冬季里，所有的事物都给人一种被压缩、不久就要恢复原样的感觉。冬日的静是自成一体的噪，一切被冰冻得如此彻底，一切都能碰得叮当作响；寒夜里钻石般的空气中，你的每一次呼吸、吐出的每一个词语都像是爆炸一般。不，冬的静也不能称得上静。静是情人间的"此时无声胜有声"。他的面色渐渐恢复，他闭上了双眼：那是多么悦人的静啊，和爱丽丝·简在一起的静，简直无可挑剔。他很确定，一切都很完美。

低语声。

但愿邻居都没有听到他疯子般的尖叫！

一声微弱的低语。

好，现在回到静这个话题上。完美的静是全面的，是由个体自身构建出来。这样，就不会受到无形的脐带、电弧灯昆虫般嗡嗡作响等状况的限制。人类的大脑能处理各种声音，能应对各种突发状况。等到获得了完全的宁静，就连手上细胞更新换代的声音都能听到。

一声低语。

他摇了摇头。不！这里没有低语声，在他的房子里不可能有！他全身冒冷汗，身体微微颤抖，下颌微张，眼珠在眼眶里不停转动。

低语声还在。轻声议论。

"告诉你，我就要结婚了。"他弱弱地说，像泄了气的皮球。

"你在撒谎。"那低语小声回答。

他向前低下头，头好像挂在脖子上，下巴抵在胸口。

"她叫爱丽丝·简·巴拉德——"他用柔软湿润的双唇无声地吐出了这几个字。他一只眼的眼皮抖动开闭，好像在向某个神秘来客传递讯息。"你不能阻止我爱她，我爱她——"

低语声。

他闭着眼往前跨了一步。

等走到通风设备的地面回风口时，裤腿的翻边颤动，一股热流冲上来。低语声。

原来是火炉。

他正要下楼去地下室，有人敲门。他靠在门后，问："谁？"

"格雷芬先生吗？"

格雷芬屏住呼吸，回答："什么事？"

"可否让我们进去？"

"呃，你们是谁？"

"警察。"门外的人答道。

"有何贵干，我刚坐下吃晚饭！"

"就是想找你聊聊。邻居报警，说已经两周没见你叔叔、婶婶。刚才还听到声音——"

"我向你保证，一切好着呢。"他干笑一声。

"那么，"门外的人继续说道，"如果你开门，我们可以友好地把事情讲清楚。"

"抱歉，"格雷芬坚持不懈，"我又累又饿，明天再来吧！如果到时候你们还想找我聊，我会奉陪。"

"格雷芬先生，我想我们必须现在跟您聊聊！"

他们开始撞门。

他四肢僵直，机械地转身，走下门厅台阶，走过那只老钟，走进餐厅，一路无语。他径直坐下，眼神涣散。然后他开口讲话，刚开始语速缓慢，后来越来越快。

"门口有几个条子，您会去跟他们谈的，对吗，罗丝婶婶？您会去叫他们走开，跟他们说我们正在用餐，对吗？要是他们真进来了，大家不要停下来，要继续吃饭，营造出一种欢乐的气氛，这样他们就会走了。罗丝婶婶您会跟他们谈的，对不对？既然事情到这个地步了，有些事我要向你们坦白。"不知为何，他落下几滴热泪。他看着泪珠渗入白色亚麻桌布，洇开，最终消失。"我不认识什么爱丽丝·简·巴拉德，根本没有这个人。这些全都是……是……我不知道。我说我爱她、我想娶她，我说这些是为了让你们笑。对，我说这些是因为我打算让你们笑。这是唯一的原因。我知道不会有女人要我，很早以前我就知道。罗丝婶婶，能把土豆递给我吗？"

房门砰的一声被撞倒，碎了一地。门厅一阵骚乱，充斥着鞋子摩擦厚地毯的闷响。警察径直冲进了餐厅。

一阵迟疑。

督查急忙脱帽刹住。

"噢！对不起，请原谅。"他急忙道歉，"我并不是有意打搅你们进餐，我……"

他们的步子停得太猛，震动了整栋房，这一震直接把罗丝婶婶和第米叔叔给震到地毯上了。他俩躺在地上，左耳、喉咙、右耳三点一线处，开了个半月形的大口子。恍惚中，好像下巴以下有个恐怖的大笑脸。桌上的俩兄妹也是。他们以残破的笑脸欢迎迟来的访客，用一张鬼脸告诉他们所有的故事……

1999 年 2 月：耶拉

刊于《麦克林》（*MacLean's*）
1950 年 1 月 1 日
阿古 译

　　他们有一幢水晶柱支撑的房子，盖在火星空海的边缘。每天早上，K 夫人采摘水晶墙壁上长出的金色果子或抛撒一把把磁尘清洗房子，磁尘会带走一切污垢，吹散在热风里。下午，化石海温暖寂静，酒树直挺挺地立在院子里。这个偏远渺小的火星骨镇与世隔绝，没有人出门。K 先生正待在他的房间里，读一本凸印着象形文字的金属书，他不时挥动手掌，仿佛是在撩拨竖琴弦。他的手指抚摩之下，书中响起一个柔和古音，开始讲述古老传说。那时的海还是红色的，古人率领金属昆虫和电蜘蛛上阵厮杀。

　　K 先生和 K 夫人在死海边居住了二十年，他们的祖先原先也生活在这一幢房子里。房子会像花朵般转动方向，不停追逐太阳，转了十个世纪。

K 先生和 K 太太还没老。他们有真正的火星褐色皮肤，眼睛如黄色硬币，嗓音柔和悦耳。曾经，他们喜欢用化学焰火作画，喜欢在畅饮酒树绿色汁液的季节去运河里游泳，喜欢坐在谈话室的蓝色磷画下，把悄悄话一直说到黎明。

现在他们不太开心。

这天早晨 K 太太站在水晶柱中间，看着炙热的沙漠融化成黄蜡，似乎在地平线上流淌。

有事情要发生了。

她等待着。

她望着火星的蓝天，仿佛下一刻天就会蜷曲收缩，然后把一个金光闪闪的奇迹吐到沙漠里。

什么都没发生。

她厌倦了等待，穿行在迷蒙的水晶柱间。水晶柱顶部洒落一阵细雨，冷却了焦热的空气，轻打在她身上。天热时，这就像走在一条小溪中。凉爽的涓流在房子地板上闪光。远处，她听到丈夫正稳稳地演奏他的书，他的手指从不厌倦那些古老的歌谣。她暗暗希望，有一天他会丢开那些不可思议的书，恢复从前的热情，像抚摩一架竖琴那样拥抱她，抚摩她。

但是，这不可能。她摇摇头，微微耸肩。她的眼皮轻轻合下，遮住了金色的双眼。虽然还年轻，但婚姻让他们觉得彼此熟识而衰老。

她躺在椅子上，椅子的形状能随她身形而改变。她焦虑地紧紧闭上了眼睛。

梦境来了。

她举起颤抖的棕色手指，向空中抓挠。过了一会儿，她惊恐地坐起身，大口喘气。

她迅速瞥了一眼四周，仿佛期待有人在她眼前现身。她似乎有点失落，水晶柱之间空荡无人。

丈夫出现在一扇三角形的门前。"你叫我啦？"他生气地问道。

"没有！"她大喊。

"我好像听到你在喊叫。"

"是吗？我刚才睡着了，还做了一个梦！"

"大白天？你很少白天睡觉的。"

她坐着，仿佛被梦境迎面痛击。"真奇怪，太奇怪了，"她喃喃地说，"多么奇怪的梦境。"

"哦？"他显然希望早点回到书中。

"我梦见了一个男人。"

"一个男人？"

"一个高个子男人，六英尺一英寸高。"

"多么荒谬，一个巨人，一个畸形的巨人。"

"不知为什么，"她努力回想着，"尽管很高，可他看上去正常得很。而且他，哦，我知道你会觉得很傻，他有一双蓝眼睛！"

"蓝眼睛！诸神啊！"K先生大叫起来，"你下一步还会梦到什么？我猜他还有一头黑发？"

"你怎么猜到的？"她很兴奋。

"那是最不可能的颜色。"他冷冷地回答。

"好吧，正是黑色！"她大喊，"他的皮肤非常白皙，他真不寻常！他身穿一件奇怪制服，从天而降，愉快地对我说话！"她笑了。

"从天而降？你胡说些什么！"

"他乘着一架金属机器，在阳光下闪耀。"她回忆道。她闭上眼睛，又回想了一下。"我梦到天空中有东西闪闪发光，像一枚扔到空中的硬币，突然它变大了，一架银色的外星飞船，轻轻落在地上，又圆又长。银色飞船一侧打开了一扇门，这个高大男人走了出来。"

"要是你干活更卖力，就不会做这些无聊的梦了。"

"我非常享受这个梦。"她答道，仰面向后躺去。"我从没想到自己会有这样的想象力。黑头发，蓝眼睛，白皮肤！真是个奇怪的人，但是，挺帅的。"

"想得倒挺好的。"

"你说话真不厚道。我没有特意去想象他的存在，只是刚好在我打盹走神时，他溜进了我的脑海。这场梦出乎意料，如此特别。他看着我说：'我从第三颗行星乘坐飞船而来，我的名字叫纳撒尼尔·约克……'"

"一个愚蠢的名字，根本就算不上名字。"丈夫反驳道。

"这名字的确挺蠢的，要知道这只是一场梦，"她轻声解释道，"接着他又说：'这是跨越太空的第一次飞行。飞船上只有两个人，我和我的朋友伯特。'"

"另一个愚蠢的名字。"

"他说：'我们来自地球上的一个城市，我们那个星球的名字叫地球。'"K夫人继续说，"'地球'，这就是他说出的那个名字，尽管他用的是另一种语言，我还是听明白了，通过我的心意。我觉得这是心灵感应。"

K先生转身就走。她叫住了他。"耶尔，"她平静地说，"你有没有想过，在第三颗行星上有人居住？"

"第三颗行星不能支持生命，"丈夫耐心地说，"我们的科学家说，它的大气层里氧气太多了。"

"但如果那里有人，不是挺奇妙的吗？他们乘着某种飞船跨越太空？"

"耶拉，你知道我有多讨厌这种情绪化的大呼小叫。让我们各自回去工作吧。"

当天晚些时候，K 夫人徘徊在水晶柱间窸窸窣窣的细雨中，唱起那首歌，一遍又一遍。

"那是什么歌？"她的丈夫终于按捺不住了，走过来坐在火桌旁。

"我不知道。"她抬头看向丈夫，自己也深感惊讶。她难以置信地伸手捂住嘴。太阳落下，房子正在自动关闭，就像一朵巨大的花，在天黑时合拢花瓣。有风在水晶柱间盘旋，火桌上的银色熔岩池正剧烈冒泡。风拂动她的赤褐色头发，在她耳边低吟。她静静站着，望向死海浅浅的广袤底部，仿佛在回忆。她的黄眼睛柔软湿润。"用你的双眸与我共饮，我亦将献上我的眼睛，"她唱着，轻轻地，悄悄地，慢慢地，"在杯中留下你的吻，我愿为此舍弃美酒。"①她哼唱起来，随风挥舞手臂，紧闭双眼。她轻轻哼完了整首歌。

如此美妙。

"以前从没听你唱过。你刚写的？"他问道，眼神锐利。

---

①歌词引自英国戏剧家本·约翰逊（Ben Johnson）的诗歌 *Drink to Me Only With thine eyes*，很多歌唱家曾演唱过。

"不。是的。不对，我不知道，真的不知道！"她犹豫，"我甚至不知道这些歌词是什么意思！它们是用另一种语言写的！"

"什么语言？"

她漫不经心地往暗涌的熔岩中丢生肉块。"我不知道。"片刻之后，她捞出已烫熟的肉，盛在盘子里端给他。"也许只是我胡乱编造的东西。我也不知道为什么。"

他什么也没说，看着她把肉淹没在嘶嘶的火池中。太阳不见了。黑夜缓缓降临，充满了整个房间，遮掩了水晶柱和他们两个，像一杯泼到天花板上又倾泻而下的黑暗浓醴。只有银色熔岩的光芒照亮了他们的脸庞。

她又哼唱起那首奇怪的歌。

他立刻从椅子上跳起，在房间里气恼地踱来踱去。

之后，他默默无语地吃完了晚餐。

他站起身，伸展了一下身体，瞥了她一眼，打着哈欠建议道："今晚乘着烈焰鸟去镇上看演出吧。"

"当真？"她说，"你感觉不舒服吗？"

"这个提议很奇怪吗？"

"我们已经六个月没去看过演出了！"

"我觉得看演出是个好主意。"

"突然又变得那么殷勤。"她说。

"别这么说话，"他没好气地回答，"你去不去？"

她望向苍白的沙漠。那对孪生白月正在升起。冰凉的水轻轻漫过她的脚趾，她微微颤抖。她很想静静地坐在这里一动不动，直到那件事发生，那件期待了一整天的事，那件也许可能发生的事。一句歌词飘过她的脑海。

"我……"

"想好了？"他催促道，"马上就出发吧。"

"我累了。"她说，"改天吧。"

"戴上你的围巾，"他递给她一个小瓶。"我们已经几月没出过门了。"

"你每周要去两次西城。"她看都不看他一眼。

"那是为了公事。"他说。

"哦？"她呢喃了一声。

瓶中泼洒出一抹液体，弥散成一团震颤的蓝雾，裹住了她的脖子。

一群烈焰鸟蹲伏在清凉柔软的沙地上，像一层煤炭。夜风轻拍，把篷车吹成白色的气球，一千条绿丝带把篷车系在烈焰鸟身上。

耶拉坐在篷车上，丈夫一声令下，群鸟燃烧，飞向黑暗天空。丝带拉紧，拽起篷车滑过细沙。篷车高高飞起，掠过蓝色山丘，把他们的家抛在身后，远离了洒雨的水晶柱、笼中的花朵、唱歌的金属书和窃窃私语的地板涓流。她并不看着自己的丈夫。她听到他冲着烈焰鸟大喊，它们越飞越高，像一万朵炙热火花，在天空中盛开成琳琅满目的红黄色烟花，篷车仿佛一片花瓣，在风中一燃而过。

她没去看那些废弃的古代骨城，没去看那条充满了空虚和梦想的老运河。他们就如一抹月影、一把火炬，从干涸的昔日河流湖泊之上飞过。

她只看夜空。

她丈夫在说话。

她看着夜空。

"你听到我说的话了吗？"

"什么？"

他叹气。"你得专心点儿。"

"我刚刚在思考。"

"没想到你是一个热爱大自然的人，你今晚肯定对夜空特别感兴趣。"他说。

"夜空非常美。"

"我在盘算，"丈夫缓缓说道，"今天晚上我想打电话给胡勒。我想和他商量一下，我们去蓝山住几天，一个星期左右。只是一个念头……"

"蓝山！"她一只手抓着篷车边缘，一下子转向他。

"哦，只是一个建议。"

"你想什么时候去？"她问道，浑身颤抖。

"我想明天早上就出发，既然决定了，就早点行动。"他尽量说得很随意。

"但我们从没在这么早的时节出去旅行过！"

"就这一次，我觉得……"他笑了，"出门一段时间对我们有好处。重获平静与安宁。你没有别的计划吧？我们一起去，好吗？"

她吸了口气，等了一会儿才回答："不去。"

"什么？"他的吼声惊动了烈焰鸟。篷车被猛地拽了一下。

"不，"她坚定地说，"我决定了，不去。"

他看着她。她转过脸。之后他们没再说话。烈焰鸟仍在奋力飞翔，一万支火把随风飘荡。

黎明，阳光透过水晶柱，融化了耶拉身下的睡雾。入夜，当耶拉躺下休息时，水晶墙中会喷涌出睡雾，形成一层柔软的雾毯，支撑着她漂浮在地板上方。整个夜晚，她就睡在这沉默的河流里，像一艘小船轻漂在无声潮涌中。现在雾气淡去，雾床越来越稀薄，她搁浅在醒来的边缘。

她睁开眼睛。

丈夫站在她身旁。他专心注视着她，好像已经站了好几个小时。不知道为什么，她不敢看他的脸。

"你又在做梦了！"他说，"你不停说梦话，把我惊醒了。我觉得你真该去看看医生。"

"我没事。"

"你在睡梦中说了很多话！"

"是吗？"她吓了一跳。

黎明时分的房间里非常清冷。一道灰暗的光投在她躺着的地方。

"你到底梦到了什么？"

她不得不回想了一会儿，才记起来。"飞船又从天空降落，登陆，那个高大男人走了出来，和我说话。他讲小笑话给我听，真好笑，我们聊得很愉快。"

K 先生在水晶柱上拍了一下。热气腾腾的温泉涌了出来，房间里的寒意瞬间荡然无存。K 先生面无表情。

"然后，"她说，"这个人，说他的怪名字叫纳撒尼尔·约克。他对我说，我很美，他吻了我。"

"哈！"丈夫叫道，猛地一转身走开几步，下巴抖个不停。

"这只是一个梦。"她被逗乐了。

"那愚蠢的春梦还是你自己留着回味吧！"

"你就像个孩子。"她仰头躺回所剩不多的化学雾床上。过了一会儿她轻笑起来，坦白说："我又记起来梦境的一些细节。"

"噢，什么细节，什么？"他大喊。

"耶尔，你脾气真暴躁。"

"告诉我！"他要求，"你不能在我面前保守秘密！"他脸色黑沉，僵直地站在她身旁。

"我从没见过你这样，"她说道，心情半是震惊，半是享受，"事情是这样的，纳撒尼尔·约克告诉我，嗯，他说他会把我带进他的飞船，带着我飞上天空，带我一起回到他的星球。这可真是太荒谬了。"

"荒谬，没错！"他几乎尖叫起来，"你真该亲耳听听自己的梦话。你对着他阿谀奉承，对着他柔声细语，和他一起歌唱，哦诸神啊，闹腾了一整晚，你真该听听！"

"耶尔！"

"他什么时候降落，他和他那艘该死的飞船到底降落在哪里？"

"耶尔，别嚷嚷。"

"我就要嚷！"他俯下气得僵直的身子，"在你的梦里，"他一把抓住她的手腕，"那艘飞船降落在绿谷，对不对？回答我！"

"怎么了，没错……"

"它会在今天下午降落，对吧？"他紧紧盯着她。

"是的，是的，我想是这样，是的，但那只是一场梦！"

"嗯……"他重重甩开她的手,"幸好你是实话实说! 我听清了你的每一句梦话,你提到了绿谷,提到了降落时间。"他喘着粗气,跌跌撞撞地在水晶柱间来回踱步,仿佛是被闪电耀瞎了眼。慢慢地,他的呼吸匀和了下来。她看着他,仿佛看着一个可怜的疯子。终于她爬起身,走向他。"耶尔。"她低声呼唤。

"我很好。"

"你病了。"

"没有。"他挤出一丝疲惫微笑。"我只是孩子气发作。原谅我,亲爱的。"他随手拍了拍她的肩膀。"最近工作太辛苦了,我很抱歉。我应该去躺会儿……"

"你这么激动。"

"我现在没事了。好了。"他吐出一口气,"忘了这个梦吧。昨天我听了一个关于维欧的笑话,我正想讲给你听呢。等你准备好早餐,我就讲给你听,我们不要再纠结这个话题了。"

"这只是一场梦。"

"当然。"他僵硬地吻了吻她的脸颊,"只是一场梦。"

中午太阳升高了,小山丘的尖顶在炙热阳光下闪烁。

"你不是要去城里吗?"耶拉问。

"城里?"他微微耸起眉毛。

"你总会在今天这个日子去城里的。"她转动了一下花笼。花朵们骚动起来,纷纷张开饥饿的黄嘴。

他放下金属书。"不,今天太热了,现在出门也晚了。"

"哦。"她喂完食,朝门口走去,"那么,我很快就回来。"

"等一下! 你去哪里?"

她转眼间就走到了门口。"去宝儿家。她邀请我过去！"

"今天？"

"我已经很久没和她见面了。路又不远。"

"她家在绿谷，是不是？"

"是的，只是散个步，不远，我想……"她走得很急。

"我很抱歉，真的很抱歉……"他说着，跑出门把她拉了回来。他耷拉着脸，仿佛非常懊恼自己的健忘。"瞧我这记性，今天下午我邀请了尼尔博士。"

"尼尔博士！"她又向门口溜去。

他抓住她的胳膊，坚定地把她往屋里拉。"是的。"

"可是宝儿……"

"让宝儿等等吧，耶拉。我们必须招待尼尔博士。"

"也就十几分钟的路……"

"不行，耶拉。"

"不行？"

他摇了摇头。"不行，再说了，步行去宝儿家要走很长一段路。一路上要穿过绿谷，走过大运河，继续往下走，对吧？一路上非常热。尼尔博士会很高兴见到你的，怎么样？"

她没有回答。她希望能挣脱他，跑出门。她想大喊大叫。可她只是坐在椅子上，面无表情地盯着手，缓缓地把手指翻来覆去，犹如一头困兽。

"耶拉？"他喃喃地说，"你会待在家里的，对不对？"

"是的，"她过了许久才说，"我会待在家里的。"

"待一整个下午？"

她的声音很闷。"待一整个下午。"

天色渐晚，尼尔博士仍然没露面。耶拉的丈夫似乎并不惊讶。快傍晚时，他小声嘀咕着从衣柜里取出一支外形凶狠的武器。那是一根淡黄色长管，上面附着一截嗡嗡作响的波纹管，装着一个扳机。他转过身来，脸上戴了一个面无表情的银色金属面具。想要掩饰自己的情感时，他总会戴上这副面具。面具打造得极精巧，完美地贴合他消瘦的脸颊、下巴和额头。面具闪闪发光，他双手紧紧握着那支邪恶的武器。波纹管不停嗡嗡响，昆虫的嗡嗡声。一扣扳机，一声啸叫，一群金蜂会从长管中飞出。可怕的金色蜜蜂，蜇人，施毒，坠落，死去，像种子撒落在沙上。

"你要去哪里？"她问。

"什么？"他倾听长管发出的恐怖嗡嗡声，"尼尔博士还不来，我可不能就这么干等着。我要出去一会儿打个猎。我很快就回来，你会老老实实待在家里，对吗？"银色面具泛着光。

"我会的。"

"告诉尼尔博士，我马上就回来。只是出去打一会儿猎。"

三角门关上了。他的脚步声消失在山下。

她看着他走进阳光中，直到不见了踪影。然后，她继续干家务，撒磁尘，摘下水晶壁上新长出的水果。她动作有力而迅速，但有时也会走神。她望向水晶柱外的天空，不禁哼唱起那首令人难忘的奇怪歌谣。

她屏住呼吸，站着一动不动，等待着。

快了，快了。

任何时候都可能发生。

这就像雷雨临近之前那阵突如其来的平静，然后阵阵微风，片片云翳，蒙蒙水汽拂过大地。你的耳中憋起一股闷压，你的心揪了起来，等待即将到来的暴风雨。你的身体开始颤抖。天空昏暗变色，云层增厚变暗，山峰暗淡铁灰。笼花轻轻叹息，警告风暴的到来。你的头发也随风飘扬。在房子某处，语音时钟唱了起来："是时候了，是时候了，是时候了，是时候了……"唱得如此轻柔，仿佛水珠轻打丝绒。

然后，风暴真的来了。雷电闪耀，黑暗笼罩下来，遮天盖地，直到永远。

此刻正是这样的氛围。风暴将临，但此时仍万里无云。闪电可期，而眼下仍天高云淡。

耶拉在这幢热得透不过气来的夏屋里踱步。也许下一秒闪电就会划过天空；一个霹雳、一阵烟雾、一片寂静，道路上响起脚步声，有人叩响水晶门，她会跑去开门……

疯狂的耶拉！她责备自己。你平平淡淡的脑子里怎么会有这种疯疯癫癫的念头？

这时，事情终于发生了。

一股暖流冲刷而过，仿佛空中划过一道烈焰。一声疾旋的爆音，天空中闪过一道金属耀光。

耶拉不禁大喊。

她跑过水晶柱，猛地推开门。她眺望群山。这时还看不到什么。

她正想跑下山，却又停下了脚步。她应该留在这儿，不能离开。尼尔博士要来拜访，如果她跑了，丈夫会生气。

她等在门口，呼吸急促，伸出双手。

她紧张地眺望绿谷方向，但什么也没看见。

傻女人。她走进门。你的想象力可真丰富，她暗想。那只不过是一只鸟、一片叶、一阵风，运河里的一尾鱼。坐下，歇着。

她坐了下来。

一声爆响。

清晰，尖锐，正是恶虫武器的声音。她的身体猛地一颤。

枪声来自远处。迅捷的金蜂嗡嗡叫个不停。一枪。又是一枪，准确，冷酷，遥远。

她的身体又畏缩了一下，不知怎的，她吓坏了。她尖叫，大叫，不可抑止地嘶声叫喊。她猛地跑到门口，再一次推开门。

回声渐渐消散，息止了。

她脸色苍白，在院里站了整整五分钟。

最后，她低着头，缓步走过一间又一间水晶室，手拂过一件又一件什物，嘴唇哆嗦个不停。最后，她独坐在昏暗的酒房里，等待着。她撩起围巾下摆，擦拭琥珀酒杯。

就在此时，远处传来脚步声，嘎吱嘎吱踩在细小石头上。

她起身，站立在安静的房间中央。酒杯从她指间滑落，摔成碎片。

脚步在门外迟疑了一下。

她应该说话吗？她是不是应该大声说"进来吧，哦，进来吧"？

她上前几步。

来人走上了斜坡，一只手扭了扭门闩。她对着门口露出微笑。

门开了。她脸上的微笑溜走了。

是她的丈夫。银色面具上闪着迟钝的光。

他走进房间，只看了她一眼。他啪的一声打开波纹管，磕了

204

磕，两只死蜂掉落在地上。他踩了两脚，把空枪搁在房间角落里。耶拉一遍又一遍弯下腰，徒劳地想捡起酒杯碎片。"你干了什么？"她问。

"没什么。"他说着，转身摘掉面具。

"但是，枪声……我听到你开了火，两次。"

"只是打猎，我只是偶尔兴起打个猎。尼尔博士到了吗？"

"没有。"

"不对啊，"他不耐烦地打了个响指，"嘿，我突然记起来，他明天下午才会到访。我多蠢啊。"

他们坐下来吃饭。她呆看着食物，却不动手。"怎么了？"他夹起肉，浸入翻滚的熔岩，头也不抬地问了一句。

"不知道，我不饿。"她说。

"为什么不饿？"

"不知道，就是不饿。"

风扬起，刮过天空。太阳快要落山了。房间很小，突然冷了下来。

"我一直在努力回忆。"她说。房间里一片寂静，长着金色眼睛的冰冷丈夫直直地坐在她对面。

"回忆什么？"他呷了一口酒。

"那首歌，那首精致美丽的歌。"她闭上眼睛，哼了起来，却不是那一首，"我已经忘了。可不知怎的，我并不想忘记。我想要永远记住那首歌。"她轻挥双手，仿佛挥舞的节奏能帮她记起来。她向后躺进椅子里。"我记不起来了。"她哭了起来。

"你哭什么？"他问。

"我不知道，我不知道，可我就是忍不住。我很伤心，却不知道为什么伤心。我哭了，却不知道为什么哭，可我就是哭了。"

她伸手捂住脸庞，肩膀一下下抽动。

"明天你会好起来的。"他说。

她抬起头，没有看他，而是望向空荡荡的沙漠。明亮的群星闪耀在黑色天空之上，远处风声飞扬，冷冽水流在运河中潺潺搅动。她闭上双眼，浑身颤抖。

"是的，"她说，"明天我会好起来的。"

2001 年 6 月：月光依旧灿烂

刊于《颤栗冒险故事》(*Thrilling Wonder Stories*)
1948 年 6 月
吕诗苑 译

当他们刚从火箭里出来，踏入夜色时，实在太冷了，斯彭德开始收集火星上的干柴，生起一小堆篝火。他没说庆祝的事，只是捡起木柴，点火，看着它燃烧。

在火星这片干涸的海洋上，火光照亮了稀薄的空气。他转过头，看着把他们带来的火箭，这些人包括怀尔德上校、切诺基、海瑟威、山姆·帕克希尔和他自己。他们穿越寂静黑暗的星际，登上这片梦想已久的荒凉土地。

杰夫·斯彭德等着有人打破沉默。他看看其他人，等他们乱跳乱叫。等他们反应过来自己是登上火星的"第一人"，肯定就要跳起来大叫了。没有人开口说话，但不少人在暗暗希望。其他几次探险都失败了，而这一次，也就是第四次，也许终将成功。他们并没有恶意。然而，他们忍不住去想，想着随之而来的巨大声誉。同时，他们的肺部慢慢适应了这里稀薄的大气，因为空气稀薄，走动太快很容易就会醉倒。

吉布斯走到刚生起的火堆旁，问："为什么我们不用船上的化学燃料而要用这些木头呢？"

"不为什么。"斯彭德没有抬头。

火星上的第一晚就弄出太大声响，或者把炉子这种奇怪愚蠢的发光物牵扯进来，这不太好。感觉就像引进了某种亵渎神明的行为。以后有的是时间，有的是时间把炼奶罐扔进壮丽的火星运河里；有的是时间让《纽约时报》在空中吹动、翻滚，发出沙沙的声音，飘过死寂的灰色的火星海床；有的是时间让香蕉皮和食物包装纸堆满那遍布沟壑的脆弱的火星村庄遗址。有的是时间。想到这里，他内心小小颤抖了一下。

他用手给火堆添柴，像在向死去的巨人献上祭品。他们在一个巨大的坟墓上登陆，这里埋葬着一个文明。第一晚应该静悄悄地度过，这是基本礼节。

"这不是我想要的庆祝。"吉布斯转向怀尔德上校说，"长官，我觉得我们可以喝点儿金酒吃点儿肉，热闹热闹。"

怀尔德上校移开视线，转向一英里外的死城。"大家都累了。"他轻声说，似乎全部注意力都在那座死城上，忘了队员们的存在，"明晚吧，也许。今晚我们该庆幸，我们穿越了宇宙，没有流星撞上舱壁，大伙也全部安然无恙。"

队员们动了起来。一共二十人，或互相扶着肩膀，或调整腰带。斯彭德看着他们。他们不高兴。大家冒着生命危险完成了一件大事，在太空中开了个洞，坐着火箭一路来到火星，现在他们只想一醉方休，开枪庆祝，展示自己有多么厉害。

但是，没有人欢呼大叫。

上校下达了保持安静的指令。一名队员跑进飞船，拿出打开的罐头，安静地分发给大家。队员们聊起天来。上校坐下，为大家回顾这段旅程。他们很清楚这一路上都发生了什么，但这样听别人陈述出来的感觉真好——说明事情已成定局，可以安心放在一边了。他们不愿谈论回程的事。有人提起过这个话题，大家就让他闭嘴。双重月光下，大家忙着吃东西。食物很美味，就连酒似乎也更好喝了。

天际划过一道火光，片刻，辅助火箭在营地另一边着陆。斯彭德看着小舱门打开，海瑟威——他们的队医兼地理学家走了出来。为了节省旅途空间，船上的人都身兼二职。他慢慢走向上校。

"怎么了？"怀尔德上校问。

海瑟威凝视着远方在星光中闪烁的城市。喉咙吞咽了一下，回过神，说道："那边那座城市，上校，是座死城，已经沉寂了好几千年。坐落在群山中的另外三座城市也一样。但第五座城市，两百里开外那座，长官——"

"它怎么样？"

"就在一周前还有人居住，长官。"

斯彭德站了起来。

"是火星人。"海瑟威说。

"他们现在在哪儿？"

"死了。"海瑟威说，"我走进了街上的一座房子。我以为它跟其他城镇的房子一样已经几百年没人住了。可是天哪，屋里有尸体。我就像走在一堆秋日落叶中，就像走在一堆棍子和燃烧过的报纸屑中，就那样。他们刚死没多久，最多也就十天。"

"你检查过其他镇子了吗？见着活物了吗？"

"不管是什么生物，都没有活的了。所以我去检查了另外几个镇子。五个中有四个已经荒废了好几千年。那里原来的居民到底遭遇了什么，我毫无头绪。但第五座城市的房子里都有同一种东西，那就是尸体，成千上万具尸体。"

"他们的死因是什么？"斯彭德走上前。

"你不会相信的。"

"是什么害死了他们？"

海瑟威简洁地说："水痘。"

"天啊，这不可能！"

"是真的，我测试过了，是水痘。地球人从来没有遇到过像水痘对火星人那样的影响。我想他们的新陈代谢反应与我们不同。水痘把他们烧成黑炭，干化成易碎的脆片。然而，那就是水痘。所以，约克、威廉姆斯上校和布莱克上校一定都登上了火星，前三次探险都成功登陆了。只有天知道他们后来遇上了什么事，但我们至少知道他们无意间对火星人做了什么。"

"你没见着其他活人？"

"可能有少数火星人逃到山里了——如果他们够聪明的话。但他们的数量不足以对我们造成什么影响，我敢打赌。这个星球已经完了。"

斯彭德转过身，走到火堆旁坐下，凝视着火光。水痘，天啊，水痘！想想吧，一个屹立了百万年的民族，不断自我完善，建立起了那样的城市，尽一切努力树立起威名与魅力，然后就灭亡了。其中一部分进程是缓慢发生的，城镇以它自己的节奏，在地球人来到之前，带着尊严死去。但剩下的那部分！剩下的火星文明是死于什么好听的，或者骇人的、臭名昭著的疾病吗？不，以一切神圣之物的名义，竟然是水痘，一种儿童疾病，一种在地球上甚至杀不死小孩子的疾病。这不对，不公平。这就像在说希腊人死于腮腺炎，骄傲的罗马人因为脚癣死在自己美丽的山上！真希望我们能给火星人时间去准备寿衣，然后从容得体地躺下，死去。不能因为水痘这种肮脏愚蠢的病死去。这与社会架构不符，与整个世界都不符！

"好了，海瑟威，去吃点儿东西吧。"

"谢谢，上校。"

他们很快就把这事抛诸脑后。队员们互相交谈起来。

斯彭德的眼睛没离开过他们。他把食物留在手上的碟子里。他感觉到大地开始变冷。星星离近了些，变得十分清晰。

若有人聊得太大声，上校便会刻意低声回话，于是他们也会跟着小声一些。

空气闻着十分干净清新。斯彭德久久坐着，享受当下。这里有很多东西他认不出来：花朵、化合物、粉尘、气味。

"有一回在纽约，我泡到一个金发妞，她叫什么名字来着？金妮！"比格斯叫起来，"就是这名字！"

斯彭德的身体绷紧了，手开始颤抖。他的视线移到稀稀拉拉扔着的罐头盖子后面。

"金妮跟我说——"

队员们吼起来。

"所以我扇了她一巴掌！"比格斯手上拿着一个瓶子叫道。

斯彭德放下碟子，听着风从耳边吹过。清凉、低吟的风。他看着远处干涸的海床上冰冷的白色火星建筑。

"该死的女人，该死的女人！"比格斯一大口干了整瓶酒，"在我认识的所有女人中最该死！"

比格斯身上的汗味飘进空气中。斯彭德任由火堆熄灭。"嘿，把火弄亮点儿，斯彭德！"比格斯说，盯着他看了一会，继续喝。"咳，有一晚金妮和我——"

一位叫辛克的队员放下手风琴，来了一段踢腿舞，四周扬起一阵灰尘。"啊呜——我还活着！"他大叫。

"哇！"男人们吼起来。他们把空碟子扔到地上。有三人排成一列，像合唱团少女一样踢起腿来，大声开玩笑。其他人则拍手起哄。切诺基脱掉上衣，露出赤裸的胸膛，转圈，挥洒汗水。月光照在他的平头和剃得干干净净的年轻脸庞上。

海床上，风卷起些许蒸气；山里，几座巨石像俯视着银色的火箭和小小的火堆。

欢闹的声音越来越大，越来越多队员跳起舞来，一个吹起了口琴，另一个把梳子用纸巾包好，也吹奏了起来。又开了二十瓶酒。比格斯跌跌撞撞地走来走去，摆动胳膊指挥跳舞的人。

"来呀，长官！"切诺基冲上校喊，一边鬼哭狼嚎地唱着歌。

上校只好加入跳舞的队伍中。他不太想去，板着一张脸。斯彭德看着他，心想：可怜的人，可怕的一晚！他们不知道自己在做什么。他们应该在出发前先接受新生训练，学习该怎样打扮穿着，怎样好好走路，怎样在一段时间内保持良好的表现。

"差不多啦。"上校说自己累坏了，离场坐下。斯彭德看到上校的胸膛并没有剧烈起伏，脸上也没有出汗。

手风琴、口琴、葡萄酒、喊叫、舞蹈、鬼哭狼嚎的歌声、转

212

圈、敲打锅碗瓢盆的声音、笑声。

比格斯晃悠着走到火星运河边。他拿着六个空瓶，一个个扔进深蓝色的水里。瓶子沉下去时发出一声沉闷的空响。

"我命名你，我命名你，我命名你为——"比格斯口齿不清地说道，"我命名你为比格斯、比格斯、比格斯运河——"

斯彭德站起来，跨过火堆，其他人还没反应过来，他就已经走到比格斯身旁。他给了比格斯两拳，一拳打在嘴上，一拳打在耳朵上。比格斯倒了下去，跌进运河，水花四溅。斯彭德静候比格斯爬上石岸。这时，队员们已经拉住了斯彭德。

"喂，你搞什么，斯彭德？喂！"他们问。

比格斯爬上来，身上湿答答的。他看见队员们正拉住斯彭德。"好吧。"他说着，一步步走上前。

"够了。"怀尔德上校喝道。队员们放开斯彭德。比格斯停下脚步，看着上校。

"好了，比格斯，去换套干净衣服。你们，继续你们的派对！斯彭德，跟我来！"队员们重新开起派对。怀尔德走出一段距离，面对斯彭德。"对于刚才的事你有什么要解释的？"他说。

斯彭德看着运河。"我不知道。我感到很羞愧，为比格斯，为我们这些人，还有那些噪声。天呐，多么漂亮的地方。"

"这是一趟漫长的旅程，他们需要放松。"

"他们的尊重呢，长官？他们分辨对错的能力呢？"

"你累了，而且你看待事物的方式有所不同，斯彭德。罚你五十美元。"

"是，长官。我只是想到他们正看着我们丢人现眼。"

"他们？"

"那些火星人，不管是生是死。"

"无疑都死了，"上校说，"你认为他们知道我们的到来？"

"旧事物难道不总能感知新事物的到来吗？"

"大概是吧。听起来你似乎相信灵魂存在。"

"我相信既成事实，火星上留有许多能证明这些历史的痕迹。有街道、房子，还有书，我想，还有大运河、钟表和马厩，如果不是用来养马的，嗯，那么就是另一些家畜，也许这些家畜长着十二条腿，谁知道呢？不管我往哪里看，都能看到被使用过的东西。几百年来，它们被触摸、被拿起。

"那么，要问我是否相信这些被使用过的事物存在灵魂，我会说相信。它们就在这里，所有能用的东西，每一座有名字的山。我们永远无法心安理得地使用它们。而不知为何，这些山的名字对我们来说总不对味；我们可以给它们起新的名字，但那些旧名字依然在，存留在时光中，那些山就是在这些名字的见证下形成的。我们给那些运河、山脉、城市起的新名字，会像泼到野鸭身上的水一样，不管多少，统统不留痕迹。不管我们怎样开发火星，我们永远无法真正触及它。接着，我们就会发怒，你知道我们将怎么做吗？我们会撕裂它，撕开它的表面，将它改造得适合我们生存。"

"我们不会毁掉火星的，"上校说，"它太大了，也太好了。"

"你觉得不会？我们地球人有毁灭巨大美丽事物的天赋。我们没在埃及卡纳克神庙正中摆热狗摊的唯一原因是，它已经过时了，不能带来巨大的商业利润。而埃及只是地球上的一小部分。但这里，整个星球都是古老的、与众不同的，我们得在某处安定下来，然后把它弄得乱七八糟。我们会把运河叫作洛克菲勒运河，把山叫作乔治国王山，海叫作杜邦海，还会有罗斯福市、林肯市、柯立芝市，但永远都会感觉不对劲，因为这些地方已经有名字了。"

"那就是你的工作了，作为一名考古学家，你应当找出它们的旧名字，我们会沿用。"

"还有少数像我们这样反对一切商业利益的火星人。"斯彭德看着那些铁山，"他们知道我们今晚在这儿，糟蹋他们珍视的一切，我能想象他们多恨我们。"

上校摇摇头。"这里没有仇恨。"他听着风声。"从他们的城市外观看来，他们是一群优雅、美丽、达观的人。他们抱着既来之则安之的态度。他们接受了种族灭绝的事实，就我们所知，他们没有在最后因为挫败感而毁掉这些城市。目前我们所见的每一个镇子都保存完好。他们很可能并不在乎我们来到这里，就像不在乎他们的孩子在草坪上玩耍，因为他们了解这就是孩子的天性。而且，无论如何，也许这一切能让我们变得更好。

"你留意到了吗，斯彭德，在比格斯逼着大家高兴起来之前，队员们罕见地安静？他们看起来十分谦逊、敬畏。看着这一切，我们知道自己没有那么厉害，我们只是穿着开裆裤的小孩，拿着火箭和原子玩耍喊叫、吵闹、活跃。但有一天，地球将成为今日的火星。这种可能性让我们保持清醒。这是一次有关文明的实物教学课，我们将从火星中吸取教训。现在，别板着脸，回去，表现得开心些。记得交罚款。"

派对的气氛不太好。风不断从死海方向吹来，绕着队员们，绕着走回人群当中的上校和杰夫·斯彭德。风扬起尘土，敲打着闪亮的火箭，吹响手风琴，跑进修补过的口琴中。尘土吹进了他们的眼睛，风在高声歌唱。然后，风突然停了，正如它突然到来。

派对也同样结束了。队员们站在黑暗寒冷的夜空下。

"来呀，先生们，来呀！"比格斯换了一套新制服从船里跳出来，看也不看斯彭德。像有人在空荡荡的礼堂里说话，只有他一个人的声音。"来呀！"没有人动。"来呀，怀迪，你来吹口琴！"

怀迪吹了一段和弦。听起来很滑稽，调子不对。怀迪拍打着口琴把口水倒出来，搁到一边。

"这算什么派对？"比格斯问。

有人拉起手风琴，发出一阵动物濒死的哀号。没别的了。

"好吧，我和我的酒瓶继续我们自己的派对。"比格斯靠着火箭蹲下，拿着酒瓶喝起来。

斯彭德看着他，久久没动。接着，他的手指沿着颤抖的大腿缓缓向上，摸到放在皮套里的手枪。悄悄地，手指抚过皮套，轻敲着。

"想去的人可以跟着我进城，"上校宣布，"留一队人守着火箭。带上武器，以防万一。"

队员们报起数来。有十四人愿意跟去，包括比格斯，他一边大笑着报数，一边晃酒瓶。六人留守。

"我们来了！"比格斯大叫。

一群人静悄悄地走进月光中。在相互竞逐的两轮月亮的光芒中，他们走到了朝思暮想的死城外围。他们的影子映在脚下，双重影子。大家屏住呼吸，或者说看上去屏息凝神，这状态大概持续了几分钟。他们等着有什么搅和这座死城，某种灰色的东西，某种古老的先人形状的东西骑着古老的血统高贵或神奇变异的装甲战马，在空荡荡的海底飞驰而过。

斯彭德全神贯注于这些街道。他们像蓝色的钠气灯一样在铺满鹅卵石的大道上行走，低声说话，奇怪的动物在灰红色的沙地上疾跑。每一扇窗后都有一个人探出来，冲着数英寻外那些被月光镀上一层银色的塔下的移动物体缓缓挥手，似静止在永恒的水中。斯彭德脑海里响着音乐，他想象能奏出这种音乐的乐器长什么样。这片土地上被鬼魂萦绕。

"嘿！"高个子的比格斯站起来，双手拢着嘴巴做喇叭状，大叫，"嘿，城里的那些人，说你们呢！"

"比格斯！"上校呵斥。比格斯闭上嘴。

他们走到铺着砖的大道上。大家压低了声音说话，因为此时感觉就像走进一座巨大的露天图书馆，或是一座内有空气流动、上有群星照耀的陵墓。上校小声地说话。他想知道那些人都去哪儿了，他们是什么人，他们的国王是谁，他们又是怎么死的。他还在想，无声但激烈地思考着，他们是如何建造出这座历经千年风霜不倒的城市的？他们有没有去过地球？他们是不是地球人千万年前的远祖？他们是否有过类似的喜恶，做过同样的傻事？

没有人动。两个月亮让他们凝固在那儿，止步不前，风轻柔地围绕着他们打转。

"拜伦勋爵。"杰夫·斯彭德说。

"什么勋爵？"上校转过身看着他。

"拜伦勋爵，一位十九世纪的诗人。他很久以前写过一首诗，正好说出了这座城市和火星人的感受——如果还有存活的火星人的话。如果有最后一位火星诗人，他也许会写出这样的作品，这像是最后一位火星诗人会写出的作品。"

队员们站着一动不动，地面上投射出两个影子。上校问："那首诗是怎么说的，斯彭德？"

斯彭德换了个姿势，静静地眯了一会儿眼睛。接着，他想起来了，他慢慢地轻声重复诗句，队员们留心听着他的每一句话。

> 好吧，我们不再一起漫游，
> 消磨这幽深的夜晚，
> 尽管这颗心仍旧迷恋，
> 尽管月光还那么灿烂。

城市灰蒙蒙的，矗立着，一动不动。队员们的脸在月光中看起来有点不一样。

> 因为利剑能够磨破剑鞘，
> 灵魂也把胸膛磨得够受，
> 这颗心呵，它得停下来呼吸，
> 爱情也得有歇息的时候。
> 虽然夜晚为爱情而降临，
> 很快的，很快又是白昼，
> 但是在这月光的世界，
> 我们已不再一起漫游。[①]

---

①引自拜伦的诗作《好吧，我们不再一起漫游》，穆旦译本。

218

这群地球人静静地站在城市中央。这是个晴朗的夜晚。除了风声，一片寂静。他们脚下的场地上是用瓷砖拼成的各种古代动物和居民。他们低头盯着脚下。

比格斯的喉咙里发出一种让人不舒服的声音，双眼露出呆滞的神情。他把双手伸到嘴边，他呛着了，闭着眼睛弯下腰，喉咙里涌上一股液体塞满了嘴巴。他吐了，污物溅在瓷砖上，遮住了图案。比格斯吐了两回，一股带酒味的恶臭弥漫在冷冽的空气中。

没有人伸手帮比格斯一把。他还是状态很糟。

斯彭德怔怔地看了一会儿，转过身走回大道上，独自走在月光中。他一次也没有停下来回头看那群人。

凌晨四点他们才上床睡觉。他们躺在毯子上，闭着眼睛，呼吸着冷清的空气。怀尔德上校坐着，把小木棍投进火堆中。

两小时后，麦克卢尔睁开眼睛。"您还不睡吗，长官？"

"我在等斯彭德。"上校露出浅浅的微笑。

麦克卢尔想了想。"您知道，长官，我觉得他不会回来了。我不知道我为什么会这么想，但我就是有这种感觉。长官，他再也不会回来了。"麦克卢尔翻了个身继续睡。火堆噼里啪啦响了几声，熄灭了。

过了一星期，斯彭德还没回来。上校派出搜索队伍去找，但他们回来说不知道斯彭德还能跑哪儿去，说等他想通了自己就会回来。他脾气真臭，他们说。让他见鬼去吧！

上校什么也没说，只是在日志上记了下来。

一个早上，也许是火星上的星期一，或者星期二，或者任何一天。比格斯坐在运河边上，双脚垂到冰凉的水里泡着，太阳照在他脸上。

有人沿着运河的河岸边走着，影子罩在比格斯身上。比格斯抬头瞥了一眼。

"噢，见鬼了！"比格斯说。

"我是最后一个火星人。"那人说，然后掏出一把枪。

"你说什么？"比格斯问。

"我要杀了你。"

"慢着。开什么玩笑，斯彭德？"

"站起来受死吧。"

"看在上帝的分上，把枪拿开。"

斯彭德扣动了扳机，只一下。比格斯依然坐在运河边上，但片刻之后前倾掉进了水里。枪只发出一声闷响。尸体在运河水流中漫不经心地缓缓漂浮，发出沉闷的汩汩声，但一会儿就停止了。

斯彭德把枪塞回皮套，一言不发地走开了。太阳照在火星上。他感觉到双手被晒得发热，阳光在他紧绷着的脸上移过。他没跑，他像什么事也没发生过一样走着。他走到火箭那儿，一些队员正在库奇搭的棚架下吃刚煮好的早餐。

"孤独者回来了。"有人说。

"嗨，斯彭德！好久不见！"

坐在桌边的四人看着他，他也回头看着他们，不说话。

"你和他们的遗迹。"库奇笑道，搅动着瓦罐里某种黑色的东

220

西，"你就像进了埋骨场的狗。"

"也许吧，"斯彭德说，"我一路上都有新发现。如果我说我发现了一个正四处觅食的火星人，你们怎么看？"

四人放下叉子。"真的吗？在哪儿？"

"先让我问问你们，如果你们是火星人，有人来到你们的家园，还到处破坏，你们会怎么想？"

"我很清楚自己会有什么感受，"切诺基说，"我有彻罗基族印第安人的血统，祖父跟我说了很多有关俄克拉荷马州殖民地的事。如果附近有火星人，我会完全站在他那一边。"

"你们其他人呢？"斯彭德小心地问。

没有人回答。他们的沉默已经说明了一切。不择手段，拾得者即保管人，送上门的东西不要白不要，诸如此类……

"好吧，"斯彭德说，"我发现了一个火星人。"

队员们眯眼看着他。

"在北边一个死镇里。我没想过会发现他。我没有刻意去找。我不知道他在那里做什么。我在一个小村镇里住了大概一个星期，翻看古籍，研究他们古老的艺术形式。然后有一天，我看见了那个火星人。他在那站了一会儿就消失了。第二天他没有回来。我闲着无事，便学习古文字，然后那个火星人回来了，每次都走近一点点，直到有一天，我学会了火星文——简单得不可思议，而且还有图表辅助——那火星人出现在我面前说'把你的靴子给我'，我就把靴子给了他。'把你的制服和其他衣服都给我'，我就都给了他。接着他说'把枪给我'，于是我把枪给他。接着他说'跟着我，看着会有什么事发生'，那个火星人走进一个营地，他就来到这啦。"

"我没看见什么火星人，"切诺基说，"很抱歉。"

斯彭德拿出枪。枪发出闷响。第一颗子弹打中左边的人；第二和第三颗分别射中了右边和桌子中间的人。库奇恐惧地转过身背对着火堆，被第四颗子弹击中。他倒进火堆，躺在上面，衣服烧着了。

火箭躺在太阳下。吃早餐的三个人手搁在桌子上，一动不动，早餐在他们面前慢慢变冷。切诺基毫发无损地坐着，怔怔地盯着斯彭德。

"你可以跟我走。"斯彭德说。

切诺基没有回答。

"你可以和我一同完成这件事。"斯彭德等着他说话。

终于，切诺基能开口了。"你杀了他们。"他说，鼓起勇气去看周围的人。

"他们活该。"

"你疯了！"

"或许我是疯了，但你可以跟我走。"

"跟你走，做什么？"切诺基喊道，脸上没有了血色，眼睛湿润了。"你走，滚！"

斯彭德脸色僵硬了。"我以为你能理解。"

"滚！"切诺基伸手去摸枪。

斯彭德开了最后一枪。切诺基不动了。

斯彭德晃了晃身子，伸出手摸摸流汗的脸。他盯着火箭看，突然全身颤抖。他险些倒下来，他身体的反应太大了。他的脸上露出一种像刚从催眠或梦中醒来的表情。他坐了一会儿，告诉自己不要再抖了。

"停下，停下！"他命令自己的身体。他身上的每一块肌肉都在战栗。"停下！"他用意志压制住身体，直到不再颤抖。他的双手平静地放在膝盖上。

他站起来，无声而快速地将一个随身储物柜绑到背上。他的手又开始颤抖了，然而只是一瞬间，"不！"他十分坚定地说。颤抖停止了。接着，他僵硬地走进火红的山间，独自一人。

太阳升高了许多。一小时后，上校从火箭里爬出来去拿火腿蛋。他原先只是想跟坐在那的四人打声招呼，但闻到空气中有淡淡的火药味，他停下脚步。他看见厨师躺在地上，身下是那堆篝火。四人坐着，面前的食物已经变冷。

片刻，帕克希尔和另外两人也下来了。上校挡住了他们的路，因为他被这些不说话的队员和他们坐在餐桌前的样子震惊了。

"召集人员，所有人员。"上校说。

帕克希尔赶紧跑向运河边。

上校碰了碰切诺基。切诺基无声地动了一下，从椅子上倒下来。阳光打在他竖起的短发和高高的颧骨上。

队员们来了。

"缺了谁？"

"还是缺斯彭德，长官。我们在运河里发现了比格斯的尸体。"

"斯彭德！"

上校看见群山渐渐显现在日光中。阳光照出他咬牙切齿的样子。"该死的，"他疲惫地说道，"他为什么不来找我谈谈？"

"他最好别来找我谈。"帕克希尔叫道，满眼怒火，"我会一枪打爆他的头，要是他来找我，我发誓会那样做！"

怀尔德上校冲两名队员点点头。"拿铲子来。"他说。

挖坟墓是件很累的事。暖风从干涸的海里吹来，扬起的尘土打在他们脸上。上校翻开《圣经》。当上校合起书时，一人开始慢慢把土铲到裹好的尸体上。

他们走回火箭那里，给步枪上膛，把厚厚的手雷包背上，检查了一下皮套里的手枪。他们被安排到不同山头搜寻。上校压着声音指挥，双手垂放在身体两侧不动。

"出发。"他说。

斯彭德正轻松地坐在一块大石头上读书，抬头看见村里几处升起了薄薄的尘土，知道他们已经组织好队伍要搜捕自己了。他把正读着的一本薄薄的银书放下。书页跟纸张一样薄，但是纯银的，有黑色和金色的手工着色。这是一本至少有一万年历史的哲学书，是在一个火星村镇的一栋别墅里找到的。他依依不舍地把它放到一边。

他一度曾想，反抗有什么用？不如我就坐在这里读书，等他们过来一枪射死我吧。

对于今天早上杀了六个人的事情，他的第一反应是不知所措，脑袋一片空白，接着感到恶心，而现在，是一种奇怪的平静。但这种平静正慢慢消去，因为当他看见搜寻人员走在路上扬起的滚滚尘土时，那种憎恶的感觉又回来了。

他从随身水壶里喝了一口凉水。接着，他站起来，伸伸腰，打了个哈欠，细听这宁静的奇迹般的村子。如果他有几位在地球上的熟人也在这里，一起过日子，安静无忧，那将多么美妙。

他一手拿书，一手握枪，走到一条急速流动的小溪旁。溪底布满白色卵石和礁石，他脱掉衣服走进水里大致洗洗。他在水里泡够了才起来穿上衣服，重新拿起枪。

下午三点左右，他们交火了。那时斯彭德已经爬到山上的高处。他们跟着他穿过了三座小城镇。小镇上方是些独栋别墅，像鹅卵石一样散布着的。那些古代的人家在附近找到一条小溪，一处绿地，依山傍水建起了铺着瓷砖的泳池、一座图书馆，还有带间歇喷泉的球场。泳池里的水来自季节性降水，斯彭德在里面游了半小时，等着那些追捕者赶上来。

当他正要离开这座小别墅时，枪声响了起来。他身后二十英尺外的瓷砖被打碎，爆开了。他小跑起来，跑到一段小陡坡后面，转过身，第一枪当场射死一人。

他们会形成一张网或一个圈，把他包围住。这一点斯彭德很清楚。他们会围着他绕圈，逐渐向里面收缩，然后就能抓住他。奇怪的是他们没用手雷。怀尔德上校完全可以下令投掷手雷。

但是，我人太好了，不应该被炸成碎片，斯彭德想。这是上校的想法。他只希望在我身上打一个洞。是不是太奇怪了？他希望我能体面地死去，干干净净的。为什么？因为他理解我。因为他理解我，所以他愿意让那些队员冒着危险来给我一记漂亮的爆头。是这样吗？

一阵枪声响起，大概有十发。他周围的岩石被打得崩开。斯彭德稳稳地开枪射击，偶尔瞥一眼手上的银书。

上校双手拿着步枪在炎热的日光下奔跑。斯彭德的手枪瞄准了他，但没有开枪。相反，他转换目标，打爆了怀迪所藏身的岩石的顶部，随即听见一声怒吼。

上校突然站起来，手上拿着一块白手帕。他冲着队员们说了些什么，然后把步枪放下，走上山来。斯彭德一开始是俯卧着的，接着站了起来，随时准备开枪。

上校上来后在一块温暖的大圆石上坐下，完全不去看斯彭德。上校把手伸到上衣口袋里。斯彭德绷紧了握住手枪的手指。

上校说："要烟吗？"

"谢谢。"斯彭德拿了一根。

"要火吗？"

"我自己有。"

他们沉默着吸了一两口。

"真暖和。"上校说。

"是的。"

"你在这里舒服吗？"

"很舒服。"

"你觉得自己能撑多久？"

"大约能撑到杀掉十二个人。"

"今天早上你有机会时为什么不把我们全杀了？你有机会的，你知道。"

"我知道。那时我不太舒服。当你要做一件很坏的事情时，只好欺骗自己，骗自己说其他人都是错的。嗯，杀人后不久，我就意识到了，他们只是蠢，但并不该死。然而太晚了。我无法忍受，所以我来了这里，好让我能继续欺骗自己，燃起怒火，重新建立起信念。"

"那你建立起来了吗？"

"不算太多，但足够了。"

226

上校看着他的烟。"你为什么要那样做？"

斯彭德静静地把手枪放到脚边。"因为我注意到，这些火星人所拥有过的，正是我们希望能拥有的。他们停下的位置正是我们一百年前就该停下来的。我走进了他们的城市，我认识了这些人，我愿意把他们视为我的祖先。"

"他们的城市很美。"上校远眺，点点头。

"不止如此。是的，他们的城市很美。他们知道如何将艺术融入生活中，这是美国人永远不懂的东西。在美国人看来，艺术是锁在叛逆儿子楼上房间里的东西，艺术是礼拜日的节目，也许加点宗教元素。反正，这些火星人拥有艺术、宗教及一切。"

"你认为这些火星人知道这一切是怎么回事，是吗？"

"在我看来，是的。"

"所以，你开始杀人。"

"小时候，家人带我去墨西哥城玩。我永远记得爸爸傲慢无礼的表现。我妈妈不喜欢那些人，因为他们是有色人种而且不常洗澡。我姐姐则不愿意跟他们中的大部分人说话。我是唯一真正喜欢那里的人。可以预见，如果我父母来到火星，也会是同一副模样。"

"只要是陌生的东西，对美国大众来说就是不好的。还有战争。我们出发前，你去听了那个国会演说。如果进展顺利，他们将在火星上建立三个原子研究项目和原子弹仓库。这意味着火星完了，一切美好的东西都没了。如果火星人在白宫里醉酒乱吐，你怎么想？"

上校不说话，只是默默听着。

斯彭德继续说："接着，其他利益关系也会出现。矿产业和旅游业。你还记得，当殖民先锋埃尔南·科尔特斯和他那些所谓的好朋友从西班牙来到墨西哥时发生了什么吗？贪婪与霸权主义毁掉了整个文明，历史永远不会原谅他。"

"你今天的表现并不符合你自己的道德观。"上校说。

"我能怎么办？跟你争吵？只有我一个人在对抗地球上那一颗颗扭曲丑陋的贪婪之心。他们会往这里投放肮脏的原子弹，争地盘，打仗。他们毁掉一颗星球还不够吗，还要毁掉另一颗？那些头脑简单满嘴空话的人，他们非要把别人的家园也弄臭吗？来到这里之后，我感觉自己不仅挣脱了那些文化的束缚，也挣脱了那些道德与传统。我挣脱了他们的标准，我想。我只需把你们都杀掉，然后过自己的日子。"

"但是，这行不通。"上校说。

"是的。早餐时杀了第五个人后，我发现我并没有重生，并没有成为完全的火星人。我无法轻易就把在地球上所学的一切抛弃。但现在我又坚定起来了。我要杀掉你们所有人。这样就能把下一趟火箭旅程整整推迟五年。目前，除了这一艘火箭，再没别的了。地球上的人会等上一年、两年，若还是收不到我们的消息，他们就不敢建造新火箭。他们会花上两倍时间去思考，额外多做一百次试验模型，以保证不会再次失败。"

"你说得没错。"

"而另一方面，如果你回到地球，提交一份详细的报告，就会加速整个火星侵略计划。如果足够幸运，我可以活到六十岁。每一回登陆火星的探险队都会遇上我。每次最多来一艘船，一年一次，最多二十人。等我跟他们交上朋友，我会告诉他们，我们的这艘火箭某一天爆炸了——我打算完成我这周的任务后就去把它炸掉——然后我要把他们都杀了，每一个人。接下来的五十年，火星能保持原样。也许不久之后地球人就会放弃尝试。记得吗？发生多次爆炸后，他们就开始怀疑建造齐柏林飞艇的主意了。"

"你都已经计划好了。"上校说。

"是的。"

"但你现在寡不敌众。一小时后，我们就能让你认输。一小时后，你就会死。"

"我发现了一些地下通道，还有一个你们永远找不到的住处。我会撤退到那里住上几个星期。等你们放松警惕，我再出来解决你们，一个一个解决。"

上校点点头。"跟我说说你们这儿的文明。"他说，指了指那些村镇。

"他们知道如何与大自然共存，与之和谐相处。他们并没有拼命追求文明社会，非要把自己与动物区分开来。这是达尔文理论横空出世后我们犯下的错误。我们高高兴兴地接纳了达尔文、赫胥黎和弗洛伊德。接着，我们发现达尔文的理论与我们的宗教信仰不相容，至少我们是这样认为的。我们都是傻瓜，我们竟然尝试让达尔文、赫胥黎和弗洛伊德修改他们的理论。效果不太让人满意。所以，像白痴一样，我们开始转向打击宗教。

"这回我们相当成功。我们失去了信仰，转而思考人生的意义。如果艺术只是对欲望的一种曲折宣泄，如果宗教只是自欺欺人，那么生活的意义何在？信仰总能在一切事情上给我们答案，但弗洛伊德和达尔文让一切不再如从前。我们曾经是，而今依然是一个迷失的民族。"

"这些火星人是一个找到了答案的民族吗？"上校问。

"是的。他们知道如何结合科学与宗教，让它们齐头并进，不否认彼此，而是为对方锦上添花。"

"听起来很完美。"

"是很完美。我可以向你展示火星人是怎么做到的。"

"我的队员还在等着。"

"我们要离开半小时。请这样跟他们说，长官。"

上校犹豫了一下，站起来，向山下传达了一个命令。

斯彭德带着他走进一个小村庄，村落完全是用漂亮完美的大理石建造起来的。墙顶和天花板间的装饰横条上是一种漂亮的动物，四肢雪白，像猫一样，还有带着黄色光芒的太阳图案，有些像牛的动物的雕像，还有男人、女人，以及细节清晰的巨犬雕像。

"这就是你要的答案，上校。"

"我不明白。"

"火星人从动物身上找到了生活的秘密。动物不会去探究生命，动物只是活着。它们活着的唯一理由便是生活本身。它们享受生活，从中获得乐趣。你看这些雕像、动物图案，反反复复。"

"看起来像是异教徒的标记。"

"正相反，这些是上帝的印记，生活的印记。在火星上，火星人同样也经历了过度的文明化，动物性的一面不足。火星人意识到，为了生存，他们必须放弃追问那个问题——为什么活着？生活自身就是答案。生活就是繁衍生命，以及尽可能好地过日子。火星人意识到他们在战争高峰期最绝望时会问这个问题——为什么活着？但是，问题在那种时候是没有答案的。然而，一旦文明冷却、平静下来，一旦战争结束，从新的角度去看，这个问题变得毫无意义。生活变好了，大家需要生活。"

"听起来火星人挺幼稚的。"

"幼稚有幼稚的好处。他们不再用力过度而毁掉一切、压制一切。他们把宗教、艺术、科学融为一体，因为科学本质上只是对那些永远无法解释的奇迹的一种探索，而艺术是对这些奇迹的解读。他们不会让科学压制美。其实这只是把握度的问题。

"地球人这样想：在那幅画中，色彩并不真正存在。科学家能证明，色彩只是颗粒在特定物质中反射光线的方式，因此，色彩并不是真实的。而聪明得多的火星人则会说：这幅画真漂亮，它出自一位富有灵感的人的手和思想。画的意象与色彩来源于生活。很棒。"

一阵沉默。坐在下午的阳光中，上校好奇地打量这座安静美丽的小城镇。

"我真想住在这儿。"他说。

"如果愿意，你也可以住下来。"

"你想让我住在这里？"

"你手下的那些人中，难道有人能真正理解这一切吗？他们是专业的愤青，而且对他们来说一切已经太晚了。你为什么要回去跟他们待在一起？那样你就可以赶上你那些跟你同军衔的 X 或 Y 先生？攒钱买一架隔壁史密斯也买的那种自动旋翼飞机？用袖珍设备而不是用心去听音乐？下面有个露台，那儿有一圈火星音乐带，至少有五万年历史，还能播放。那是你这辈子都没听过的音乐，你可以听一听。还有些书，我现在已经能看懂大部分，你可以坐下来看看书。"

"听起来很不错，斯彭德。"

"但你不打算留下？"

"不了，但还是谢谢你。"

"你肯定也不会轻易让我留下了。那我只好杀掉你们所有人。"

"你很乐观。"

"我有为之奋斗的目标，这让我成为一个更优秀的杀手。现在，我拥有类似宗教的信仰。我要重新学会如何生活；如何躺在阳光下，让太阳融入我的身体；如何听音乐，阅读。你的文明给了你什么？"

上校换了个姿势，摇摇头。"我很抱歉发生了这种事。我对这一切感到遗憾。"

"我也是。我想现在该把你带回去，好让你开始攻击我了。"

"我想是的。"

"上校，我不会杀你。等一切结束，我会留着你的命。"

"什么？"

"我一开始就决定，要让你毫发无伤。"

"好吧……"

"我只会留下你。等他们都死了，也许你就会改变主意。"

"不会的，"上校说，"我身上流着地球人的血，我只能对你穷追不舍。"

"即使你有机会留在这里？"

"听起来很好笑，但没错，即使如此。我不知道为什么。我从来没有问过自己这个问题。好了，我们到了。"他们已经回到了之前会面的地点，"你能不能悄悄地躲起来别让人发现，斯彭德？这是我给你的最后机会。"

232

"谢了，不必。"斯彭德伸出手，"最后一件事。如果你们赢了，帮我一个忙。看看有没有办法不让这个星球被撕裂，至少在五十年内保持原样，直到考古学家拥有像样的机会，可以吗？"

"好。"

"还有，你可以把我看成一个疯狂的家伙，在某一个夏日里疯了，再也没恢复正常。那样或许你会好受些。"

"我考虑考虑。再见，斯彭德。祝你好运。"

"你真是个怪人。"斯彭德说，看着上校沿着道路回去，走在温暖和煦的风中。

上校回到队伍里，似不再属于那群灰头土脸的队员。他眯眼看着太阳，用力呼吸。

"有酒吗？"他问。一个冰冷的瓶子递到他手中。"谢谢。"他喝了一口，抹抹嘴。

"好了，"他说，"小心点。我们有足够的时间。我不希望再失去任何人。你们只能杀了他，他不会投降的。如果可以，给他干净利落的一枪。不要虐待他。去了结这一切吧！"

"我要一枪打爆他的头。"山姆·帕克希尔说。

"不，打在胸口。"上校说。他似乎能看见斯彭德那张坚毅、充满决心的脸。

"爆头。"帕克希尔说。

上校猛地把瓶子塞给他。"你听见我说的话了。打在胸口。"

帕克希尔咕哝了几句。

"出发。"上校说。

他们再次分散开，先是走路，接着跑起来，然后在炎热的山腰处行走，那里会突然出现有一股苔藓味的凉爽洞穴，也会突然出现被炸开的开阔空地，闻起来像太阳照在石头上的味道。

上校心想，我讨厌自己那么聪明，当你觉得自己并不真的聪明，也不想要这种聪明的时候。潜伏起来，制订计划，为做出这些计划而骄傲。我讨厌这种感觉，觉得自己在做正确的事，但却无法肯定。话说回来，我们到底是谁？我们是大多数？这是答案吗？大多数总是神圣的，不是吗？总是如此，即使在微不足道的小事上也不曾出错，不是吗？千万年来就不曾错过？他想，大多数指的是什么，都包括了谁在内？他们在想什么，为什么那样想，他们会改变吗？我到底是怎么成为这腐朽的大多数之一的？我觉得不舒服。是幽闭恐惧症，害怕人群，还是害怕常识？当全世界都觉得他们正确的时候，反对的那个人还可能是对的吗？别想了，还是去到处搜捕，装得激动些，然后扣动扳机吧。那儿，还有那儿！

队员们跑几步，伏低身子，再跑几步，蹲在阴影里，大口吸气，因为空气很稀薄，不适合奔跑，他们每次得坐着休息五分钟。他们大口喘气，眼前发黑，拼命呼吸这稀薄的空气，想要获得更多。他们用力挤挤眼睛，最后站起来，拿起枪，用枪声与硝烟把这稀薄的夏日空气撕出口子。

斯彭德停留在一处，只是偶尔开枪。

"打爆他的头！"帕克希尔喊叫着，冲上山。

上校将枪对准山姆·帕克希尔，又把枪放下，惊恐地看着它。"你在做什么？"他问那只无力的手和他的枪。

他差点儿从背后给了帕克希尔一枪。

234

"上帝救救我。"

他看着帕克希尔继续奔跑，躺下。队员们跑动着，以松散的网状队形包围斯彭德。山顶，斯彭德躺在两块岩石后面，因空气稀薄的缘故，疲惫地咧着嘴，胳膊下有大摊汗渍。上校看见了这两块岩石。岩石间有大约四英寸的缝隙，斯彭德的胸膛从中露了出来。

"嘿，你！"帕克希尔叫嚣，"让我给你的脑袋来一枪。"

怀尔德上校等着。继续啊，斯彭德，快走，按你之前说的做。你只有几分钟时间逃跑。走，以后再回来。去吧，你说你会那样做的。跑去你说的那些地下通道里，躲起来，过上几个月、几年，看你那些好书，在潭里好好洗澡。去吧，就现在，伙计，趁还有机会。

斯彭德保持那个姿势一动不动。

"他怎么了？"上校问自己。

上校拿起枪。他看着那些或跑或躲的队员，看着那座干净的火星小村庄里的塔，像尖尖的棋子散落在这下午。他看见那两块岩石及从间隙中露出来的斯彭德的胸膛。

帕克希尔冲上去，愤怒地大叫。

"不，帕克希尔，"上校说，"我不会让你来做这件事。其他人也不准，一个都不准。只能由我来。"他举起枪，瞄准。

这样我就干净了吗？他想。由我来做这件事到底对不对？是对的。我知道自己在做什么，为了什么。这是对的，因为我认为我就是合适的人。我希望并祈祷自己配得上。

他冲斯彭德点点头。"走！"他拼命冲他做口型，没有人听得见。"我再给你三十秒逃走。三十秒！"腕表的指针在嘀嗒走动，上校看着它转动。队员们在奔跑。斯彭德没有动。表走了很长时间，嘀嗒嘀嗒，在上校耳中显得格外大声。"走，斯彭德，走，快逃！"

三十秒到了。

上校瞄准，深吸一口气。"斯彭德。"他说，用力呼出气，扣动了扳机。只看见阳光下扬起一小股岩石粉末。回声渐渐消逝。

上校站起来，向他的队员喊："他死了。"

其他队员不相信。从他们的角度看不见岩石间那条缝隙。他们看见上校一个人跑到山上，觉得他要么是很英勇，要么就是疯了。

几分钟后，队员们跟着他跑了过去。他们围在尸体旁，一人说："打在胸口了？"

上校低头看。"胸口。"他说。他看见斯彭德身下的岩石变了色。"我想知道他为什么等在这里，为什么没有按照他原先的计划逃走。为什么他留在这里等死。"

"谁知道呢？"有人说。

斯彭德躺在那儿，一手紧握着枪，一手拿着银书。银书在阳光下闪闪发光。

是因为我吗？上校想。是因为我不愿意投降吗？斯彭德是不是不想杀我？我和其他人有区别吗？就是因为这个吗？他是不是以为我值得相信？还有别的答案吗？

没有。他蹲在沉默的尸体旁边。

我不能辜负他，他想。我不能再让他失望。如果他认为我身上有与他相似之处，而且因此不杀我，那我面前是一份怎样的职责啊！是的，没错，是的。我就是重生的斯彭德，但开枪前我会思考。我不会开枪，我不会杀人。我要试着改变他们。斯彭德不杀我的原因是，我就是他，只是所处的位置有些许不同。

上校感觉到阳光晒在他颈背上。他听见自己说："要是他在杀人前先找过我，和我谈一谈，我们总能找出解决问题的办法。"

"解决什么？"帕克希尔说，"依他的好恶，我们能怎么解决问题？"

酷热在大地上欢唱，热气从岩石中、蓝天上冒出来。"我想你是对的，"上校说，"我们永远想不到一块儿去。斯彭德和我也许能共处，但斯彭德和你们，还有其他人，不，永远不会。他不在更好。把水壶给我，让我喝一口。"

上校建议把斯彭德葬在那个空石棺里。他们找到一个古火星人的墓园。他们把斯彭德放进银色的棺材里，陪葬的还有拥有万年历史的蜡和葡萄酒，斯彭德双手叠放在胸前。他给他们留下的最后印象是一张安详的脸。

他们在这古老的墓穴中站了一会儿。"我想，你们最好时不时想想斯彭德。"上校说。

他们从墓穴里出来，关上大理石门。

第二天下午，帕克希尔在其中一座死城里练习射击，他从水晶窗后开枪，把那些脆弱的塔顶打飞。上校抓住帕克希尔，打得他满地找牙。

弥赛亚

刊于前 BOAC 航空公司季刊《欢迎登机》(*Welcome Aboard*)
1971 年春
曹浏 译

"我们每一个人小时候都曾这样幻想……"凯利主教说道。

其他人点点头低声附和。

"每一个受过洗礼的孩子,"主教接着说,"都曾在某个夜晚异想天开:会是我吗?主终于再度降临于……我……我?哦上帝啊,如果我是耶稣……那该多棒啊!"

在座的有几位天主教神父、基督教牧师以及一位犹太教拉比。他们听主教这么说,回想起自己儿时的天真幻想,有些忍俊不禁。

"我猜,犹太小孩都会把自己想象成摩西吧?"尼文神父说道。

"哦,我亲爱的朋友,才不是呢,"尼特勒尔拉比激动了起来,"是救世主!弥赛亚!"

四下又传来一阵隐约的笑声。

"当然，当然，"尼文神父红光满面地回答道，"瞧我说的蠢话。基督并不是救世主，对吧？犹太人还在等呢。真是奇了怪。哎，又是多义词惹的祸。"

"要论让人摸不着头脑，还有什么比这番景象更甚呢？"凯利主教站起身，领着众人走上露天平台，一览众山小。眼前是火星起伏的丘陵、古旧的城镇、年久的公路和干涸的河流。远在六千万英里之外的地球悬于天际，散发出幽蓝的光芒。

"我们大概做梦都没有想过，"史密斯教士说，"有一天我们会在这火星上也各自建起浸信会教堂、圣玛丽教堂或是西奈山犹太教堂吧？"

自然没有，每个人都轻轻附和。

大家凭栏而立，此时一个别样的声音划过，打破了沉寂。原来尼文神父打开了他的半导体收音机，想知道几点了。收音机里播报着脚下这片新美利坚－火星殖民地的新闻，大家纷纷侧耳倾听。

"——消息称，这是本年度在我区域境内首次发现火星人的踪迹。请居民们务必留意。如果——"

神父啪的一下把收音机关了。

"真是行踪不定的会众。"史密斯教士叹了口气说，"我必须承认，我来火星工作不光是为了基督教徒们，我还想邀请火星人，哪怕就一个也好，让他来参加礼拜天的圣餐，以便了解他的信仰和欲求。"

"我们对他们来说还太陌生了，"利普斯科姆神父说，"我想再过个一年半载，他们就会理解我们并非什么有所企图的狩猎者，能为了兽皮放倒整头水牛。尽管如此，我也不得不承认，抑制好奇心并不是件容易事。毕竟水手号拍下的照片显示这儿不存在任何生命迹象。可偏偏就有神秘的物种生存在这里，而且竟然与人类颇有几分相似。"

"您说'有几分相似'？"犹太拉比抿着咖啡，若有所思，"我可觉得他们比我们更有人性。他们任凭我们闯入家园，自己却躲进深山。我猜，他们偶尔也会乔装成地球人混入我们之中……"

"你真的相信他们懂得读心术和催眠法，能随意穿梭在我们的城镇里，用假面与幻象将我们玩弄于股掌之间？"

"我的确这么认为。"

"这么说来，火星人竟不愿意现身，让我们这已开化的族群来救赎，"主教一边给大家递上白兰地和薄荷甜酒一边惋惜道，"真是莫大的悲哀。"

这番话引得不少人会心而笑。

"然而基督的再临推迟了几千年。主啊，我们还需等待多久？"

"我可从来没把自己想成耶稣再世，"年轻的尼文神父说，"一直以来我所殷切盼望的就只是见到他。从八岁起我就这么想了。那大概也是我成为一名神父的初衷。"

"当个神父，好让你在主降临的那天近水楼台先得月？"犹太拉比善意地打趣道。

年轻的神父点点头憨厚地笑着。这仿佛拨动了在场所有人最细微而又最敏感的神经，每个人都为这样的感同身受而慰藉不已，不由产生了一种要靠近尼文的冲动。

"各位，尤其是这位拉比，请允许我说两句，"凯利主教举起了酒杯，"让我们为弥赛亚的降临干杯，为基督的复临干杯。愿这不只是个古老而荒诞的梦。"

每个人都将杯中酒一饮而尽，随即陷入沉寂。

主教擤了擤鼻子，擦去了眼角的泪水。

当晚的其他活动对大家来说平淡无奇。他们玩起了纸牌，争论起圣托马斯·阿奎那的主张；尼特勒尔拉比据理力争，不但说得对手哑口无言，还因此收获了"耶稣会士①"的绰号。睡前小酌之后，他们又打开收音机听夜间新闻。

"——注意，该火星人可能误认为自己被包围了。请目击者务必为其让路。目前情况显示，该火星人的行动是出于好奇，请市民不要惊慌。以上是今天的——"

分头回房之前，三派神职人员一齐探讨了各自为《新约》和《旧约》所著的不同语言的译本。而尼文神父的话令众人颇感意外："你们可知道我曾受邀去根据马太、马可、路加、约翰四福音书写一幕剧本？作为某部电影的结尾！"

"好吧，可是我主的生命难道只有一种结束方式吗？"主教对此颇有微词。

"主教阁下，四福音书的确有四种不同的描写。我进行了一番对比，不由兴奋起来。想听吗？因为我发掘出一件几乎要被人淡忘的事——'最后的晚餐'并非真正意义上最后的晚餐！"

"我的天，这是怎么回事？"

"主教阁下，它只是个开始，只是个开始！在基督受刑并被埋葬之后，被取名为彼得的西门②和门徒们不是去加利利海捉鱼了吗？"

---

①耶稣会士（Jesuit）一词亦可指"诡辩家"。

② Simon-called-Peter，《约翰福音》中耶稣为约翰的儿子西门取名为彼得。

"没错。"

"而神迹令他们得以有所捕获，不是吗？"

"是这样。"

"他们看到岸上有隐约的亮光，似乎是炽热的白煤，于是便上了岸过去烤起了现捕的鱼，对吧？"

"是啊，的确。"史密斯教士表示同意。

"透过炭火的辉光，他们不是好像察觉到了神灵的存在，并向它呼喊了吗？"

"是的。"

"他们没有听到回应，于是彼得又低声问：'是谁？'那加利利海岸的未知魂灵将手伸进火光里，门徒们看到火苗蹿入其掌心，映出那永不可磨灭的钉痕，是吧？

"门徒们本就要吓得四散而去，但那魂灵说'且将鱼分于众。'于是西门彼得在那炽白的炭火上烤了鱼，给门徒们分食。基督脆弱的魂灵又说：'将我的话传递给普世的人们，祈求对罪恶的宽恕。'

"随后基督便离他们而去。在我的剧本里，基督沿着加利利海岸迈向远方。由于远处的景物看起来会高些，这看起来就会像是我主正走向天际，对吧？他就这么一直走，直到身影变得小如一颗尘埃，完全淡出门徒们的视野。

"旭日升起，照耀着这片古老的大地，细沙上我主的脚印被黎明的风掠过，慢慢地化为无形。

"而门徒们望着炭灰飘散，在享用了这真真正正的'最后的晚餐'以后也离开了。在舞台设计方面，我令摄影机升高以便俯拍门徒们向周遭四散而去，开始他们的征途，向世界传播这伟人的一切。而他们的脚印好似轮辐般向各个方向蔓延开去，在晨风中渐渐被吹散。新的一天就这样来临。剧终。"

年轻的神父站在人群中央，入神地闭着眼睛，脸上泛着红晕。突然，他恍若惊醒似的睁开眼睛。"抱歉。"

"道什么歉？"主教惊讶地问道，一边用手背揉了揉眼，眨巴了几下，"因为害我一晚上两次掉眼泪吗？因为体会到自己对基督是如此敬爱？为什么你竟让身为主教的我醍醐灌顶！我分明早已对主的神迹烂熟于心！哦，亲爱的年轻人，你还保有一颗赤子之心，洗涤了我的灵魂。加利利海岸上的那顿烤鱼才是名副其实的'最后的晚餐'。太棒了。你理应得见我主，只有你配得上我主的再临！"

"不！我还不够资格！"尼文神父谦虚地说。

"我们都不够格！但如果能互换灵魂，我愿在此刻让自己像你那样白水鉴心。先生们，请为尼文神父再干一杯。时间不早了，愿各位晚安。"

大家干完这杯就散了。拉比和牧师们都各自回到他们山下的教堂，只留下神父们站在门前，在徐徐凉风中凝望火星，凝望这片陌生的土地。

午夜终于降临，时针慢慢指向三点。尼文神父在阴冷的深夜醒来。伴随若有若无的风声，烛火摇曳，窗外的树叶敲打着玻璃沙沙作响。

尼文突然从床上惊坐起来，眼前还闪着噩梦中的暴徒嘶喊着追来的残影。这时他似乎听见了什么动静。

那声音从很远的地方传来，好像是谁关上了外面的某扇门。

尼文抓起一件睡袍披上，借着墙上零星的烛光，在昏暗中走

243

下寓所的台阶，穿过教堂。

他挨个打开每一扇门查看，心想：哪有傻瓜给教堂上锁的？这儿有什么可偷的呢？不过他还是坚持巡视了一圈，发现教堂的前门没有上锁，风轻轻一吹就会开合。

尼文冻得哆哆嗦嗦，赶紧把门关上。

这时传来了一阵窸窣的脚步声。

尼文警惕地环顾四周。

教堂里空空如也，圣坛里的烛火一会儿歪向这儿，一会儿倒向那儿。周围唯有燃烧的熏香散发着陈年的气息，以及年复一年朝朝夕夕残留下来的杂碎物件。

当尼文的视线落在主圣坛的十字架上时，他整个人怔住了。

空中传来一下清晰的滴水声。

他缓缓把目光投向教堂后方的洗礼堂。

那儿还没有点上蜡烛，不过……

安放洗礼池的那个壁龛中映出一道苍白的光。

"凯利主教？"尼文试探地问道。

尼文顺着走廊慢慢走上前去，隐约感到阵阵寒意。

这时又有一滴水落下，发出敲击的脆响，转瞬消逝不闻。尼文停下了脚步。

那声音听起来像是水龙头在滴水，但周遭并没有水龙头这种东西，有的只是那洗礼池本身。只见一颗颗晶莹的液体匀速落入池里，每两滴之间约有三次心跳的间隔。

尼文似乎能感到自己的心跳在加速，然后又渐渐放缓，直到近乎停滞。他冒着冷汗，竟发觉自己不能动弹。他竭力让身体听从使唤，一步一步地走近洗礼池的拱门。

244

从那暗处果然投射来苍白的光芒。

不，那不是光。是个影子，一个人影。

影子站在洗礼池的那一面，身子俯在上方。这时水滴声停下了。

尼文神父惊得瞠目结舌。有那么一瞬间，他眼前一黑，慢慢才回过神来。

"谁！"他壮着胆子喊道。

这铿锵有力的一个字在整个教堂里回荡起来。那混响仿佛引得烛火扑朔，香灰飞扬。回声穿梭到耳边，甚至惊着了尼文自己。"谁！"

面前的人影一袭白衣，反射出一片白光，是这洗礼堂里唯一的光源。而正是这道微光，足以让尼文见证不可思议的一幕。

他的视线紧随着人影移动。只见那身影向空中伸出一只灰白的手。

那手直直地悬着，与其说这动作是那影子的意愿，不如说似乎是被尼文畏惧却又入迷的眼神所驱使。

在那苍白的手掌心中央有一个参差的伤口，四周缓缓地渗出血来，一滴一滴地坠入洗礼池里。

那血滴激起圣水，随着泛开的涟漪染红了水池。

尼文的眼前虽然依旧时明时暗，他却捕捉到了这令人屏息的一刻。

神父好像被重重打了一拳，瘫软在地。他跪着用一只手捂住眼睛，伸开另一只手试图去遮挡眼前的景象。他嘶声大喊，喊声是那么绝望，又透着对天启的敬畏。

"不，不，不，不，不，不，不，这不可能！"

尼文叫得撕心裂肺，好像遇到了不用麻药的骇人牙医，又好像灵魂被人从肉体中活生生抽离了出去。他又感到三生有幸，觉得自己的生命得到了至高无上的升华。

"不！不！不！不！"

可眼前的情景却是千真万确。

他透过指缝又忐忑地望去。

那人就站在那里。

流血的手掌在空中颤抖，却叫人生畏。

"够了！"

人影把手收回黑暗里，之后一动不动地等待着。

他的面容是如此熟悉。那双深邃的眼睛和尼文脑海中所描画的一样。他有着文雅的双唇，那一头长发和胡须使他看起来更加白皙。他和在加利利海岸上时一样，穿着极简的长袍。

神父奋力噙住眼泪，他颤抖着压抑住内心交织在一起难以克制的震惊、疑惑和狂喜。

然后，他望向那个影子——或许该称其为神灵、人影，抑或魂魄？无所谓了，反正面前这个他也在颤抖。

不，不应该啊。神父心想：他在怕什么……莫不是在怕我吧？

而这时，那神灵痛苦地扭动起来，表现出和尼文一样的挣扎，就好像是镜子在反射着这一切对神父的冲击。神灵紧闭起双眼，咧开嘴悲诉道："请放我走吧。"

年轻的神父瞪大眼睛，喘了口气，暗想：可你是自由的，没人将你囚禁于此！

与此同时，那鬼影喊道："不！是你！你困住了我！别再瞪着我了！你看得越久，我就越接近你的想象！我并不是你所见的那样！"

可我并没有出声啊，神父心想，就连嘴唇都没动过！他怎么知道我在想什么？

"你在想什么我都知道。"人影颤抖着说，一边向后退去，看起来更加惨白，"每个字，每句话，我都知道。来到这儿并非我的本意。我混进了镇上，突然间变成了许多人眼里不同的东西。他们一直跟着我，于是我逃到了这儿。门是开着的，我就躲了进来。然后——然后我就被你困住了。"

这不能怪我，神父在心中否认。

"没错，"影子哀怨地说道，"就是你。"

神父艰难地扒着水池的边缘，用尽全力摇摇晃晃地站了起来，他越来越确信眼前这沉重的真相。终于，他斗胆问道："你……并不同于你的表象？"

"没错，请原谅我。"

神父暗想，我要疯了。

"别这样，否则我也会同你一起疯掉。"

"可我不能抛弃您，我的主啊，这么多年来我一直盼望着您，现在您终于降临了，您难道不能理解我的心情吗！两千年了！全世界的人都在等您回来！而只有我有幸瞻仰您的尊容——"

"你不过是做着自己的美梦，你只看到了自己梦寐以求的事物。但在这一切背后，我并不是你想象的那样。"人影拽着自己的袍子说道。

"我到底该怎么办！"神父再也无法控制情绪，他慌张地时而望着天，时而转向眼前战栗的人影。"怎么办！"他嘶吼道。

"转过身去。然后让我就这样走出去。"

"仅此而已？"

"就这样。"人影说道。

神父急促地深吸了几口气，身体不住颤抖。

"真希望时间能够停下。"

"你是想逼死我吗？"

"绝不！"

"如果你再不放我走，如果你继续让我扮演你想象中的角色，我就会死在你手上。"

神父狠狠地咬了一下自己手指的关节，切实的剧痛涌遍了全身。

"那么，你——你是火星人？"

"正是。"

"而我用想象把你变成了这样？"

"你也不是故意的。当你下楼来的时候，你以前的幻想侵入了我的身体。我的手掌还在因为你的臆想而流血。"

神父茫然地摇头。

"等……等等……"

他努力地凝视眼前这个在黑暗中反射出一丝光芒的影子。他的脸庞是如此令人神往，而那双手所能带来的博爱更加无法言说。

神父点点头，脸上写满了失落和惆怅，好像刚刚目睹了耶稣的受难，目睹了加利利海岸上的炭火燃尽。

"如果——如果我放你走——"

"快！快放我走！"

"如果我放你走，你能保证——"

"什么？"

"你能保证你会再回来吗？"

"再回来？"人影在黑暗中惊讶地喊起来。

"每年来一次，就一次。就在这儿，在这水池边，每年的这个晚上——"

"再回来？"

"请答应我！我必须要再和你会面。你不知道这对我有多重要！我要你保证，否则我绝不放你走！"

"我——"

"答应我！我要你发誓！"

"好吧，我发誓，"苍白的影子说，"我发誓。"

"太感谢了，真是太感谢你了！"

"我该在明年的哪一天回来？"

年轻的神父脸上此时已淌满了泪水。他已记不起前一秒自己想要说些什么，当他终于开口的时候，声音却轻得连他自己都听不分明："复活节，我的圣主，对，就在明年的复活节！"

"求你别再哭了，"那人说道，"我答应你。你是说复活节吧？我知道你们的历法。那么——"他举起毫无血色的手掌，恳求道，"我可以走了吗？"

神父咬着牙，努力不让激动的情绪爆发出来。"主请保佑我……走吧。"

"真的可以走了？"

那影子轻轻地把手伸向尼文。

"快走！"神父闭起眼睛，把两手紧紧攥在胸前，以克制住扑向对方的冲动，"快走，否则我会改变主意强留下你。走啊！快走！"

249

那只苍白的手触碰了一下尼文的额头。然后，耳边传来一阵赤脚奔跑的声音。

台阶上的一扇门吱呀打开了，紧接着是重重的关门声。

那关门声环绕在教堂内，绕过每一个十字架，钻进每一个壁龛，好像一只小鸟在穹顶之下没头没脑地搜寻出路。绕梁的余音终于沉寂下来，神父把手搭在自己身上，好像在检视自己的举止，要自己重新正常呼吸。他重拾了平静，站起身来。

终于，他跌跌撞撞地来到教堂门口，紧握着门把手，内心有一种冲动让他想推开这扇门，想望着夜色中空无一人的街道，搜寻一个奔走的白色身影。他最终还是没有打开门。

他在教堂里游荡，想找点事做。他恭敬地锁上了各扇门。这项工作好像比平时更加漫长。而明年的复活节，距今天也是无比的漫长。

他在洗礼池前停下脚步，望着那一泓清水，看见池中丝毫没有一点血色。他用手轻轻触摸那冰冷的水，点了点额头和两鬓，然后擦拭脸颊和眼角。

接着，他慢慢走向侧廊，面对十字架痛哭起来。他内心的伤感仿佛被头顶的钟楼笼罩一般无法排解。

他为许多原因而哭泣。

为他自己。

为圣人的离去。

为一切又回到了原点，直到西门彼得在火星的加利利海岸边再次看到那魂灵，而他就是西门彼得。

最让他悲哀的就是，今晚发生的一切，也许这一辈子他都无法对任何人启齿……

水手，自海上归来

刊于《周六晚间邮报》（*Saturday Evening Post*）
1960 年 1 月 9 日

徐黄兆 译

"早上好，船长。"

"早上好，汉克斯。"

"咖啡准备好了，请坐，先生。"

"谢谢你，汉克斯。"

老人坐在厨桌旁，手放在膝盖上。他盯着这双手，它们就像在冰冷水下无力游动的斑点鳟鱼；他呼出的微弱气息消散在空气中。十岁那年，他曾在山涧小溪中看到过类似的鳟鱼。在他的注视下，它们似乎变得越来越苍白，而他也越来越迷恋它们在水下战栗的动作。

"船长，"汉克斯说，"你没事吧？"

船长猛地抬起头来，苍老的眼睛中闪现出热切的光芒。

"当然！你什么意思，难道我看起来不对劲吗？"

厨子放下咖啡，它氤氲着温暖的蒸汽，像是遗失已久的女性的温馨气息。现在只剩下浓烈的麝香气不断侵入鼻腔。他突然打了个喷嚏，汉克斯赶忙拿出手绢。

"谢谢你，汉克斯。"他擤了擤鼻子，然后颤巍巍地喝了口咖啡。

"汉克斯？"

"有事吗，船长？"

"气压表的读数正在往下掉。"

汉克斯转过身去看了看墙上。

"没事，长官，读数正常，天气温和晴朗！"

"暴风雨正在酝酿，坏天气可能会持续很久，等到下一次风平浪静之前可难熬得很。"

"我可不想讨论这些事情！"汉克斯说着从他身边绕了过去。

"我只是有感而发。平静总有一天会结束，风暴终会来临。我早就做好心理准备了。"

没错，早就做好准备了。多早？多少年之前？以前，数也数不清的沙子会从玻璃窗外掉进来。在想都想不起来的更久之前，雪花也会透过窗玻璃，白皑皑地一层一层堆起来，将冬天埋得越来越深。

他站起来，摇晃着走到厨房门口打开了门，然后走了出去……

房子的门廊修建得就像是船舶的船头，涂了焦油的船用木材拼成了地板。他低下头，看到的并不是海水，而是前院里炙烤在夏日艳阳中的污物。走到扶手边上，他温柔地凝视着那起伏的群山，它们无止境地绵延，不管转到那个方向，它们总是突兀地映入你的眼帘。

我在这里做什么？一阵突如其来的悲凉涌上他的心头，一艘没有船帆的船屋，搁浅在渺无人烟的大草原中间，这里唯一的声响是秋天鸟群遮天蔽日地一路飞过，待到再飞回来时已是春天！

多么奇怪！

他平静了下来，举起挂在栏杆上的双筒望远镜，审视着这片虚无的土地，审视着虚无的生活。

凯特，凯瑟琳，凯蒂，你究竟在哪？

他总是在晚上遗忘，躺在床上沉沉地陷入回忆之中，一到白天，他又从记忆中走了出来。他已经孤独地生活了二十年，身边除了汉克斯之外再也没有其他人。汉克斯是他早晨看到的第一张脸，晚上看到的最后一张脸。

可凯特呢？

一千次风暴与平静之前的那次平静与风暴，足以让他铭记终生。

"它在那里，凯特！"那天一大早，他顺着码头边跑边大声喊道，"那里有艘船，它可以带我们去任何我们想去的地方！"

他们又一次上路了，这不可思议的一对，凯特当时多大来着？最多二十五岁。他已经四十多了，但还是像个孩子似的挽着她的手，把她拉上跳板。

踌躇之间，凯特转过身去面对旧金山的亚历山大山，压低着嗓子仿佛自言自语地说道："我将永远不会再踏上陆地。"

"这段旅程可没那么漫长！"

"哦，你错了，"她平静地说，"这将是异常漫长的一段旅途。"

那一刻，他耳朵里充斥的全是船只巨大的嘎吱声响，就像命运之神在睡梦中辗转。

"刚才我为什么要那样说？"她问，"真傻。"

她抬起脚，沿着跳板登上了船。

那天晚上他们向着南岛航行，似乎蒙着乌龟皮的新郎和轻盈得像只蝶蛾的新娘，在八月下午的后甲板上翩翩起舞，旁边是炙热的炉台。

等到航程的中途，宁静就像一阵暖意融融的呼吸降临到船上，在悲伤却又祥和的叹息声中，这阵气息让船帆松懈了下来。

他也许是被这叹息声惊醒的，又或者是爬起来聆听的凯蒂惊醒了他。

没有缆绳上老鼠奔跑的声音，没有帆布发出的飒飒细语，也没有赤脚走在甲板上的沙沙声。这艘船肯定被施过咒语，仿佛当头的月亮吐出一个饱含银色光泽的字眼：宁静。

字眼的魔力让船员们都一动不动地定在各自的岗位上，当船长和妻子走到船舷的扶手边上时，他们连身子都没转过来。在夫妇俩眼中，此刻已然成了永恒。

然后，好像从魔镜中预知了与这艘船牢牢维系在一起的未来一般，她满怀热忱地说道："再也没有比这更美好的夜晚了，两个无比幸福的人乘坐在一艘无比完美的船上。噢，我真希望我们能在这里待上一千年，这太完美了，属于我们自己的世界，我们自己制定规则，终生恪守。答应我，你永远不会让我死去。"

"永远不会，"他说，"想知道原因吗？"

"是的，给我一个我会相信的理由。"

于是他给她讲了一个自己从前听说的故事。他说，从前有个非常美丽的女人，连神都嫉妒她不随时光老去的容颜，于是神将她安置在大海之上，让她再也无法踏上海岸，这样她就不会感受到大地引力的负累，那些徒劳无益的邂逅、漫无目的的远足，以及会让她死去的惊慌狂乱也不会侵扰到她。如果一直待在大海上，她就能生命永驻，美丽永存。于是，她在海上航行了很多年。在途经爱人老去的岛屿时，她一次又一次地呼唤着他，恳求他在岸边召唤自己上岸。但因为害怕她会死去，爱人拒绝了她。终于有一天，她自己踏上了陆地，奔向他。他们共度了一夜，美好且奇妙的一夜，待太阳升起时，他发现她已经变成了一个异常苍老的女人，像一片焦枯的树叶躺在他身旁。

"我以前听过这个故事吗？"他问，"还是别人将会讲述它，而我们就是故事的男女主角？难道这就是我把你从陆地带到海上的原因，为了避开会让你苍老的喧嚣和形形色色的俗人世事？"

凯特面带嘲笑地看着他。她仰起头，大笑了起来，那模样能惹得无数男人注目。

"汤姆啊汤姆，还记得出海之前我说的话吗？我说过我永远都不会再踏上陆地。我一定猜到了你和我一起出逃的原因。好吧，以后不管到了哪里，我都会待在船上。这样我就不会变老，你也不会，是不是这样？"

"我会永远停在四十八岁！"

他也笑了起来，庆幸自己驱散了心中的阴霾。他搂住她的肩膀，轻吻她的脖颈，就像在最炎热的八月中旬俯向冬天一般。那天晚上，在仿佛会延续至天荒地老的炽烈宁静中，她像一片雪花落到了他的床上……

"汉克斯，你还记得九七年八月的那段平静期吗？"老人有些恍惚地审视着自己的手说，"那次持续了多久？"

"九天或者十天左右吧，长官。"

"不对，汉克斯。我敢打赌，我们在那段平静期里整整度过了九年。"

九天，九年。在那段岁月中，哦，凯特，我真高兴将你带上了船，我也很高兴没有让其他人笑话我老牛吃嫩草。

他们说，爱情无处不在，它守候在甲板上，守候在树下，就像温暖的椰子等着被爱抚，被依偎，被畅饮。可是，上帝啊，他们错了。这些喝得醉醺醺的可怜家伙，让他们去和婆罗洲的猩猩摔跤，去大嚼苏门答腊的瓜果，可是他们跟跳舞的猴子、阴暗的舱室能生出什么感情？起航回家，这些船长独自入睡。孑然一身！那些罪孽深重的同伴，万里征程一路相随！幸好，凯特，不管怎样，我们还有彼此！

宁静继续笼罩着海洋世界的中心，带着沉重的呼吸，海洋之外是一片虚无，是随着时间垮塌沉没的庞大陆地。

到了第九天，船员们放下了小船，他们坐在小船上待命，但风平浪静，他们只能靠划船来招风，船长也加入进来。

当第十天快结束时，一座岛屿慢慢从地平线处显露出来。

他向妻子喊道："凯特，我们要划船上岛寻找补给。你愿意加入吗？"

她盯着那座岛屿，仿佛在出生很久之前就在什么地方看到过它。她慢慢地摇了摇头，拒绝了邀请。

"你们去吧！在回到家之前我不会踏上陆地半步！"

他抬头看着她，他知道她一定本能地活在那个他轻易编造的传说中。就如同故事中的高贵女人一样，她觉得在沙子和珊瑚礁散发出的某一缕孤独暑热中，隐藏着一些隐秘的邪恶，它们会削弱甚至摧毁她。

"上帝保佑你，凯特！三小时以后我就会回来！"

于是他和船员们向着岛屿划船而去。

那天晚些时候，他们带回来了五桶新鲜淡水、整船的热带水果和鲜花。

凯特正在船上等着他，她坚持不上岸，用她的话说，"不触碰陆地"。

她第一个饮下了清澈甘洌的淡水。

那天晚上，她一边用清水洗头发，一边眺望波澜不惊的潮汐。"就快结束了。明天早上一切就都不一样了。哦，汤姆，抱紧我。温暖之后便是透骨的寒冷。"她说。

夜里他醒了。黑暗里，凯特沉重的呼吸声中夹杂着胡话。她的手放在他的掌心里，热得发烫。她在睡梦中高声尖叫。他抓住她的手腕，这时他第一次听到风暴涌起的声音。

他坐起来靠在她身边，伴随着一波巨大而缓慢的浪涌，船抬高了，咒语被打破了。

松垮的船帆在夜空中瑟瑟发抖。每条绳索都在嗡嗡作响，好像一只巨大的手拂过了一架原本寂静无声的竖琴，唤起了远航的序曲。

平静结束了，一场风暴开始了。

另一场接踵而来。

头一场风暴猝然结束——而高烧依然在折磨凯特，将她炙烤成白色的烟雾。她的身体陷入彻底的沉寂，然后便一动也不动了。

他们叫来船上的修理工，给她穿上为海葬而准备的衣服。在船舱水底灯的映照下，上下翻飞的针头就像一条热带鱼，纤细而敏捷，它以无限的耐心一点一点地蚕食着寿衣，它沿着黑暗的边缘游走，将寂静封存于其中。

在巨大风暴肆虐的最后几小时里，他们将白布包裹的尸体从船舱中抬了出来，直接丢到了海里。片刻之间，大海便将她吞没，然后，凯特和生命的气息便消失了，不留一丝痕迹。

"凯特，凯特，哦，凯特！"

他不能在这里丢下她，不能把她丢在日本海和金门海峡之间的潮汐中。

那天晚上，他哭泣着，在风暴中疯狂地咆哮着。他抓住舵轮，让船一遍又一遍地绕着吞没凯特的地方打转，那里原本有道伤口，但愈合得太快了。然后，他便见识到了将伴随自己余生的平静。他再也不会对任何人提高嗓门或紧握拳头了。嗓音无力，拳头松开，他最终调转船头离开了伤心之地。他环绕地球，四处运货，直至最后永远地背弃了大海。在把船丢在覆满绿苔的码头之后，他便向着一千二百英里之外的内陆进发。他带着汉克斯一道，盲目地购买土地、盖房子，他甚至在很长时间里都不知道自己究竟做了些什么。他只知道自己一直在变老，和凯特在一起的时光虽然短暂，但那时他总是洋溢着青春活力，可现在，他的确是太老了，老得已经没有机会再去享受那样的时光了。

所以，在大陆中部，在位于大海以东一千英里的内陆，在位于可恶之海以西一千英里的内陆，他诅咒着他所了解的生活和大海，他不记得它们曾给予自己什么，他只记得它们猝不及防地从自己身旁夺走了什么。

随后，他开始在这片土地上四处奔波，播撒种子，并为第一次收获做好了准备，他开始自称农民。

在距离大海最遥远的这片内陆，他度过了第一个夏天，但有天晚上，他被一阵不可思议的熟悉声响所惊醒。他瑟瑟发抖，在床上悄声自语，不，不，这不可能——我肯定是疯了！但……听呐！

他打开农舍的大门，眺望远方的土地。他走到门廊上，他在浑然不觉中亲手创造的事物让他着了迷。他抓住门廊扶手，眼前的景象让他热泪盈眶。

月光照耀之下，远处缓缓起伏的山坡上，麦子在潮汐风的吹拂下，化作阵阵波涛。目力所及之处，巨大的谷物太平洋闪耀着粼粼波光，他的房子，他眼下的船屋在海洋中心伫立不动。

他在外面待了大半宿，这边走走，那边看看，眼前的景象让他不知所措，他仿佛迷失在这片内陆之海的深处。在之后的岁月里，他费尽心思，一点一点地将这座房子打造成当年那艘船的模样，那艘他曾经在更残暴的大风和更幽深的海域中驾驭过的船。

"汉克斯，距离我们上一次看见大海已经过去多久了？"

"二十年了，船长。"

"没那么久，昨天早上我们还看到过。"

从门口走进来之后，他的心脏在怦怦直跳。墙上的气压计阴云密布，一道微弱的闪电在他的眼睑边上绽放。

"不要咖啡了，汉克斯。来杯清水就可以了。"

汉克斯出去一会儿又回来了。

"汉克斯？答应我，死后把我埋在她身边。"

"可是，船长，她不是——"汉克斯欲言又止，接着他点点头，"她的身边。遵命，长官。"

"很好。现在把杯子递给我。"

水很清澈。它来自地下岛屿，喝起来就像睡眠的味道。

"就一杯。她是对的，汉克斯，你知道。不再触碰土地，永远不碰。她是对的。可是我还给她喝了一杯从陆地上取来的水，溶在水中的泥土碰到了她的嘴唇。就一杯。哦，要是……！"

他把杯子捧在粗粝的手中。台风凭空而起，填满杯中。这是一场肆虐于方寸之间的黑色风暴。

他举起杯子，将风暴一饮而尽。

"汉克斯！"有人在喊叫。

但不是他。激荡的风暴消失了，带着他一起消失了。

杯子空落落地摔到地板上。

又是一个和煦的清晨。空气清新，和风微醺。汉克斯花了大半夜的时间挖好了坟墓，又花了半个早晨的时间填埋。现在工作终于完成了。镇长搭了把手，之后便退到一旁，看着汉克斯把最后一块草皮铺好。一块接一块，汉克斯先拼得整整齐齐，然后再夯实。正如他已经盘算好的那样，每块草皮上都长着粒粒饱满的金色麦穗，同十岁的小男孩一般高。

汉克斯弯下腰，将最后一块草皮摆好。

"不要墓碑吗？"镇长问。

"不，先生，永远不要竖墓碑。"

镇长开始抗议，汉克斯挽起他的胳膊，带他登上山坡，然后转身回望。

他们站了很长时间。镇长最终点了点头，他平静地笑着说："我明白了。"

麦海一直延伸至天际，它荡漾起巨大的潮汐，在风中起伏，不断向东推进，视野中看不到老人沉入波涛时带起的一丝缝隙或涟漪。

"这是一场海葬。"镇长说。

"是啊，"汉克斯说，"我答应过他。这就是一场海葬。"

他们转过身去，沿着麦海的边缘下了山，走进了嘎嘎作响的船屋，一路无言。

后会无期

刊于《纽约客》(*The New Yorker*)
1947 年 11 月 8 日
刘媛 译

　　有人轻轻敲响了厨房门，奥布莱恩夫人把门打开，门外站着她最好的租客——拉米雷兹先生，两位警官一左一右站在他两边。拉米雷兹先生就那么一动不动地站着，显得渺小而不知所措。

　　"这是怎么了，拉米雷兹先生！"奥布莱恩夫人惊呼。

　　拉米雷兹先生看来已经被击垮了，仿佛找不到言辞来解释这一切。

　　他是在两年前来到奥布莱恩夫人的出租公寓的，打那时起就长住在这里。他从墨西哥城乘巴士来到圣地亚哥，然后又辗转抵达洛杉矶，最后终于找到了这间干净的小屋子。屋里铺着碧蓝的油毯，贴着花纹壁纸的墙上挂着装饰画和日历，奥布莱恩夫人是一位看似严厉实则热心的女房东。战争期间，拉米雷兹曾在飞机厂工作，给执行任务的飞机制造零件，即便是在战火消散的今日，他仍然未弃旧业。这份工作打从一开始就让他赚了不少钱。他有储蓄的习惯，而且一个星期只会喝醉一次——在奥布莱恩夫人看来，这是他理应享有的特权——每个勤恳的劳动者都应该得到这种优待，这是不容置疑且无可指责的。

奥布莱恩夫人厨房的烤箱里还烘着馅饼。很快，美味的馅饼就会出炉上桌了——面皮金黄、油光闪闪、香脆诱人，就跟拉米雷兹先生的外表一样精致，饼上的缝隙也如同拉米雷兹先生微张的黑色双眼。厨房里香气四溢，就连警官也被香味引得往前探了探身子。

拉米雷兹先生死死地盯着自己的脚，似乎是脚害他卷进这堆麻烦里的。

"到底出什么事了，拉米雷兹先生？"奥布莱恩夫人问。

拉米雷兹先生抬眼往奥布莱恩夫人身后望去，看到长桌上铺着干净的白色亚麻餐布，上面放着擦得锃亮的浅口餐盘、几个明晃晃的水杯、一个浮着冰块的大水罐、一碗新拌好的土豆沙拉，还有一碟用糖腌的香蕉橘子块制成的水果拼盘。桌边坐着奥布莱恩夫人的孩子们——她三个已长大成人的儿子正在边吃边聊，两个小女儿则一边往嘴里送食物一边注视着门口的警官。

"我已经住这儿整整三十个月了。"拉米雷兹先生平静地说，眼睛看着奥布莱恩夫人圆润的双手。

"那已经超出了六个月，"其中一位警官说，"他只有临时签证。我们一直在到处找他。"

在拉米雷兹先生搬来后不久，就给他的小屋添置了一台无线电，每到夜晚，他总是会调大音量欣赏节目。此外他还买了一块手表，那也是他的心爱之物。无数个夜晚，他曾默默地在街上散步，看着橱窗里那些光鲜亮丽的衣服，有时候也会买上几件，而且还光顾过珠宝店，给他为数不多的女性朋友送些礼品。有段时间他会一个星期连续五晚不间断地去看画展，会整夜坐在电车里，感受电流的气味，用一双黑眼睛把一幅幅广告看个遍，聆听车轮在下方隆隆作响，看着一间间熄了灯的小屋子和一座座大饭店从车旁飞驰而过。除了这些，他偶尔还会光顾大饭店，点上一大桌美味佳肴犒劳自己，再去歌剧院或电影院。噢对了，他还买了辆车，后来当他忘记付清车款时，车主从公寓前愤怒地开着车绝尘而去。

"所以，"拉米雷兹先生开口说，"我是来跟您说，我没法续租了，奥布莱恩夫人。我来拿行李和衣服，然后就得跟他们走。"

"回墨西哥去？"

"对。回拉各斯，那是墨西哥城北边的一座小镇。"

"我很抱歉，拉米雷兹先生。"

"我打好包了。"拉米雷兹先生声音嘶哑，飞快地眨着他的黑眼睛，手无助地不知道该往哪儿放。警官没有碰他。因为根本没必要这么做。

"这是还您的钥匙，奥布莱恩夫人。"拉米雷兹先生说，"我的包就在门外。"

奥布莱恩夫人这才注意到他身后的门廊上放着一个行李箱。

拉米雷兹先生再次向宽敞的厨房里张望了一下，看看那些耀眼的银餐具和正在大快朵颐的年轻人，还有那刚刚打过蜡的光可鉴人的地板。他转过身朝隔壁公寓又看了好一会儿，三层楼的房子，高大气派。他看着阳台、消防安全出口和后廊上的楼梯，还有晾衣绳上那些在风中摇摆的衣服。

"你一直都是个好租客。"奥布莱恩夫人对他说。

"谢谢，谢谢您，奥布莱恩夫人。"他轻声回答，合上了双眼。

奥布莱恩夫人用身体顶着半开的门。她的一个儿子走到她身后，告诉她晚餐都快凉了，可她朝男孩摇了摇头，转身继续对着拉米雷兹先生。她记得自己曾经去过几个墨西哥的边境小城——炎热如火炉般的气候；到处有蟋蟀在蹦跶，然后不知什么时候突然摔下来死在你面前，像商店橱窗里的小雪茄那样脆弱；还有把河水输送到农场的运河、脏兮兮的马路、被太阳烤干的植物茎叶。她记得那些寂静的城镇，连每天喝的啤酒都是热的；还有顿顿黏糊糊辣死人的食物。她记得那些迈不开腿，一步一顿的马匹；还有被烤死在路上的长腿大野兔。她记得那些矿山、尘土飞扬的山谷；还有一望无际的海岸，除了波涛，什么声响都没有——没有车，没有楼房，真正的空无一物。

"我真的为你感到难过，拉米雷兹先生。"她继续说道。

"我不想回去，奥布莱恩夫人，"他无力地说着，"我喜欢这里，我想留下。我有营生，也有钱。我看上去过得很好啊，不是吗？我不想被送回去！"

"对不起，拉米雷兹先生，"她说，"真希望我能为你做些什么。"

"奥布莱恩夫人！"他突然大叫起来，泪水从他的眼里涌出。他伸出手，热切地抓住她的手，攥住摇晃，紧紧握着，"奥布莱恩夫人，我们永别了，永别了！"

这一幕让警官哑然失笑，但还没等拉米雷兹先生发觉，警官已经收住了笑容。

"再见了，奥布莱恩夫人。您一直都对我很好。噢，再见了，奥布莱恩夫人。永别了！"

两位警官等着拉米雷兹先生转身拎起行李，然后一步步走远。他们跟在他身后，向奥布莱恩夫人行了个礼。奥布莱恩夫人看着他们走下门前的阶梯。她静静地关上门，慢慢回到桌前，拉出椅子坐了下来。她拿起闪亮的刀叉，再次看着面前的肉排。

"快吃吧，妈妈，"儿子说，"都凉了。"

奥布莱恩夫人咬了一口，含在嘴里缓慢地咀嚼着，咀嚼着，然后凝视着早已关上的大门。她又放下了手中的餐具。

"怎么了，妈妈？"儿子问。

"我刚刚才意识到，"奥布莱恩夫人用手捂着脸说，"我再也见不到拉米雷兹先生了。"

瞧这一团糟

刊于《科幻奇幻杂志》（*Magazine of Fantasy & Science Fiction*）
1995 年 4 月
阿古 译

那声音在仲夏深夜响起。

凌晨三点，贝拉·温特斯从床上坐起，听了一会儿，又躺了下去。十分钟之后，她听到声音重又响起，在外面的夜里，在山脚。

贝拉·温特斯住在洛杉矶温都姆高丘顶部一套公寓的一层，靠近埃菲大街。她在这儿才住了没几天，一切都还挺新鲜。这是一条老街上的一栋老房子，旁边有一条老旧的水泥阶梯，从下面的低地陡陡地攀上来，一百二十步，她数过，现在……

"有人在阶梯上。"贝拉自言自语。

"什么？"她的丈夫山姆昏昏沉沉地回了一句。

"外面阶梯上有人，"贝拉说，"又说又嚷，还没打起来，但也快了。我昨晚也听到了，还有前晚，但是……"

"但是什么？"山姆喃喃问道。

"嘘，睡吧。我去看看。"

她在黑暗中下床走到窗旁，没错，的确有两个人在那儿说话，咕哝抱怨，一会儿声调高亢，一会儿轻声细语。接着又响起一个声音，磕碰，滑动，像是一个巨大物件正被搬上山。

"没有人会在这大半夜搬东西，对吧？"贝拉向黑暗，向窗户，向自己发问。

"不会。"山姆嘟哝道。

"这听起来像是……"

"像什么？"山姆问，这会儿他完全醒了。

"像是两个男人在搬……"

"看在上帝的分上，到底在搬什么？"

"在搬一架钢琴，沿着阶梯往上搬。"

"在凌晨三点？"

"一架钢琴和两个男人，你听。"

丈夫坐起身，眨着眼睛，警醒了。

远处山腰传来一阵弦音，那是钢琴在突然冲撞之下，琴弦嗡响个不停的声音。

"那儿，听到了吗？"

"上帝啊，你说得没错。可为什么会有人偷……"

"他们没有偷，他们只是在搬。"

"一架钢琴？"

"又不是我指使的，山姆。你出去问问。不，你别去，我去。"

她裹上睡袍，出门走上门前的小道。

"贝拉。"山姆在纱门后面焦急地小声喊，"你疯了。"

"一个五十五岁，又胖又丑的老女人，又能在夜里遭遇什么呢？"她问道。

山姆没有回答。

她悄悄挨到山边，听到下面那两个男人正搬动一个巨大物件。钢琴偶尔嗡一声又归于平静。一个男人不时叫喊或喝令一声。

"这两个声音，"贝拉小声说，"我好像在哪儿听过。"

四周一片漆黑，阶梯像黑暗中一条蜿蜒向下的苍白绸带，一个声音响起："瞧这一团糟，你又把咱俩搞得一团糟。"

贝拉愣住了。我绝对听过这个声音，她暗忖，我听过一百万次！

"喂！"她招呼道。她继续走，数着阶梯，然后停了下来，那儿一个人都没有。

她浑身发冷。那两个陌生人是无处可去的，山坡那么陡峭，要么是长长的一段上坡路，要么是远远的一段下坡路，而且他们还搬着一架颠倒的钢琴，对吧？

我怎么知道钢琴是颠倒的呢？她暗想。我只是听到声音，并没看见钢琴啊。但是，没错，就是颠倒的！不但颠倒，还装在一个箱子里！

她缓缓转身，开始往上爬，一阶接一阶。慢慢地，下面的声音又响了起来，他们仿佛受到了惊扰，在等待她离去。

"你在干什么？"一个声音质问道。

"我只是……"另一个说。

"给我！"第一个声音大喊。

贝拉暗想，另一个声音我也认得，我甚至知道他下一句要说什么!

"现在,"黑夜中山下回音响起,"别傻站着,搭把手!"

"没错!"贝拉闭上双眼,艰难吞咽了一下,脚步一软,跌坐在阶梯上。她缓了口气,脑海中闪现出黑白的影像。突然,时光跳回到了1929年,那时她还很小,坐在黑漆漆的电影院第一排,光影就浮在她头顶。她看得目瞪口呆,放声大笑,惊呆了,然后又一阵大笑。①

她睁开双眼。两个声音仍然在下面响着。模糊的扭打声在夜色中回响,情急之下,他们还会挥舞硬邦邦的圆顶礼帽狠狠地敲打对方。

泽尔达,贝拉·温特斯想,我得打电话给泽尔达。她什么都知道,她会告诉我这到底是怎么回事。泽尔达,没错!

回到屋里。她直接在电话拨盘上拼起了泽尔达的名字,缓过神来,她赶紧改拨号码。电话铃响了好一会儿泽尔达的声音才带着睡意怒气冲冲地跨越半个洛杉矶传了过来。

"泽尔达,我是贝拉!"

"山姆死了?"

"不是不是,我很抱歉。"

"你很抱歉?"

"泽尔达,我知道你会觉得是我疯了,但是……"

"继续说,疯吧。"

"泽尔达,以前洛杉矶很多地方被用作拍摄电影的外景地,对吧?比如威尼斯海滩、海洋公园……"

---

①贝拉儿时看的是经典喜剧片《音乐盒》。该片由斯坦利·劳莱和奥列弗·哈代主演,描述两位工人沿着阶梯搬运钢琴的故事。

"卓别林这么干过，哈里·朗顿这么干过，哈罗德·劳埃德①当然也这么干。"

"劳莱与哈代呢？"

"什么？"

"劳莱与哈代，他们有没有在许多地方取过外景？"

"棕榈泉、卡尔弗城主街、埃菲大街……"

"埃菲大街！"

"别嚷嚷，贝拉。"

"你刚刚说埃菲大街？"

"没错，上帝，现在可是凌晨三点！"

"就在埃菲大街的高处？"

"嘿，没错，那些阶梯。每个人都知道，钢琴盒追着哈代下山，从他身上轧了过去。"

"对了，泽尔达，就是这个！噢，上帝，泽尔达，要是你能看到刚刚我看到的，要是你能听见刚刚我听见的……"

电话线另一头的泽尔达突然完全清醒了过来。"发生什么了？没开玩笑？"

"哦，上帝，千真万确。刚才就在那阶梯上，还有昨晚、前晚，我听到两个男人扛着一架钢琴上山。"

"准是有人在捉弄你！"

"不不，他们真在那儿，我走过去一看却什么都没有。那些阶梯在闹鬼，泽尔达！我听到一个声音说，'瞧这一团糟，你又把咱俩搞得一团糟。'你真该听听那个男人的声音！"

---

①哈里·朗顿、哈罗德·劳埃德均为20世纪早期好莱坞喜剧电影明星。

271

"你该不会是喝醉了寻我开心吧,你明知道我迷他们俩。"

"不不,来吧,泽尔达,你自己来听听,自己拿主意!"

大约半小时后,贝拉听到一辆老爷车叮当作响地开进公寓后面的车道。泽尔达特意买了这辆老爷车在洛杉矶城里到处转悠,造访无声电影剧院,写老电影的故事。她曾开进塞西尔·B.戴米尔[①]的老地方,围着哈罗德·劳埃德的影棚旧址转悠,在环球电影公司的外景场地来回兜圈,怀着敬意造访《歌剧魅影》的舞台,这就是泽尔达,她曾经在一个寂静乡村老老实实待了好一阵,专心撰写无声电影时代的趣闻逸事。

泽尔达笨拙地闯进前门,脸庞圆如满月,身躯肥硕,腿粗得像罗马圣彼得教堂前的贝尔尼尼廊柱。

那张圆脸上的神情现在正被怀疑、讥讽、疑虑平分。她一见贝拉直勾勾的落魄眼神,就大叫起来:"贝拉!"

"你看得出我没撒谎!"贝拉说。

"我看出来了!"

"声音小点儿,泽尔达。噢,这可真吓人,真奇怪,可怕又美妙。跟我来。"

两个女人沿着这条山顶边缘的旧阶梯向前走去,行走间,她们感觉时间似乎转了个弯,变成了另一个年份,所有的建筑物都变成了1928年的样子,四周的山丘变成了1926年的样子,那道阶梯变成了1921年刚刚浇灌好水泥的样子。

"听,泽尔达,就是那儿!"

泽尔达侧耳聆听,起先下方黑暗中只有一些轮胎的吱嘎声,

---

①塞西尔·B.戴米尔,20世纪早期好莱坞著名电影人,参与创建杰西·拉斯基故事片公司,即派拉蒙影业的前身。

仿佛蟋蟀鸣叫，然后是木板的呻吟、钢琴弦的嗡颤，接着一个声音抱怨起手头这差事，另一个声音则说这事儿怪不了他，接着砰砰两声，两顶圆顶礼帽掉落在地，一个气急败坏的声音嚷道："瞧这一团糟，你又把咱俩搞得一团糟。"

泽尔达震惊得险些滚下山顶。她紧紧抓住贝拉的胳膊，泪水溢满了双眼。

"这是个恶作剧，肯定是有人弄了个录音机……"

"不，我检查过了，阶梯上什么都没有。泽尔达，只有阶梯！"

泪水滚下泽尔达圆鼓鼓的脸颊。"噢，上帝，这正是他的声音！我是专家，我是资深影迷，贝拉。第一个声音是奥利，另一个声音是斯坦！你并没有发疯！"

下面的声音起起落落，一个声音喊道："你怎么不搭把手？"

泽尔达喃喃道："噢，上帝，这真是太美妙了。"

"这究竟意味着什么？"贝拉问道，"为什么他们会出现在这里？他们真是鬼魂吗？为什么鬼魂要推着那个钢琴箱每晚来爬这座山，夜复一夜，告诉我，泽尔达，到底是为什么？"

泽尔达往山下瞥了一眼，紧闭双眼思索了一会儿。"为什么会有鬼魂出没？报恩？复仇？不，都不是。真正的原因也许是爱，为了寻找失落的爱。你觉得呢？"

贝拉的心狂跳了两下，她说道："也许是没有人告诉他们。"

"告诉他们什么？"

"也许有人告诉过他们，但他们不信。要知道人老了之后情况会变坏，我是说他们可能病了，忘记了一些事情。"

"忘记了什么？"

273

"忘记了我们是那么爱他们。"

"他们当然知道！"

"他们真的知道吗？我们两个当然心知肚明，但也许当他们经过时，我们并没有当场写下我们心中的爱意，并没有冲他们挥手大喊一声'爱你们！'你觉得呢？"

"见鬼，贝拉，他们每晚都出现在电视里！"

"没错，但那个不算。自从他们离开我们之后，有没有人来这儿，爬上这道阶梯，大声喊出心中的爱？也许下面那些声音，不管是鬼魂还是什么，每晚都来搬那台钢琴，已经搬了很多年了，可这么多年来，从来没有人考虑过，尝试过，或者小声说大声喊，表达出我们心中所有的爱。为什么不说出来呢？"

"为什么不说出来呢？"泽尔达向下凝视，黑暗中也许有影子在移动，也许有一架钢琴正在笨拙地挪动。"你说得对。"

"如果我说得对，"贝拉说，"你也认同，那么只有一件事可以做……"

"你是说你和我吗？"

"还能有谁？安静，跟我来。"

她们往下跨出一步。这时灯光从周围的一扇扇窗户中亮了起来。一扇纱门开了，愤怒的话语迸进黑夜里："嘿，怎么回事儿？"

"小声点儿！"

"知道现在几点了吗？"

"我的上帝，"贝拉小声说，"其他人现在都在听着呢！"

"不不，"泽尔达焦躁地扭头四顾，"他们会坏事儿的！"

"我要叫警察了！"一扇窗户狠狠关上了。

"上帝，"贝拉说，"要是警察来了……"

"什么？"

"事儿就全完了。我们得告诉他们别紧张，放轻松。我们在乎他们，对吧？"

"上帝啊，话是没错，可是……"

"没有可是，坚持住，我们走。"

那两个声音在下面嘀咕着，钢琴打嗝般地发出一阵阵嗡嗡声。他们正一步步挪下阶梯，口干舌燥，心脏狂跳。夜那么黑，只在阶梯底部有一盏微弱街灯，那盏忧伤孤独的街灯离得那么远，正等着影子们接近。

更多的窗户关上了，更多的纱门打开了。任何时刻都会爆发一场抗议雪崩，一阵震天大喊，要是有人开枪这一切就全完了。

想到这些，两个女人浑身发抖，挨得紧紧的，仿佛是在抵迫对方发话去平息这怒火。

"说点什么，泽尔达，快。"

"说什么？"

"随便什么！他们会受伤害的，如果我们不能……"

"他们？"

"你知道我在说什么，救救他们。"

"好吧。耶稣啊！"泽尔达绷紧全身，紧闭双眼，拼命搜刮话语，她睁开眼睛，说道："你们好。"

"大声点儿。"

"你们好。"泽尔达先是小声说，接着又大声了一点。

影子们在下面的黑暗中窸窣移动，两个声音此起彼落，看不见的钢琴弦正嗡嗡作响。

"别害怕。"泽尔达大喊。

"不错,你继续说。"贝拉鼓励道。

"别害怕,"泽尔达喊着,这回勇敢了些,"别听那些人的叫嚷,我们不会伤害你们。这儿就我们两个。我是泽尔达,你们也许不记得我,这一位是贝拉,我们一直都认识你们,打小我们就爱你们。现在说也许有点迟了,早该让你们知道的。我们爱你们,看你们徘徊在沙漠里,看你们待在闹鬼的船上,看你们挨家挨户推销圣诞树,看你们拽掉路上所有汽车的头灯。我们仍然爱着你们,对吧,贝拉?"

山下的夜,黑暗,静谧。泽尔达敲了一下贝拉的胳膊。

"没错!"贝拉大喊,"她说得没错。我们爱你们。"

"我们想不出别的话了。"

"但是,说这么多就够了,对吧?"贝拉紧张地探身张望,"够了吗?"

夜风吹动阶梯上的落叶和青草,下面的影子停止了移动,钢琴箱悬在他俩中间,他们抬头向上看着两个女人。她们哭了起来,眼泪先是从贝拉的脸颊上滚落,泽尔达感觉到了,她的泪珠也滚了下来。

"那么现在,"泽尔达说道,很惊讶自己还能厘清言语,"我们想告诉你们,你们不用再回来了。你们不必每晚爬上这座山,等在这里。因为我们刚刚说的话是真心诚意的,明白吗?我是说,你们想要在这座山上听到有人说爱你们,就在这条阶梯上,带着那架钢琴,整个场景原封不动,必须这样,对吧?现在,我们来了,你们也在,我们说出了我们的爱。安息吧,亲爱的朋友们。"

"哦，别了，奥利，"贝拉哀伤地叹息道，"哦，斯坦，斯坦利。"

藏在黑暗中的古老钢琴，琴弦嗡嗡震响。

接着，最不可思议的事情发生了。一声声尖叫响起，一连串砰砰声撞响，黑暗中钢琴冲下了山，一路滑下阶梯，每碰一下就是一声琴弦轰鸣。两道影子在钢琴前夺命狂奔，躲闪急冲，音乐怪兽紧追不舍，他们叫喊，吼嚷，磕磕巴巴向命运女神示警，向诸神哭喊，向下再向下，四十阶，八十阶，一百阶。

在阶梯半高处，两个女人聆听着，感受着，喊着，哭着，然后大笑着抱在了一起。她们焦急地眺望，想要看穿夜幕，她们隐约看到了：三道影子弹跳着远去了，两个人影在前面疾冲，一胖一瘦，钢琴横冲直撞地紧随其后。他们跑上大街的那一刹那，头顶那盏街灯仿佛被打了一下，突然熄灭了。两道人影继续向前奔逃，音乐怪兽紧追不舍。

两个被撇下的女人向下张望，笑得精疲力竭，笑出了眼泪，笑得大哭了起来，哭得又大笑起来，直到泽尔达脸上突然露出被吓坏的表情，仿佛挨了一枪。

"我的上帝！"她伸出双臂，惊慌大喊，"等等。我们并不是让你们永远都不回来！当然，今晚你们走吧，让邻居们好好睡觉。但每年一次，你们听得见吗？每年一次，明年的这个夜晚，每一年的这个夜晚，请再回来一次。这不会对任何人造成太多困扰，但我们得再一次向你们诉说我们的爱，好吗？回来，带着钢琴箱，我们会在这儿等着。对吗，贝拉？"

"等着，没错。"

寂静席卷整条阶梯，直漫向山下那一片黑白、无声的洛杉矶城。

"你觉得他们听到了吗？"

她们继续聆听。山下远处传来模糊至极的爆炸声，仿佛是一辆老爷车的引擎轰的一声发动了。一丝余音荡起，依稀是她俩儿时黑暗影院里传出的那种欢闹的乐声。接着，乐声也淡去了。

过了好一会儿，她们用纸巾擦擦眼睛，返身往上爬。爬到山顶，她们转身凝视山下的黑夜。"你知道吗？"泽尔达说，"我觉得他们听到了。"

夏洛伊之战的鼓手

刊于《周六晚间邮报》（*Saturday Evening Post*）
1960 年 4 月 30 日
阿古 译

四月的夜晚，花朵不时从果园的树上飘下，落在鼓上，鼓面
瑟瑟微颤。午夜，一只在枝头上挂了一个冬天的干瘪梨子，被鸟
儿啄了一下，悄无声息地掉落，在鼓上狠狠敲了一下。男孩吓得
一惊，身体一下子坐直了。寂静之中，他聆听自己的心跳缓缓平
息，最后，扑通扑通的脉搏声从耳朵里消失了，再一次回到了
胸口。

之后，他把鼓侧立起来。他只要睁开眼，就能看到巨大的圆
形鼓面，像满月一样瞪着他。

他无论是警觉或放松，表情都凝重严肃。这的确是一个严肃
的时刻、一个严肃的夜晚。这个刚满十四岁的男孩正睡在夏洛伊
教堂不远处，枭溪旁的桃园里。

"……三十一、三十二、三十三……"看不清了，他停止

数数。

在三十三个熟悉的身影之外，还有四万个男人身裹制服，歪歪斜斜地横躺了一地。他们被紧张的期待折磨着，被即将投入战斗的浪漫梦境纠缠着，难以入眠。一英里之外，另一支军队也躺着，辗转反侧，思考等时间到了，他们该如何行动——一跃而起，一声嘶吼，他们的策略是猛往前冲，粗野的青春就是他们的守护和福祉。

男孩不时听到骤风突起搅动夜空，他知道这风因何而起，此处与彼处的军队都正在黑暗中窃窃私语，有些人在诉说，有些人喃喃自语，一切都如此安静。语声像自然元素般从南方升起，从北方卷来，随着地球转动，迎来黎明。

战士们到底在私语什么，男孩只能猜测。他们也许正在祈祷：所有历劫不死的人之中，必有我一个，我会活下来，回家。乐队演奏起音乐，我会坐在那儿听。

没错，男孩想，他们绝不示弱！

夜寒沁入骨髓，那些年轻人卧在篝火旁，火旁还横陈着来复枪的铁骨，枪头的刺刀闪着寒光，仿佛遗落在果园草丛中的永恒闪电。

我，男孩想，我只有一面鼓、两根槌，没有任何防护。

今晚在这个阵地上，所有年轻的战士，他们都有防护，那是每个人在等待第一次战斗时为自己铸造、铆接、雕琢的。这防护，是遥远却坚强热烈的家人的爱，是旗帜飘扬的爱国之心，是被真实的枪支弹药燧石硝烟烘托出的无惧生死的自负。但这个男孩，他感到自己的家人在黑暗中远去，仿佛大草原上的一列火车把他们带走再不返回，只留给他这面鼓，在明天或后天即将开场的战争中，再没有比这更糟的玩具了。

男孩侧过身，似有一只蛾子拂过脸庞，其实那是一朵桃花。一朵桃花飘落身旁，其实那是一只蛾子。没有东西长存不变，所有事物都没有名字，一切转瞬即逝。

要是他安安静静躺着，等黎明来临，士兵们整肃军容，振作勇气，也许他们会带着战争就此离开。也许他们完全不会留意到他还躺在那儿，小小的身子如同一件玩具。

"啊，上帝啊。"一个声音说。

男孩闭上眼睛，想把自己藏进内心深处，但已经迟了。有位趁夜行走的军人在他身旁停了下来。

"哟，"那声音静静地说，"明天就要战斗了，这儿有个士兵在哭鼻子呢。哭吧，干脆哭个痛快，战斗一开始，就没时间再哭了。"

那人正要往前走，男孩受到惊吓，胳膊肘碰了一下鼓面。那个人听到，又停了下来。男孩能够感觉到他的视线，感觉到他蹲下身，慢慢靠近。他伸出了一只手，指尖轻敲鼓面，气息拂过男孩的脸。

"嘿，你是鼓手，对吧？"

男孩点了点头，不知道对方有没有看见。"长官，是您吗？"他问。

"是。"他的膝盖咔嗒作响，弯腰凑得更近了。他身上有一股父亲应该有的味道，汗味、姜味烟草、马和皮靴，还有他走过的泥土。他有很多双眼睛。不，不是眼睛，是两排黄铜纽扣，正看着男孩。

他只可能是——将军。

"你叫什么名字，孩子？"他问。

"卓比。"男孩小声说着，坐起身。

"没事儿，卓比，不用动。"一只手轻轻按在男孩胸口，男孩放松了下来，"你参军多久了，卓比？"

"三个星期，长官。"

"从家里偷跑出来的，还是正式参军的？"

没有应答。

"我问得真蠢，"将军说，"你开始刮胡子了吗，孩子？这问题问得更蠢。看你的下巴和刚从树上掉下来的花瓣一样光滑。这儿的其他人年纪也不比你大多少。那么年轻，那么稚嫩，你们都太小了。准备好明天或是后天的战斗了吗，卓比？"

"我想是的，长官。"

"要想哭的话，就继续哭吧。我昨晚也哭过。"

"您，长官？"

"千真万确。想想即将发生的这一切，双方都觉得对方会放弃，几个星期内战争就会结束，我们全都能回家。可是，事情并不会这样发展。我大概就是为此而哭的。"

"是的，长官。"卓比说。

将军此刻一定拿出了一支雪茄，因为黑暗中突然充满了印第安烟草味。雪茄没有点燃，将军在思索的当儿嚼着烟草。

"这会很疯狂，"将军说，"双方的士兵加起来有十万人，今晚这儿的好几千人，连树上的麻雀都打不下来，连马粪蛋和火药球都分不清。他们站起来，袒露胸膛，争着当活靶子，迎接枪弹，又倒下来。我们是这样，他们也是如此。我们应该班师回营，训练三四个月，他们也应该这么干。可现在我们已经来了。一股春天的温热涌起，就以为是自己的热血在沸腾。我们的大炮里灌的是火药，不是糖浆。梦想成为英雄，梦想毫发无伤，我看他们所有人都这么想，一根筋。这是错误的，孩子，这错得离谱，就好比把脑袋反过来装在肩膀上，后退着度过一生。只要对方的将军按捺不住，率领他的小伙子们来咱们的草地上野餐，就会上演一场大屠杀。会有更多无辜的人死于非命，远远多过以往。几小时前，在正午的太阳下，枭溪里挤满了划水闹腾的男孩，只怕溪中很快又要挤满男孩，但这回是他们的尸体浮在水面上，明天太阳下山时，潮水会把他们带往哪里已经无关紧要了。"

将军停了下来，在黑暗中拨拢一小堆冬天的断枝落叶，仿佛他随时会升起一堆火，照亮即将到来的日子里他要走的路。由于这里正在发生和即将发生的事情，太阳也许再也不愿升起。

男孩看着他搅动树叶的手，张嘴想说点什么，却无话可说。将军听到了男孩的呼吸声，继续说道："我为什么要对你说这些呢？这正是你想问的，对吧？你要是有一群脱缰的野马要管理，就得给它们套上缰绳。这些小伙子都是初生牛犊意气风发，还不明白我知道的真相，我又不能对他们明说：打仗时，人是会死的。他们第一次上战场，只会各自为战，我得把他们凝聚成一支队伍。为了这个，孩子，我需要你。"

"我？"男孩的嘴唇微微颤抖。

"孩子，"将军语气平静地说道，"你可是整个军队的心脏。想想看，你是整支队伍的心脏。现在，仔细听我说。"

卓比躺在那儿仔细聆听。将军继续往下说。

要是明天，卓比把鼓点打慢了，战士们的心脏也会跳得慢一拍。他们会在路边走得懒洋洋，他们会拄着毛瑟枪打瞌睡。之后，他们会永远沉睡在这片土地上，他们心跳的节奏被一个鼓手放缓，被一颗敌人的子弹中止。

但是，如果他敲出坚定的鼓点，那么战士们会高高抬起膝盖，迈步跨下山坡，一步紧接着一步，像冲刷海岸的波浪！他见过大海吗？看没看过海浪向沙滩冲锋，像一群训练有素的骑兵？对，这就是将军想要的！卓比是他的左右手。他发出命令，而卓比决定步伐！

抬起右膝盖，伸出右脚，抬起左膝盖，伸出左脚。一步紧跟着一步，整齐而迅速。让热血涌上身，扬起头颅，挺直腰杆，双目炯炯直视，咬紧牙关，狠狠呼吸，紧握双手，体内热血喷涌，似有钢甲庇佑。他必须保持这个节奏，保持住！悠扬坚定，坚定悠扬！鼓点会搅动起战士们的澎湃热血，即使他们被击中，伤口热血喷涌，痛苦也会减弱。如果他们的血是冷的，这就比屠杀更糟，更像是残忍的噩梦，不可告人，不可流传。

将军说着，停了下来，平缓呼吸。过了一会儿，他接着说："所以，这就是你来参军的意义。你能做到吗，孩子？你现在可知道，当将军被留在阵线之后，你就成了整个军队的将军？"

男孩无声地点点头。

"你会为我鼓舞他们冲锋吗，孩子？"

"会的，长官。"

"好。上帝保佑，从今晚起许多个夜晚之后，从现在起许多年之后，当你年纪和我一样大甚至比我更老的时候，当人们问起，在那个可怕的时刻，你做了什么，你将既谦卑又骄傲地告诉他们，'我是枭溪之战的鼓手'。或者田纳西河之战，或许他们会用这里的教堂来命名这场战役。'我是夏洛伊之战的鼓手。'这句话倒像是朗费罗先生的诗句。'我是夏洛伊之战的鼓手。'听到这句话的人，孩子，有谁会不明白你今晚的所思所想？"

将军站起身。"好吧，就这样吧。上帝保佑你，孩子。晚安。"

"晚安，长官。"

接着，又是一股父亲的味道，烟草、黄铜、皮靴油、汗水和皮革，男人穿过草丛走远了。卓比躺了一会儿，盯着他离去的方向，但什么也看不到。他的喉头吞咽了一下。他揉了揉眼睛，清了清嗓子，振作自己。最后，他缓缓而坚定地，把鼓放平，让鼓面正对天空。

1862 年 4 月的一个下半夜，田纳西河旁距枭溪不远处，夏洛伊教堂的附近，桃花落在鼓面上。男孩躺着，双臂环抱着战鼓，感受着那微微的震颤，聆听着这无声的惊雷。

方枘圆凿

刊于《颤栗冒险故事》(*Thrilling Wonder Stories*)
1948 年 10 月
仇春卉 译

　　丽萨贝丝不再尖叫了。一来她已经很疲劳，二来是因为环境太恶劣。这房间里有一阵阵持续不断的强烈震动，她仿佛被人扔进一个哐当作响的铃铛里面。其实她此刻身处一艘火箭飞船内，舱室里充斥着呢喃的叹息，这些都是旅途的声音。突然，她想起了起飞时的爆炸、升空时的骤然失重、在冷空之中掠过的月亮，还有远去的地球。丽萨贝丝转头看着窗外，只见这个圆形的舷窗泛着一片深邃的蓝色，有如山中的古井，井口溢出的是来去如电的邪灵。她留意到舷窗外仿佛有点动静，似乎潜伏着巨大的太空怪兽。它们挥舞着熊熊燃烧的巨臂，簇拥着火箭堕向毁灭的深渊——只是她还不知道最后这一刻何时才到来。突然，窗外洒过一阵流星雨，疯狂地闪出一段段由点和线组成的无线电代码，她忍不住伸出手去追随这片转瞬即逝的灿烂星光。

这时她听见有人说话，那是一阵叹息和悄声细语。

她无声无息地走到一扇加装了铁条的门前。门应该上了锁，她于是通过门上的一扇小窗向外窥探，依然是一声不响。

"丽萨贝丝不叫了。"听声音这是一个很疲倦的女人，应该是海伦。

"谢天谢地！"一个男人叹道，"否则还没到达三十六号小行星我就要疯掉了。"

另外一个女声响起，很不耐烦地说："你确定这样做有用吗？这样对丽萨贝丝是最好的吗？"

"总比把她留在地球上强！"那个男人大声说。

"约翰，我们本来至少可以问她愿不愿意走这一趟啊。"

约翰骂了一句粗话。"我们的妹妹是疯子！你怎么能征求她的意见呢？"

"疯子？你不要说这样的话！"

"她就是疯子！"约翰毫不客气地说，"我们应该实话实说。征求她意见？这是不可能的！她愿意得走，她不愿意也得走，就这么简单。"

丽萨贝丝被关在这个笼子一样的小舱室里，偷听他们的对话，苍白的手指抚在墙上微微颤抖。他们的声音很遥远，仿佛来自一个温暖的梦，好像是从电话听筒里传出来的，似乎在说着某种外语。

"我们尽快把她送到三十六号小行星，尽快安顿好，我就可以尽快赶回纽约。"这个话筒传出来的男声模糊不清，丽萨贝丝全神贯注地偷听。"别忘了，我们这个妹妹以为自己是凯萨琳大帝①……"

"我是！我是！我就是！"丽萨贝丝从窗口对着他们三人大声叫嚷，"我就是凯萨琳！"她的叫声仿佛一道闪电射进隔壁房间，那三人顿时作鸟兽散。丽萨贝丝像喝醉酒似的紧紧抱住舱门的铁条，疯狂地哭喊着，将心中的信念高声吼出来："我就是！我就是啊！"她抽泣起来了。

"天哪！"爱丽丝说道。

"唉，丽萨贝丝！"

那个男人来到窗前，诧异的脸上流露出关怀的神色。可是他看丽萨贝丝的眼神就像一个人居高临下看着一只受伤的兔子，他对丽萨贝丝的理解都是假装的。"丽萨贝丝，我们都很抱歉。我们都明白了，你就是凯萨琳，丽萨贝丝。"

"那你就叫我凯萨琳！"房间里面的疯子吼道。

"当然了，凯萨琳。"那个男人迅速改口，"凯萨琳大帝，女皇陛下，我们恭候圣谕。"

这句话刺激了房间里面那个苍白的女子，她靠在舱门上面翻腾得更厉害了。"你们不信！你们根本就不是真心相信！我已经看穿你们的丑恶嘴脸！看穿了你们的狡猾眼神！呸！你们根本就不信！我要把你们都处死！"她心中的憎恨像烈焰一样向着那三人激射而出，把那个男人吓得后退了几步。"我知道你们在说谎！你们都犯了欺君之罪！我就是凯萨琳大帝，你们这一辈子都不会明白的！"

---

①凯萨琳大帝，即俄罗斯帝国女皇叶卡捷琳娜二世。

"是的。"那个男人一边说一边转身走开，坐下来，双手捂脸，"我想我们确实不明白。"

"老天哪！"爱丽丝叹道。

丽萨贝丝慢慢滑倒在铺着天鹅绒的地板上，顺势躺下，用抽泣来发泄心中的悲苦。这个小舱室继续在太空里游荡，房间外面的三个声音还在低声密谋，争吵不断，一直持续了半小时。

一小时之后，他们把一个食物托盘塞进门里。这是一个简简单单的托盘，上面有几只简简单单的碗，碗里装的是简简单单的麦片、牛奶和热的小圆面包。丽萨贝丝躺在地上一动不动，这是一种无声的反抗。这个舱室里只有这块鲜红的天鹅绒地毯具备一点皇家气派，丽萨贝丝仰卧其上，不愿离开片刻。而且她是不会吃这些恶心食物的，一来他们可能已经在里面放毒了，二来他们奉上食物的时候，竟然不用刻着花押字的碟子，连餐巾纸和托盘也没有印上花押字。他们胆敢用这么粗劣的东西来糊弄堂堂俄罗斯帝国女皇凯萨琳大帝！因此她是绝对不会吃的！

"凯萨琳！快吃吧，凯萨琳。"

丽萨贝丝不回答。他们尽管唠叨去吧，她此刻只是一心求死，反正没有人会明白的。说不定有乱党阴谋篡位，外面这几个奸邪之徒正是他们一伙儿的。

那几个声音又开始低声商量了。

"我在纽约也有很重要的生意，爱丽丝，和你的事情一样重要！"那个男人说，"比如说游乐园吧，那些过山车下星期就必须装好！还有，我在里诺市买了一批赌博机，必须在下周六之前运到东部。要是我不亲力亲为，这些事情谁去管呢？"

呢喃的悄声细语仿佛从远方传来，她凝神静听，慢慢陷入软绵绵的梦境之中。

爱丽丝说："最盛大的秋季服装展就在明天开幕，而我现在却身处外太空，正飞去一个荒诞不经的星球，甚至不知道去干什么！其实我们随便哪个人都可以送她去，我不明白为什么非要三个人一起去不可呢？"

"为什么？因为我们是她的哥哥姐姐！这就是为什么！"那个男人声色俱厉地呵斥她。

"哼，既然提起这个话题，我也不妨直说，关于丽萨贝丝和我们要带她去的那个地方，我是一丁点儿也不明白。三十六号小行星，它到底是什么呢？"

"一个文明。"

"我看是一间疯人院吧。"

"别胡说，那里不是疯人院！"他点燃一根烟，开始吞云吐雾，"一个世纪之前，我们就发现那些小行星内部都是住了人的。这些小行星其实是一系列微型的星球，人们在星球里面呼吸走动。"

"这些人能够治好丽萨贝丝吗？"

"不能，他们根本不会治疗她。"

"那么我们带她去干什么？"海伦双手捧着一个调酒器，快速摇晃着，冰块敲击发出哗哗声响。然后她把混合好的鸡尾酒倒出来，一边喝一边问："为什么？"

"因为她在那里会很开心，因为那里有一个适合她生存的环境。"

"她还会回地球吗？"

"她再也不回来了。"

"可这样做不是很蠢吗？我还以为她痊愈之后就能回来了。"

他掐灭了手中的烟头，随即点燃另一根烟，如狼似虎地吸着。他的眼角布满皱纹，双手微微颤抖。

"你们别再问了，我现在要和纽约通话。"他走到舱室对面，在一堆仪器那里鼓捣了一会儿，很快嘶嘶嘶的信号声就响起了，然后是一下铃声。他大声呼叫："喂喂！是纽约吧？听着！把我转到第八大道的山姆·诺曼那里，他住 C 号房间。"他等了一会儿，终于接通了。"喂！山姆是吧？天哪，这连接也太慢了！听着，山姆，关于那些设备——什么设备？当然是说赌博机啊！你脑子喂狗啦？"

"既然你和地球联络上了……"海伦说。

"什么？山姆——什么？"他转头狠狠地盯着海伦。

"趁着你和地球联络上了，"海伦一边说一边急切地抓住他的手肘，"让我打电话给我的美发师，我要约下星期一做头发，我的头发都乱成一团了。"

"我正在和山姆·诺曼说话呢！"约翰断然拒绝了海伦的要求，然后对山姆说，"你刚才说什么？"马上又呵斥海伦，"快走开！"

"可是我想跟……"

"等我打完这个电话就给你。"他跟山姆嚷嚷了五分钟，最后竟然挂了电话。

"你！"海伦顿时张口结舌。

"噢，对不起。"他很疲劳地说，"你自己打给地球找你那个笨蛋美发师吧。"说完他又点了另一根烟自己抽上了。海伦只能重新呼叫地球，对着喇叭呼喊。

他盯着爱丽丝喝下第四杯鸡尾酒，说道："爱丽丝，你知道吗，丽萨贝丝并不是真疯。"

海伦本来正在呼叫地球，一听见他说话，马上嘘他，叫他安静。然后她才反应过来，连忙转身看着哥哥。"不是真疯？"她又转头对着电话说，"喂，等一等！"再转身对哥哥说，"你什么意思？她不是真疯？"

"疯不疯其实是相对而言的。对于我们来说，她是疯的，因为她想做俄罗斯的凯萨琳大帝，她的想法是完全没有逻辑的。可是对于她自己来说，这是一件绝对符合逻辑的事情。我们现在带她去的那个星球，在那里，她的想法就是完全符合逻辑的。"

他站起来走到牢房门前，从窗口看进去，只见凯萨琳大帝斜躺在地上，呈现出一个苍白而美丽的侧影。他伸出一只手，抓着铁条，指间的香烟颤抖着，散发出战战兢兢的烟雾。

他平静地说："有时我挺羡慕她的。现在离目的地越近，我就羡慕得越厉害。她可以留在那里一直快活下去，而我们呢？我们还得回纽约，回去弄那些大轮盘和大骰子。"他看着海伦，"回发型师那儿消费，找男人寻欢作乐。"然后看着爱丽丝，"回去继续买醉，喝鸡尾酒和纯金酒。"

"我可不想被你这样侮辱！"爱丽丝大声说。

"我侮辱谁了？"他回答道。

"你们先别吵！"海伦叫道，"喂，是纽约吗？"

约翰疲倦地坐下来。"无论怎么说，这事情总是相对的。这些小行星都是很神奇的地方，有各种千奇百怪、形形色色的文化，你们肯定听说过。"

小牢房的门总是轻轻地向外晃动，丽萨贝丝靠上去，发现这道门竟然没有上锁！她的视线一路往下来到松脱的锁钩那里，双眼登时睁得溜圆：这下可以逃跑了！这帮蠢货话痨，什么都不知道，竟敢密谋弑君！她现在可以逃出小牢房，快步穿过外面的大舱室，跑进对面那个小房间。那个小房间里面有各种各样古怪的仪表器械，如果她能跑进去，单凭双手就可以砸烂那些破箱子，再把电线都扯出来缠成乱七八糟的一团！

"我已经不知道什么才算是疯了。"爱丽丝的声音从很遥远的地方传来。

"疯了，其实就是离经叛道，是对社会现有道德伦理架构的反叛。这就是疯了。"那个男人说。

丽萨贝丝慢慢打开门，振作精神。

海伦背对着她，正在讲电话。

丽萨贝丝猛地冲出去，狂笑着从三人身边一掠而过。那三人抬头一看，都惊叫起来。身轻如燕的丽萨贝丝已趁机穿过房间，一下子闯进了自动驾驶舱。舱里有一把锤子，她向外面三人大吼几声，伸手拿起锤子，猛地砸在仪器表盘上。控制台立即爆炸连连，火花四溅。飞船顿时剧烈震动，不断旋转，开始在太空里自由自在地翱翔。那个男人扑进驾驶舱，正好看见丽萨贝丝一锤一锤地把控制台砸成了一团废铜烂铁！

"丽萨贝丝！"有个女人尖叫道。

"丽萨贝丝！"那个男人挥拳袭击丽萨贝丝，第一下没有打中，第二拳把她打得头晕目眩，摔倒在地，连锤子也脱手了。她痛得眼前一黑，在黑暗中感觉到那个男人在控制台前面摸索着，拼命抢修仪器。

他歇斯底里地唠叨："啊！控制台！"

爱丽丝和海伦紧贴着舱壁，随着飞船左摇右晃。舱内突然失重，一下子把两人抛向舱顶。

"快坐下！"那个男人大声吼，"系好安全带！我们马上就要迫降了！前面有个小行星！"

飞船的舷窗外面，一个巨大的黑影迅速逼近。两个女人发疯似的号哭，叫嚷着求他想办法。

"闭嘴！闭嘴！让我想想！"他一边吼一边在控制台上倒腾，飞船竟然又正过来了。

"死定了！死定了！"两姊妹还在鬼哭狼嚎。

"不会的！不会的！"正在他说话时，小行星越来越近了。他情急之下整个人扑向一条金属杆。这条金属杆本来卡得死死的，一动不动，可是现在居然硬是被他掰动了！就在千钧一发之际，他扳着这根操纵杆向前扑倒，发出一阵让人毛骨悚然的金属摩擦声。

四周突然陷入一片漆黑，紧接着是一阵磕碰、撞击、旋转、扭曲，飞船像筛子一样把他们摇来晃去。丽萨贝丝觉得自己一下子被抛向空中，转体翻腾三周半之后猛地摔回地上，然后就什么也想不起来了……

一个声音说道："我们在哪儿？我们在哪儿……哪儿？"

蒙蒙眬眬地，丽萨贝丝听到一点声音，还嗅到一丝外星空气的味道。人声从一个被捂住的话筒传出来："一零一号小行星，一零一号小行星，呼叫失事飞船地球二号。失事飞船地球二号，请告诉我们事故地点具体方位，我们立即派遣救援飞船。"

"喂！喂！一零一号小行星！已经听到！"丽萨贝丝睁开眼睛，只见约翰和两个女人抱团围在无线电设备前面，正在昏暗的灯光下操作。透过舷窗，她看到外面是一片阴冷荒凉的平原，原来飞船已经迫降在一个小行星上面了。

"你们最好尽快离开那里。"无线电的声音说，"你们所在的区域不安全。"

"他是什么意思？"爱丽丝弯腰问那个男人。

"这里是杀戮国度。"

"杀戮？"

"杀手，地球上的变态杀手都被送到这个小行星了，他们就留在这里杀个不亦乐乎，至死方休。"

"你……你是说笑吧？"

"嘿嘿，你觉得我像说笑吗？"

无线电里的声音继续说："我们会尽快赶过来，可是你们无论如何不要出去。没错外面是有空气，不过也可能有变态杀手。"

爱丽丝连忙跑到左舷。"约翰！"她指着下面，"在那儿！外面有人！"

海伦一下子抓住约翰的手臂。"带我们逃走，快带我们逃走！"

"他们没办法害我们！哎呀，你放手呀！他们进不来！"约翰站在舷窗前，气恼地注视着外面。

丽萨贝丝躺在地上，全身放松，尽情享受刚才那种濒死的感觉。在飞船外面……杀戮国度……杀手……当然是她的手下了！俄罗斯凯萨琳大帝的卫队！他们是来救她的！

她站起来，踮起脚尖悄无声息地穿过房间。那一男二女还如

295

痴如醉地注视着舷窗外面的世界，完全没听见她走过。如果她走下去打开气闸，让外面的恐怖杀手一拥而入，岂不有趣？放他们进来杀杀杀！把所有东西都砸个稀巴烂！把关押她的人都干掉！多么轻松，多么解恨啊！

气闸在哪儿呢？应该是在最底层的某个地方。刚才她走出主舱的时候已经是无声无息，现在她穿过一个休息室，走在软绵绵的蓝色地毯上，更加不会发出半点声响。她走到一个旋转楼梯旁，微笑着走下去，来到了飞船最底层。闪闪发亮的气闸就在她面前。

她的手指在各种各样的红色按钮上面乱按一气，希望能按中开舱门的那个键。

这时她听到上面传来一个惊慌失措的声音："丽萨贝丝在哪儿？"

"在下面呢！"接着是一阵急促的脚步声。"丽萨贝丝！"

"快点！"丽萨贝丝对自己双手吼道，"快点啊！"

只听咔嗒一声，紧接着是一阵嘶嘶的气流声，然后气闸门嘎吱嘎吱地打开了。

在她身后，约翰从旋转楼梯上蹦下来。"丽萨贝丝！"

舱门已经完全打开，一股异星世界的气味扑面而来。

在外面守候的那群人一拥而入，却不发出一点声响。十个，十二个，他们一下子就把气闸舱塞满了。每个人都苍白瘦小，而且浑身颤抖。

丽萨贝丝笑了。她猛地伸手向约翰一指，对着那群外星人大声叫道："这个人竟敢囚禁我！杀了他！"

那些外星人看起来有点呆笨。他们只是站着不动，都瞪圆了眼睛盯着丽萨贝丝和约翰。

舱室里一片寂静，约翰万念俱灰地等着那群人杀进来。终于，其中一个人黯然说道："不，不，我们不杀戮，我们是被杀戮的那一方。死亡是我们的归宿，也是我们的愿望，我们都不想活下去了。"

还是一片死寂。

丽萨贝丝突然吼道："你们听不到我的命令吗?!"

"不。"那些人回答。他们默默地肃立着，身体轻微地晃动。

约翰突然后退，一下子靠在墙上，长长地舒了一口气。片刻之后，他开始大笑，笑得筋疲力尽。"哈哈哈哈! 我知道啦! 我知道啦!"

那些人向他眨了眨眼睛，脸上尽是疑惑的神情。

丽萨贝丝的眼中闪过一丝光芒，做了一个无可奈何的手势。

约翰从大笑中回过神来，双手用力一拍，作势向外推，像训斥一群狗。

"你们走，快!"他很平静地说道，"都出去，"向他们扬着手，"走，快走。"

那些人一开始还不相信他，然后他们从喉咙里发出幽怨的呜咽声，不情愿地向飞船外面走去。有几个一边走还一边转身用恳求的眼光看着约翰。

"不。"约翰冷冰冰地说，"快出去! 我们不想和你们打交道。"然后他把气闸锁上，把他们关在外面。

约翰握住丽萨贝丝一只苍白的手，说道："你这招不灵了。来，我们上去吧，你这个爱捣蛋的小姐。"

"发生什么事情了？"爱丽丝和海伦看见他带着丽萨贝丝上楼梯，迫不及待地问道。

"他们是来找死的。"约翰说，脸上露出疲倦的笑容，"他们不是杀手，而是等着被屠杀的那群人。大千世界无奇不有，我这回总算是看尽了！"他突然哈哈大笑，"你想让一个变态杀手幸福快乐，那就必须把他安置在一个特殊的社会文化当中——在这个文化里，人们都赞成甚至希望自己被杀。我们迫降的星球正是这种社会，那些人希望我杀他们。"

海伦怔怔地看着他，过了好一会儿才挤出几个字："希望你杀他们？"

"是的。我以前看过这方面的资料，求死族是这个小行星独有的。在出生之后，到了二十一岁，这些人会突然拥有一种寻死的强烈欲望，很多昆虫和鱼类都会有类似的本能。为了协调这种'死的本能'，我们会引入一群来自地球的变态杀手。在这里，杀戮是为社会文化所接受的一种行为规范，所以杀手是如鱼得水、其乐融融。于是我们成功地把精神错乱转变成神志健全——嗯，这样说有点……反正就这么个意思吧，就看你是否喜欢那种'神志健全'的定义了。"他一拍膝盖，来到无线电设备前面。"地球二号呼叫一零一号小行星。刚才有点小麻烦，不过都已经解决了。我们遇上的是求死族，而不是杀手。我觉得我们运气不错。"

"非常不错！"无线电说道，"我们已经检测到你们的坐标，救援飞船会在一小时内到达。坚持住！"

海伦站在舷窗前注视着外面。"疯子！疯子！他们都是疯子！"

"对于我们来说，没错，他们是疯子。"约翰说，"可是对于

298

他们来说，这个评价就不正确了。在这个社会里，在社会成员的心目中，处于主导地位的文化当然是正常的。成员的认同，这才是最重要的。"

"我不明白。"

"比如说有个男人想娶九十八个老婆，可是在地球上他壮志难酬，自然会抓狂会发疯。可是如果我们把他带来小行星世界，找个实行一夫多妻制的星球往那儿一扔，他就可以努力实践社会规范，变得幸福快乐了。"

"噢！"

"在地球上我们总是试图方枘圆凿，可是这样做并不能真正解决问题。而在小行星世界，无论是什么形状的榫头，我们总能找到匹配的榫眼。在地球上，如果一个榫头与榫眼的形状不符，我们就用锤子硬砸榫头，砸得它劈叉裂开。我们不能改变整个文化来迁就这些个体，因为这样做太笨太麻烦了。可是我们可以把这些奇人异士带来小行星世界，这里充满各色各样具有数千年历史的文化，方便我们选择，所以这种做法当然是更好的。"他站起来，"我太难受了，得喝一杯。"

还没到一小时，救援船就来了。这艘飞船从外太空降落，干净利索地停在小行星的高原上。"你好。"飞行员说。

"你也好啊！"

他们上船了。爱丽丝、约翰、海伦，还有——丽萨贝丝。

他们的飞船将被拖到太空港维修，然后直接送回地球再还给他们。

"我要打电话去芝加哥。"他们刚刚走进救援船的舱门，海伦就立即提出要求。

约翰叹道："我们刚才都一只脚踏进鬼门关了，你现在竟然只惦记着打电话去芝加哥。又是那个威廉？"

"是又怎么样？"她怒道。

"不怎么样。去吧，我猜他们会让你使用星际电话的。"他向着救援船的舰长点头致意。

舰长说："当然了。就在这里。"

丽萨贝丝再一次被人关进小房间里，而且这次他们把门锁上了，没有重蹈覆辙。她在牢房里纹丝不动。一切都完了，她连一线生机也没有。

"喂，芝加哥。是威廉吗？我是海伦啊。"然后是欢笑声。

又传来一阵斟酒的声音。"我，"爱丽丝说，"打算，"她举起酒杯，"一醉，"她继续说道，"方休！"

舰长走进来。"我们大约十分钟就会降落在三十六号小行星上。你们的坏运气就要结束了。"

"现在都没事儿了，不过这几位还是挺难搞的。"约翰分别向在场的三个妹妹点了点头。只见海伦正在低声软语地打电话，还温柔地抚摩着话筒；爱丽丝正在调另一杯鸡尾酒；而脸色苍白的丽萨贝丝被关在小牢房里，默默地站着。

舰长扬起眉毛，苦笑着点了点头。

约翰点一根烟，走上前去。"舰长，假设我以为自己是耶稣，你会不会把我送到一个人人都以为自己是救世主的星球呢？"

"什么？当然不会了！"舰长大笑道，"你们会自相残杀，都把别人看作冒名顶替的骗子。不，我们要送你去的那个地方会准备好迎接你，把你当作唯一的救世主。"

"那里的人会骗我说他们都相信我是救世主？"

"不，不是骗你，而是真心相信。要让你，作为一个弥赛亚，真正快乐，那么人们必须真心相信你就是救世主。我们把疯子送到不同的星球，唯一目的就是让他们幸福地度过余生。所以，只有人人都真心认同他是救世主，具有救世主情结的病人才能快乐。"

"如果有很多人都认为自己是救世主，那么你们的小行星肯定不够用了，是吧？"

"所以我们有一个行动计划委员会专门负责统筹安排。地球上有九千人认定自己是弥赛亚，这些人都疯得无可救药，地球已经治不好他们了。这就意味着我们有一个候补名单。须知从这里到土星之间，以及在其他太阳系里面，一共有四万七千种文化散布在四万七千个小行星上面；其中只有两千个地方的人会上当受骗，接受一个假冒的救世主。所以现在有一个很长的候补名单，上面就是这些排队的候选人。哪儿死了一个年老的救世主，候选人就立即飞过去接任。我们当然不能够在同一个地方同时安插两个自封的乔达摩·悉达多，呵呵，这样做会引起多大的纷争啊！可是如果我们需要安置一个……比如说施洗者约翰吧，那么我们同时也可以在那里放一个凯撒大帝、一个庞提乌斯·彼拉多、一个马太、一个马可、一个路加和一个约翰。你明白了吗？"

"嗯。"

"当你把一个穆罕默德放进一个近似古代的世界，历史就会重复发生，古代那些戏剧般精彩的大事都会在这些小行星上重演。这样一来，我们把疯子从地球上赶走，他们也能在小行星的戏剧人生中得到快乐，于是皆大欢喜。"

"听起来有点亵渎神灵的感觉。"

"不会的。他们正正常常地活在自己的世界里，自得其乐。看到那个星球了吗？上面有一个圣女贞德正在聆听天使的声音。还有另外一个小行星，看！上面有一座圣城麦加，正在等待穆罕默德的出现，然后他们就可以把剩下的好戏都演完。"

"其实挺恐怖的。"

"是有点恐怖。"舰长走开了，丽萨贝丝盯着他的背影。

三十六号小行星迅速逼近，转眼已经到了飞船的下方。

丽萨贝丝从小牢房里看着外面一个个小行星旋转着在漆黑的太空中飘过。这是一片满载着悲欢离合的大洋，丽萨贝丝既不能想象这片大洋有多深，也无法理解隐藏其中的人生故事。

"那个是奥赛罗的星球！"约翰叫道，"我看过关于这个星球的报道！"

"呃……"爱丽丝坐在一张类似橡胶质地的椅子上，一杯接一杯地喝，她的目光已经呆滞了，"呃……这个……这个……挺好的，是吧？"

"奥赛罗、苔丝狄蒙娜，还有伊阿古！勇士、征旗和号角！嗨！那里该有多热闹啊！"

还有更多小行星飞过。丽萨贝丝数着这些小行星，不施粉黛的红唇一张一合、一张一合，小行星越来越多、越来越多……

"那里还有一个人以为自己是莎士比亚。"

"那他挺好的，不错。"爱丽丝呢喃地说，慵懒地灌下另一杯酒。

"那里有埃文河畔的斯特拉特福镇，还有吟游诗人。你只要把一个自以为是莎士比亚的缅因州疯子带去那儿，那里就有一个现成的文化等候着他，把他变成真正的莎士比亚！你知道吗，爱丽丝——爱丽丝！你在听我说话吗？"约翰很快地吸了一口气，"他们不但活着的时候模仿名人，连死也要效法名人，要采用相同的死亡方式。一个自以为是埃及艳后的女人把角蝰放到自己身上，一个认为自己是苏格拉底的人则服毒自杀。他们紧跟着前人生存的轨迹，也追随着前人死亡的步伐，这种疯癫确是凄美到了极致。"

"威廉，瞧你说的！"海伦对着星际电话柔声道，"我下星期就回芝加哥了，威廉。对啊，我很好。到时候我们又见面了，亲爱的。"

"呸！"爱丽丝啐了一口。

"这是丽萨贝丝最好的归宿。"约翰说，"我们不应该觉得内疚啊。"

"我们还等了好久呢！"爱丽丝放下酒杯，"提早六个月申请。"

"一共有一千个凯萨琳大帝，昨天有一个死了，丽萨贝丝就是来接替她的位置。她肯定不懂励精图治，估计会是个昏君，不过至少她得到了快乐。"

海伦还是捧着话筒，撅起两片湿润的红唇，做成亲吻状。"你还用问吗？"她闭上眼睛说道，"我当然爱你了，威廉，爱死你了。"甜言蜜语穿越了百万英里的广袤太空。

"时间到！"舱室里的喇叭发出声音，"降落时间到！"

约翰站起来，紧张地抽完最后一根烟，脸上的肌肉不停抽搐。

俄罗斯的凯萨琳大帝注视着外面的三个人。她看见爱丽丝默

303

默地喝闷酒，一脸蠢相；约翰的脚下已经积起了一堆烟头；而海伦平躺在一张橡胶沙发上悄声细语地讲电话，手还不停地抚摩着话筒。

现在，约翰走到小牢房的窗前，向她打个招呼。她没有搭理，因为这个人并不真正相信她。

"有时候我忍不住想，我们各自的归宿会是什么？"他淡淡地说道，注视着凯萨琳大帝，"我会不会流落在一个小行星上面，可以一天到晚肆意破坏那些赌博机器？先用斧子砍，然后浇上煤油烧？爱丽丝呢？她会不会飞去一个金酒作海、雪利为河的星球？还有海伦，她会不会到达一个美男子多如牛毛的星球，她可以为所欲为，再也没有人约束训斥她？"

铃声响了。"三十六号小行星！降落！降落！倒数！倒数！"

约翰连忙转身走到爱丽丝面前说道："别喝了！"然后他转向海伦："快挂电话！我们要降落了！"海伦还在喋喋不休，约翰一下子把电话抢走了。

俄罗斯的凯萨琳大帝气定神闲地走出飞船，面对一个盛大的欢迎仪式。街道上人山人海，彩旗飘舞，乐声震天。礼炮在空中不断炸响，现场气氛热烈高涨。恭候她的车驾队伍全是镀金的马车。她忍不住哭了。这里的人相信她！这里全是她的朋友！他们都穿着与时代相符的闪亮服装，每个人都笑逐颜开。这条大道的尽头正是她的皇宫。

"凯萨琳大帝！凯萨琳大帝！"

"恭迎女皇陛下圣驾！"

"啊！女皇陛下！"

"我离开太久了！"凯萨琳大帝一边哭一边用手捂住沾满泪

水的脸。终于，她平复心情，抬头挺胸，控制自己激动的声音，向人群喊道："我已经离开太久太久，现在我终于回来了！我很开心！我回家了！"

"女皇陛下！女皇陛下！"

他们亲吻她的手，然后护送她坐上马车。她开怀大笑，传令上酒，侍从立即奉上一个巨大的高脚酒杯，里面盛满了清澈透亮的美酒。她一饮而尽，然后把高脚酒杯往地上用力一掷，顿时摔得粉碎！乐队立即开始演奏，鼓声和礼炮声再次响彻云霄！法国公使和英国公使坐进了马车，马队的马儿开始奔腾跳跃，凯萨琳大帝转头默默地看了飞船最后一眼——她正是离开这艘飞船才走进了这个属于她的世界，而飞船的舱门那里有两女一男还在向她挥手。在这片刻的沉默中，她竟然感受到一种难以抑制的伤感。

"女皇陛下，那几个是什么人？"西班牙公使问道。

"我不知道。"凯萨琳大帝低声答道。

"他们是从哪里来的？"

"一个遥远古怪的地方。"

"您认识他们吗，女皇陛下？"

"认识他们？"她伸出手，几乎要向他们挥手道别，却硬是忍住了，"不，我不认识他们。这几个离奇古怪的人在很久很久以前来自一个可怕的地方，他们三个都是疯子。有一个专门摆弄那些大型的赌博机器，另外一个总是怪腔怪调地打电话，第三个是酒鬼，总是杯不离手。他们确实是疯子。"她的双眼本来有点呆滞，此刻突然精光四射，举起手用力向下一拍。"给他们发一个通告。"

"女皇陛下！"

"限他们一个小时之内离开圣彼得堡！"

"遵命，女皇陛下！"

"我不允许陌生人在这里逗留，明白吗？"

"遵命，女皇陛下！"

骏马跳跃奔腾，马车在喧闹的鼓乐声和人潮的欢呼声中沿着长街远去，将那艘孤零零的银色飞船远远地抛在后面。

飞船上的男人大声呼喊："再见！再见啦！"可是她再没有回头多看一眼，因为他的声音已经被人群的欢呼声淹没了。此刻，她的子民热情高涨，正从四面八方涌过来，欢乐祥和的气氛深深地感染了她。她只听见人们狂呼着："凯萨琳大帝！凯萨琳大帝！俄罗斯之母！"

飞行机

收录于短篇集 *The Golden Apples of the Sun*

1953 年

阿古 译

公元 400 年，中国的元帝在长城旁登基。雨水滋润，大地青翠，丰收指日可待，天下太平，他治下的人民既不狂喜，也无深忧。

新年二月初一的清晨，元帝正在饮茶。惠风和畅，他轻摇着扇子。一个仆从跑过绛蓝相间的庭院地砖，边跑边高喊："陛下，陛下，有奇迹！"

"没错，"元帝说，"今晨和风熏甜。"

"不，不，有奇迹！"仆从说着，赶紧躬身作礼。

"茶水在我口中清冽回甘，确实是个奇迹。"

"不，不，陛下。"

"让我猜猜——旭日初升，海阔天空，这才是此刻最神奇的奇迹。"

"陛下，有人在飞！"

"什么？"元帝停下了手中的扇子。

"小的看到他在空中，此人正在用翅膀飞翔。小的听到天空中有呼喊声，便抬起头，只见天上有一条龙，龙口中有一个男人，那是一条纸和竹搭建成的龙，白若日光，绿如青草。"

"时辰还早，"元帝说，"你一定是刚刚睡醒。"

"时辰是早，但小的真是亲眼所见！小的愿为陛下带路，您也会看到的。"

"在这里陪我坐会儿吧，"元帝说，"喝点茶。看到有人在天上飞，若真有此事，也必有蹊跷。你必须静心来思虑，即便是我，也需有所准备，才能去领略那番景象。"

他们饮茶。

"陛下，"仆从忍不住说道，"再迟恐怕就找不到他了。"

元帝若有所思地起身。"那就带我去看看吧。"

他们走进一个花园，穿过一方草甸，走过一座小桥，穿行一片树林，又登上一座小山。

"在那儿！"仆从喊道。

元帝望向天空。

天空中，那人正高声大笑，几乎震耳欲聋。那人身披鲜亮的纸和芦苇，似一对翅膀，身后是一条漂亮的黄色尾巴。他高高翱翔，如禽鸟之属中的一只巨鸟，似古龙之地上的一条新龙。

那人从高空向他们呼喊，喊声穿透清冷的晨风。"我在飞，我在飞！"

仆从向他挥手。"正是，正是！"

元帝没有动。他看着遐霭迷蒙，长城在青山间缓缓显形，如一条宏伟的石蛇，蜿蜒不绝，盘踞整个大地。这了不起的城墙抵挡了世代敌骑，维持了长久和平。他看到了小山脚下，河边路旁，那个小镇正在醒来。

"告诉我，"他对仆从说，"有其他人看到过这个飞人吗？"

"只有小的看到，陛下。"仆从说，他微笑着向空中挥手。

元帝又向天空眺望了片刻，说道："叫他下来见我。"

"嗨，下来，下来！陛下要见你！"仆从把双手拢在嘴边大喊道。

飞人在晨风中滑翔降落时，皇帝正巡视四周，他看到一个农人，早早来到了田里，亦正仰视着天空。皇帝向农人微微额首。

飞人落地之后每动一下都会发出窸窣之声。他骄傲地走向皇帝，行动笨拙，向这位老人鞠了一躬。

"你都做了些什么？"元帝问道。

"我飞上了天空，陛下。"那人回答。

"你到底做了什么？"元帝又问。

"我已经告诉陛下了！"飞人大喊。

"你什么也没说。"元帝伸出一只羸瘦的手，触摸着漂亮的纸和鸟龙骨般的飞行装置。此物闻起来有一股冷风的味道。

"多么漂亮啊，陛下。"

"没错，太漂亮了。"

"此物是世上独一无二的！"男人微笑着说道，"发明者正是我。"

"此物世上独一无二？"

"绝无仅有！"

"还有谁人知晓？"

"没有人。就连贱内都不知晓。她以为我在糊风筝。我在夜里起床，步行到远处的悬崖。当清风吹拂，旭日升起，我便一鼓作气，从崖顶跳下。我飞了起来，但贱内毫不知晓。"

"这对她是好事。"元帝说，"跟我来。"

他们走回大殿。日头已经升高了，青草气息清新。元帝、仆从和飞人来到宫苑中。

元帝拍了拍手。"侍卫！"

侍卫们奔了过来。

"拿下此人。"

侍卫们逮住飞人。

"召刽子手。"元帝下令。

"什么！"飞人惊恐地嚷道，"我犯了什么事？"他开始哭泣，纸糊的飞行器也瑟瑟作响。

"此人制造了一台特别的机器，"元帝说，"却不知罪。这不自知之人，不知道自己为何要制造此物，更不知此物有何后患。"

刽子手拎着一柄锐利的银斧，奔了过来，站定一旁。他上身赤裸，胳膊粗壮，脸上戴着一张阴沉的白色面具。

"慢。"元帝说。他转向身旁的一张桌子，那上面放着他亲手制造的一台机器。元帝从脖子上取下一把小小的金钥匙，将之插入那小巧精致的机器中，拧了一下，机器随即动了起来。

那是一座金属和珠宝构筑的花园。启动之后，鸟儿在微小的金属树上啼鸣，群狼在微型的森林中漫步，小小的人儿在光影之间跑进跑出，站在小得出奇却叮咚作响的喷泉旁，扇着凉风，听着翡翠小鸟鸣叫。

"此物难道不美吗？"元帝说，"要是你问我，我做了什么，

310

我可以明明白白地回答你。我使得鸟儿啼鸣，树影婆娑，我使得小人儿在林荫里漫步，乐享绿叶、阴凉、鸟鸣。这就是我所做的。"

"陛下！"飞人跪在地下恳求，泪如泉涌，"我亦是如此啊！我也发现了美。我在晨风中翱翔，低头见到沉睡的房屋和园林。我从高处闻到大海的味道甚至亲眼看到了群山之外的大海。我像一只鸟，在碧空之上尽情飞翔，此中之美难以言喻。清风像吹拂一根羽毛，把我吹到各处，清晨的天空是那么清新，多么自由！那真是美极了，陛下，那真是太美了！"

"没错，"元帝哀伤地说，"我知道你说得肯定没错。我感到自己的心跟着你一起，在空中悸动。我也想知道迎风飞翔是怎样的自由，翱翔九天之上是怎样的狂喜。从高处看，远处的池塘是什么模样？我的宫殿和仆从是什么模样？是否如蝼蚁一般？远处沉睡的村镇又是什么模样？"

"陛下，饶了我吧！"

"但有时候，"元帝说，表情更哀伤了，"为了保住已有之美，必须舍弃一点小美。我并不是怕你，但我怕另一个人。"

"什么人？"

"另一个看到你飞翔的人，亦将用纸和竹子制造这样一架机器。但这个人面相丑陋，内心险恶，美将荡然无存，我害怕的是他。"

"为什么？为什么？"

"谁能说某日不会有这样一个人，乘着这样一架纸和竹子搭建的机器，飞上高高的天空，往长城上倾倒巨石？"元帝说。

没有人动，也没有人说话。

"砍掉他的脑袋。"元帝说。

剑子手挥动了银斧。

"烧掉这个风筝，烧掉此人的尸体，把他们的灰烬埋在一起。"元帝说。仆从们退下去执行君令。

元帝转向他的贴身仆从，是他第一个发现了飞人。"管牢你的舌头。这只是一场梦，一场忧伤而美丽的梦。远处田里的那个农夫也看到了，告诉他，那只是个幻象。要是走漏风声，你和那个农夫马上就得死。"

"陛下真是宅心仁厚。"

"不，我算不上仁慈。"老人说。在院墙外，他看到侍卫们正在焚烧那台用纸与竹制成、闻起来像晨风的美丽机器。他看到黑烟直冲天空。"不，我只是万分惊惧。"他看到侍卫们在挖坑来埋藏灰烬，"一个人的性命，怎比得上百万人的性命？唯有想到此事，我才会觉得安心。"

他从项链上取下钥匙，又一次拧紧那座美丽的微型花园的发条。他站起身，视线越过大地，看向长城、安静的村镇、绿地、河流、小溪。他长叹了一口气。

他启动了隐藏的精巧机械，那座微小的花园动了起来。小小的人儿在林中漫步，小小的狐狸披着一身闪亮的毛皮，在光点斑驳的空地上跳跃。在小小的树丛间，闪过一点蓝色、一点黄色，小小的鸟儿高声吱啾，在小小的天空中飞啊飞啊飞。

"噢，"元帝轻声说着，眯上了眼睛，"瞧瞧这些鸟儿，瞧瞧这些鸟儿！"

观察者

刊于《麦克林》(*Mac Lean's*)

1949 年 9 月 15 日

袁凌子 译

房间内的打字声听起来就像用指节敲打木头一般，汗水滴落在我那颤抖的手指不断敲击的打字机按键上。在我打字的声音之上，响起了一段讽刺的旋律：一只蚊子在我低垂的头上盘旋，还有一群苍蝇嗡嗡地撞击着纱窗。而天花板上，一只像白色碎纸般的蛾子绕着黄色灯泡的灯丝飞舞。墙上有只蚂蚁在向上爬，我看着它，不停地苦笑。这些闪亮的苍蝇、红色的蚂蚁和披戴甲壳的蟋蟀是多么讽刺啊。我们三个又是错得多么离谱：苏珊、我和威廉姆·廷斯利。

不管你是谁，身在何处，如果你碰巧遇上这样的事情，千万别踩死路边的蚂蚁，拍死窗边的大黄蜂，也别再消灭灶边的蟋蟀了！

这就是廷斯利犯了大错的地方。你一定记得威廉姆·廷斯利吧？那个掷了一百万美元购买灭蝇剂、杀虫剂和蚂蚁贴的家伙。

廷斯利的办公室里连一只苍蝇一只蚊子都没有。没有哪只苍蝇能落在他的白墙、绿桌或其他物体的洁净表面上，在它们降落之前他就会以迅雷不及掩耳之势用苍蝇拍将它拍死。我永远都忘不了那个死亡神器。廷斯利是一位君王，而苍蝇拍就是他统治的权杖。

廷斯利经营厨房用具，我是他的秘书和得力助手；有时我还会对他的诸多投资给出建议。

1944 年 7 月，廷斯利开始夹着苍蝇拍来上班。还不到一周，我就有了这种本领：就算廷斯利来的时候我刚好埋在文件堆里忙得不可开交，只要一听到苍蝇拍在空气中挥舞的声响，我就知道他来了——他又在完成早上那份歼敌任务了。

日子一天天过去，我注意到廷斯利时刻保持着高度警惕。他嘴上对我吩咐着公事，但是眼睛却在四处搜寻，从北边到东南边再到西边的墙上，小地毯上，书架上甚至我的衣服上。有次我笑话起廷斯利来，说他像克莱德·贝蒂一样，是个无所畏惧的驯兽师。廷斯利听后一愣，不理睬我。于是我立刻住口。我想，只要他自己高兴，人们搞什么古怪的行为都行。

"你好呀，斯蒂夫。"有天早上，我刚拿起铅笔准备在本子上写字，廷斯利就挥舞着苍蝇拍对我打起了招呼，"在我们开始工作之前，你介意先把这些尸体打扫干净吗？"

苍蝇的尸体凌乱地散落在厚厚的棕黄色地毯上：它们血肉模糊，无声地躺着，翅膀也折断了。我咕哝着把它们一个个扔到垃圾桶里。

"致费城的 S.H. 利特先生。亲爱的利特：我将为你的杀虫剂投资。五千美元——"

"五千美元?"我停下笔,抱怨起来。

廷斯利并不理会我。"五千美元。一旦战况允许,建议立即生产。你忠诚的廷斯利。"廷斯利挥舞着他的苍蝇拍,"你觉得我疯了。"他说。

"这句是信里的附注,还是在问我?"我问道。

这时电话响了,是白蚁防治公司打来的。廷斯利让我给他们写张千元支票,因为他们为他的房子提供了白蚁防治服务。廷斯利拍着金属椅子说道:"这办公室有一点,我是很喜欢的——所有东西都是钢铁和水泥做的,够坚固,白蚁一点机会都没有。"他突然从椅子上跳起来,苍蝇拍在空中闪过。

"该死的,斯蒂夫,那东西一直在这儿!"

有只小虫在某处嗡嗡地飞,划出一道弧线,接着归于寂静。四壁向我们压来,似乎空空的天花板也死盯着我们看。廷斯利的鼻子呼呼地喘着粗气。我四处都找不到这可恶的虫子。廷斯利爆发了:"快帮我找到它!该死的,帮帮我!"

"等等,别动——"我回了一句。

有人在敲门。

"别进来!"廷斯利害怕得尖叫起来,"离门远一点,别进来!"他冲上前,狂躁地顶着门,眼睛在屋子里疯狂地四处搜寻。"快,斯蒂夫,行动起来!别傻坐着!"

桌子,椅子,吊灯,墙壁。廷斯利像只发狂的野兽,一番搜寻,他发现了那个嗡嗡作响的小东西,一拍毙命。一道无生气的闪光落到地板上,他用脚踩死了它,摆出一副古怪的胜利姿态。

他开始狠狠地训斥我,但是我并不买账。"听着,"我回击道，"我是个秘书，是你的左膀右臂，而不是飞行昆虫监察员。我脑袋后面又没长眼睛！"

"他们也没有！"廷斯利大叫道，"你知道他们会干什么吗？"

"他们？他们究竟是谁？"

他不再说话，回到桌子前疲倦地坐下，过了一会儿终于说道："没什么，忘了这事吧。别向任何人提起这些。"

我的态度软了下来。"比尔①，你该去看看精神科医生——"

廷斯利苦笑道："医生会告诉他的老婆，她又会告诉别人，接着他们就会发现了。他们无处不在，无处不在。我不想停止我的作战计划。"

"你是说过去四周来你给杀虫剂和除蚁剂投资的那十万美元？"我说，"是该有人阻止你了。你会毁了你自己，还有我，还有股东。老实说，廷斯利——"

"住口！"他说，"你什么都不懂。"

我想我的确不懂。我回到自己的办公室里，一整天都听见那该死的苍蝇拍在空中挥舞的声音。

那晚我和苏珊·米勒一起吃了晚餐。我跟她说了廷斯利的事情，她带着职业的同情心耐心地听我述说。然后她拿出烟点上，说道："斯蒂夫，我的确是个精神科医生，但如果廷斯利不主动来找我的话，我是没有半点机会的。我帮不了他，除非他想得到帮助。"她拍了拍我的手臂，"如果你坚持的话，念在旧交情上，我会帮你观察观察他的。病人如果不合作，就只能事倍功半了。"

---

①比尔，威廉姆的昵称。

"你一定要帮我，苏珊。"我说，"下个月他还会这样狂怒下去。我觉得他有被害妄想症——"

我们开车来到廷斯利的家。

第一次会面很成功。我们一起说笑、跳舞，在布朗德贝餐厅吃了晚餐，廷斯利一点也没察觉到与他共舞华尔兹的女士是一名精神科医生。她身材苗条，语气柔和，暗中观察着他的一举一动。我坐桌子前看着他们，用手遮着嘴偷笑，听见苏珊正被他的笑话逗得直发笑。

我们度过了一个愉快的夜晚，回家的路上大家都没有说话，大家都沉浸在愉悦放松的氛围中。车里弥漫着苏珊的香水味，收音机里飘来微弱的广播声，车轮在高速路上轻轻飞旋。

我看向苏珊，她也看向我。她挑起了眉毛，表示目前为止她并没有发现廷斯利身上有任何古怪的地方。我耸了耸肩。

就在这时，一只蛾子从车窗外飞进来，在玻璃边鼓动那天鹅绒般柔软的闪耀白翅。

廷斯利尖叫起来，不受控制地打歪了方向盘。他挥出戴着手套的手打向蛾子，脸色苍白，嘴里含糊不清地说着些什么。车轮扭转不定。苏珊紧抓住方向盘，把车开回正道，然后再慢慢减速停下。

我们把车停好，廷斯利双指一搓捏死了蛾子，呆呆地看着蛾子身上难闻的粉末飘落在苏珊的手臂上。我们三个坐在那儿，急促地呼吸。

苏珊看向我，这次她眼中终于流露出理解的神情。我朝她点了点头。

廷斯利直直地看着前方，如梦呓般说道："这世上百分之九十九的生物都是昆虫——"

他摇起了窗户不再说话，随后把我们送回了家。

一小时后，苏珊打电话给我："斯蒂夫，他有极强的自恋情结。我明天会和他一起吃午饭。他喜欢我，我也许能查出我们想知道的事情。顺便问一句，斯蒂夫，他有宠物吗？"

廷斯利从未养过猫或狗，他讨厌动物。

"我猜也是。"苏珊说，"好吧，晚安，斯蒂夫，明天见。"

骄阳似火的夏日午后，苍蝇成群地繁殖，闪闪发光。它们嗡嗡叫着，就像一百万台精良的电机在杂乱运作。它们如旋涡般旋转，像帘幕般涌向垃圾，它们产卵、交合、扑翅，又开始旋转。我看着它们，思绪也随着它们的旋转混杂起来。我想知道廷斯利为什么会如此害怕它们，惧怕到想杀死它们。我走在街上，头上到处都是成群飞舞的苍蝇，它们拍着透明的翅膀嗡鸣着。我看到了蜻蜓、泥蜂、黄蜂、蜜蜂和棕蚂蚁。突然，我前所未有地感到这世界充满了生机，我被廷斯利的忧虑意识唤醒了。

我走进了一栋熟悉的白色房子，并未来得及打落外套上的红色小蚂蚁，它是在我经过丁香树丛时落下的。这里是雷明顿律师的家，在廷斯利出生前，他就一直是廷斯利家的代理律师，到现在已有四十年之久了。我跟雷明顿只有过工作上的接触，但现在我就这样出现在了他家门外。我按响了门铃。几分钟后，我已经喝着雪利酒跟他交谈了。

"我记得，"雷明顿回忆起来，"可怜的廷斯利，那一切发生的时候他只有十七岁。"

我倾身向前，聚精会神。"那一切？"那只蚂蚁在我手背上的金色汗毛里狂乱地奔跑，跑到手腕处被体毛缠住，又折回去，绝望地咬紧大颚。我就这样一直看着蚂蚁。"发生了什么不幸吗？"

雷明顿律师严肃地点点头，往事在他那双棕色的老眼中浮现，历历在目。回忆在桌上铺展，又经由他精准的话语固定下来，我似乎能看到当年的情形：

"廷斯利十七岁那年的秋天，他父亲带他去箭头湖区打猎。那儿是一片美丽的乡村，那是可爱凉爽的一天。我还记得这一切，因为那天下午我就在不到七十英里外的地方打猎。猎物很多。你能听见湖上来回飘荡的枪响，还能闻见松树的香味。廷斯利的父亲将他的枪靠灌木放好，弯腰去系鞋带，这时飞起一群鹌鹑，其中一些惊慌的鹌鹑径直飞向了廷斯利父子。"

雷明顿看着杯子，陷入深深的回忆。"一只鹌鹑把枪撞倒，枪走火了，他父亲被射中了。廷斯利目睹了一切！"

"天呐！"

我在脑海中看到老廷斯利蹒跚了几步，捂住自己染得鲜红的脸，接着沾满鲜血的手重重垂下，身体也随之倒下。而年轻的廷斯利面如死灰，无法动弹，不敢相信眼前发生的一切。

我慌忙喝了口雪利酒，雷明顿继续说道："但这还不是最可怕的。你可能觉得这已经足够恐怖了，但之后发生的事情对小廷斯利来说更是无法描述的地狱。他把父亲留在原地，跑了五英里去寻求帮助，拒绝相信父亲已经去世的事实。小廷斯利一路尖叫着，喘着粗气狂奔，把身上的衣服也扯掉了。他终于跑到了一条公路上，并在六小时之后带回了一名医生和另外两个人。当他们急匆匆穿过松树林到达老廷斯利倒下的地点之时，太阳正要下山。"雷明顿闭着眼睛摇了摇头。"整具尸体，双臂，双腿，还有那原本刚毅英俊现在却血肉模糊的脸上，挤满了被鲜血味道吸引而来的各式昆虫、臭虫和蚁类。老廷斯利的尸体被虫海淹没，连一寸完好的地方都没有！"

在脑海中，我看见了那片松树林。三个男人立在男孩身后，而他正站在一具尸体前面，尸体上有一群如饥似渴的生物，如潮水般来回涌动。某处，一只啄木鸟敲击树木，一只松鼠惊慌奔走，鹌鹑们扑着小小的翅膀。三个男人架起男孩的手臂，拉着他走远，背对这一切……

男孩感受到的痛苦和恐惧一定不自觉地从我的口中喊了出来。因为当我的思绪回到现实中时，雷明顿正盯着我看，我的雪利酒酒杯碎成了两半，划伤了手，而我却丝毫未感觉到。

"所以这就是廷斯利害怕昆虫和动物的原因。"我吸了口气。几分钟后重新坐定，心还在怦怦地跳，"年复一年，这件事就像发酵一样，变得越发严重，始终困扰着他。"

雷明顿很是关心廷斯利，但是我打消了他的担忧，问道："老廷斯利是做什么工作的？"

"我还以为你知道呢！"雷明顿大吃一惊，"老廷斯利可是一名非常出名的博物学家，声名显赫。他恰恰是被自己研究的生物杀死的，是不是很讽刺？"

"确实如此。"我站起来和雷明顿握了握手，"谢谢你，律师。你帮了我很多。我现在必须走了。"

"再见。"

我站在雷明顿家门外，那只蚂蚁依旧在我的手上狂妄地爬着。我第一次开始理解并深深地同情廷斯利。我开车去接苏珊。

苏珊将帽檐下的面纱从眼前揭开，望着远方说："你告诉我的事情能很好地指出廷斯利的问题所在。他逃不出可怕的回忆。"她挥起一只手。"看看周围吧，都是昆虫。他很容易就把昆虫视为真正恐怖的东西了，你懂了吧。现在就有只黑脉金斑蝶在追着我们飞。"她用指甲轻轻弹了一下，"它是不是在偷听我们说话？老廷斯利是一名博物学家。接着发生了什么？他妨碍了它们，管了自己不该管的事情，所以他们——那些操控动物和昆虫的存在，杀了他。过去十年来，这种想法日日夜夜侵占着廷斯利的思绪，他看到的每一处都有成千上万的生命，于是疑虑便开始生根发芽。"

"我不能因此责怪他，"我说，"如果我的父亲死于这样的惨状——"

"只要房间里有昆虫，他就拒绝说话，对不对，斯蒂夫？"

"对，他很怕他们会发现他知道他们的存在。"

"你知道这有多傻，对吧。假定那些蝴蝶、蚂蚁和苍蝇都是邪恶的，那他是不可能保守住这个秘密的，因为我和你已经谈论过这件事了，别人也谈论过。但是他坚持相信自己的幻想，只要他对他们的存在闭口不提，他就能……好吧，他还活着，是不是？他们还没有毁掉他，不是吗？就算他们是邪恶的，害怕他知道了真相，那为什么不在很早之前就毁了他？"

"也许他们在玩弄他？"我猜测，"你知道这很奇怪。老廷斯利死的时候就快有什么重大发现了。这有几分符合逻辑……"

"我最好也把你从水深火热里拯救出来。"苏珊笑着，转弯开进一条破巷子。

一周之后的一个周日的上午，比尔·廷斯利、苏珊还有我一起去了教堂。我们静默无言，坐在轻柔的音乐和宁静的色彩之中。礼拜仪式中，比尔开始自顾自地笑起来，我戳了戳他的肋骨，问他出了什么问题。

"看上面的教士，"廷斯利目不转睛地说，"他的秃脑袋上有一只苍蝇。教堂里的苍蝇。我告诉你，它们无处不在。让教士去祷告吧，这一点作用都起不了。哦，轻点儿，上帝。"

天蓝日暖，我们做完礼拜便开车去乡下野餐。有好几次，苏珊试着让廷斯利谈论他的恐惧，但比尔只是指着涌向野餐布的蚂蚁队列生气地摇头。之后他向我们道歉，还有些紧张地邀请我们晚上去他家做客。他一个人已经撑不下去了：资金短缺，生意面临触礁的风险，他需要我们。苏珊和我握住他的手，很是理解。四十分钟后，我们走进了他紧锁的书房。桌上放着鸡尾酒，廷斯利不安地来回踱步，把玩着他那个苍蝇拍，搜寻房间内昆虫的踪影，在开始长篇大论前又杀死了两只苍蝇。

他敲了敲墙壁。"金属。没有蛆虫、虱子、木蠹蛾和白蚁。金属做的椅子，金属做成的一切。这屋子里只有我们，是吧？"

我环顾四周。"我想是的。"

"棒极了。"比尔深吸一口气，又吐出来，"苏珊，斯蒂夫，你们有没有好奇过上帝、魔鬼和宇宙的存在？你们有没有感受过这世界是多么的残酷？我们每次向前成功迈了一小步，却只换来当头一棒？"我无言地点头，廷斯利继续说道："你们有时候会想上帝在哪儿，或是邪恶力量在哪儿。你们好奇如果这些力量真是看不见的天使，他们会如何四处行动。好了，解决方案简单、聪明又科学。我们一直在被观察。我们生命中的哪一刻是没有苍蝇在房间里嗡嗡飞的？哪一刻没有蚂蚁在道路上爬？狗身上藏着跳蚤，猫在附近出没，甲虫或蛾子会从黑暗中冲出，蚊子在耳边环绕，哪有片刻消停？"

苏珊没说话，但她时不时看向廷斯利，并未让他察觉。廷斯利喝了口酒。

"我们并不在意这些每天都跟随在我们身后的小翅膀，它们聆听我们的祷告、希望、欲望和恐惧，转而告诉他或她或它，或者任何将它们散播到这世上来的力量。"

"哦，得了吧。"我激动地说。

苏珊却出乎意料地让我保持安静，说道："让他说完。"然后她看向廷斯利，"继续说吧。"

廷斯利说："这听上去很傻，但这是我通过科学方式得出的结论。首先，我不明白世上为什么会有如此多的昆虫，而且种类又是如此丰富。至少对我们凡人来说，它们只是惹人烦的东西罢了。有一个非常简单的解释：他们的政府是一个很小的团体，可能只有一个人，他或他们做不到无处不在。但苍蝇就可以，蚂蚁和其他昆虫也是。而又因为凡人无法分清两只蚂蚁，我们便识别不了它们的身份，每只苍蝇看起来都一模一样，它们的组织机构十分完美。它们的数量是如此众多，出现的年代又是如此久远，我们根本不会去注意它们。就像霍桑的《红字》一样，它们就在我们眼前，我们对它们太过熟悉，以至于被蒙蔽了双眼。"

"我一点儿也不信。"我直接说。

"让我说完！"廷斯利大喊道，"然后你再做判断。——存在着一种力量，它一定有一个契约系统，一种交流机制，让这股力量可以对每一个个体的生活进行改变和调整。想想吧，世上有成千上万的昆虫，它们各自负责不同的领域，对人类的行动进行检查、对比和报告，从而控制着人类！"

"听着！"我叫出了声，"小时候那次事故之后你就变得越来越糟了！你让它吞噬了你的心智！你不能再继续欺骗自己了！"我站了起来。

"斯蒂夫！"苏珊也站了起来，她的脸颊红了，"你这样说话起不了任何作用！坐下。"她按着我的胸口，让我坐下，又立刻转向廷斯利。"比尔，如果你说的是真的，如果你所有的计划——你的房屋防虫计划，你那个只要小翅膀生物在身边就不说话的运动，你的除蚁剂和杀虫喷雾，如果这一切真的都起了作用的话，你为什么还能活到现在？"

"为什么？"廷斯利叫道，"因为我一直以来都是独自作战。"

"但是如果他们存在的话，比尔，他们应该在一个月之前就知道你了，因为我和斯蒂夫告诉了他们。可我和斯蒂夫，还有你，不是都还活着吗？这不就能证明你一定是错了吗？"

"你们告诉他们了？你们这两个笨蛋！"廷斯利气得直翻白眼，"不，你们没有那么干，我让斯蒂夫发过誓的。"

"听我说，"苏珊的声音吓坏了廷斯利，她就像要拧断小男孩的脖子一样说道，"听着，别大惊小怪。你同意我们进行一次实验吗？"

"什么实验？"

"从现在开始，你要公开所有的计划。如果在接下来的八周内你没遭受任何不幸，你就得承认你的恐惧是没有根据的。"

"但是他们会杀了我的！"

"听着！斯蒂夫和我也堵上了自己的生命，比尔。要是你死，

324

我们也会一起死。我很珍惜自己的生命，斯蒂夫也是。我们不相信你恐惧的东西，我们想帮你走出困境。"

廷斯利抬起头，看着天花板。"我不知道，我不知道。"

"八周，比尔。你可以继续你的生活，如果你希望如此的话，你也可以继续制造杀虫剂。但是看在上帝的分上，别紧张兮兮的。你还活着，这应该在某种程度上证明了他们对你并无恶意，所以并没有伤害你。"

廷斯利不得不承认这一点，但是他不愿意让步。他用几乎只有自己能听见的声音嘟哝："这是战斗的开始。也许要花上个一千年，但是到最后我们能解放自己。"

"比尔，如果我们可以证明昆虫是清白的，八周后你就解放了，你明白了吗？接下来的八周里，你继续你的战斗，在周刊和报纸上打广告，把这事闹大，告诉所有人，这样如果你死了，世人也能清楚真相。接着，八周过后，你就能得到自由，获得解放了。难道经过了这么多年的折磨之后，这对你来说不是件好事吗，比尔？"

但随后发生了一件令我们震惊的事情。一只苍蝇从我们的脑袋上嗡嗡飞过。它一直和我们一起待在屋内，我发誓，我之前绝没看到它。廷斯利开始发抖。我不知道自己在做什么，那似乎是内心的某种驱动力自动做出的反应。我朝空中伸手一抓，接着把手拢成杯状，捉住了这个嗡嗡作响的麻烦鬼。我狠狠地捏死了它，直直地看向比尔和苏珊。他们吓得脸色发白。

"我抓住了，"我疯狂地说道，"我抓住了这该死的家伙，我也不知道为什么。"

我松开了手，死苍蝇掉在地上。我踩了上去，我之前经常看比尔这样做。我的身体不知怎么地变冷了。苏珊盯着我，像是失去了她最后的朋友。

"我在说什么呀？"我叫了出来，"我根本不相信那些胡话！"

厚厚的玻璃窗外面是黑压压的天空。廷斯利点了支烟。鉴于我们三个人都处在一种诡异的紧张状态里，廷斯利邀请我和苏珊今晚就此住下。苏珊说她愿意留下来，前提是他答应进行八周的实验。

"你想要拿命赌吗？"比尔说服不了苏珊。

苏珊郑重地点了点头。"明年我们会开着玩笑谈论这一切。"

比尔说道："好吧。就进行八周的实验吧。"

我的房间在楼上，视野良好，能看见绵延的山丘。苏珊住在我隔壁，比尔睡在门厅那头。我躺在床上，窗外传来蟋蟀的鸣叫声，让人实在无法忍受。

我关上了窗。

夜色渐深，今夜无眠，于是我开始想象有一只蚊子在房间里自由地飞舞。最后，我穿上衣服，摸索着走下楼来到厨房。我并不饿，但就是想吃点什么来缓解紧张情绪。接着我发现苏珊正弯着腰在冰箱架上挑选食物。

我俩面面相觑，把食物拿到桌上，僵硬地在一旁坐下。这个世界对我们来说并不真实。不知是什么原因，我们待在廷斯利身边时就会感觉自己深陷迷雾之中，整个宇宙都不安全。苏珊虽然接受过专业训练，却始终是个女人。而女人的内心深处总是多疑的。

更糟糕的是，当一只苍蝇落在半切开的鸡身上时，我们都准备拿刀去捅它。

我们坐在那里看了五分钟苍蝇。它在鸡身上爬来爬去，飞起来，又绕了几圈，最后降落在鸡腿上悠闲地散起了步。

我们把鸡放回冰箱，小声地开着玩笑，又心神不安地交谈了一小会儿，然后回到楼上，关上门，觉得无比孤单。我爬上床，还未闭上眼睛就开始做起了噩梦。我的腕表在黑暗中烦人地作响，它嘀嘀嗒嗒响了好几千下，然后我听见了一声尖叫。

我并不介意听见女人时不时地尖叫，但男人的尖叫是如此奇怪，如此稀奇，所以当你终于听到的时候，血液会变成冰冷的寒流。尖叫声响彻整栋房子，我似乎听到一些胡言乱语，像是在说"现在我知道他们让我活下来的原因了！"

我拉开门，刚好看到廷斯利跑过门厅，他的衣服湿透了，从头湿到脚。他看到我便转过身去，大叫道："别靠近我。天呐，斯蒂夫，别碰我，不然你也会遭殃的！我错了！是的，我是错了，但是已接近真相，非常接近！"

我还没来得及阻止他，他就下楼关上了门。苏珊突然站到我身边，说："他这次肯定是疯了，斯蒂夫，我们必须得阻止他。"

厕所传来的响声引起了我的注意。我四处环顾，走进厕所，关上淋浴喷头，它喷射出的滚烫热水不停地溅落在黄色的瓷砖上。

比尔的车发出一阵轰鸣，汽车启动，随后七歪八扭地飞奔而去。

"我们得跟上他，"苏珊坚持道，"他会害死自己的！他正在躲避什么。你的车呢？"

我们在深夜的冷风中向我的车跑去。我们爬进车，预热马达，然后出发。两个人都不知所措，喘不过气来。"怎么走？"我大叫。

"他往东边去了，我确定。"

"那就往东。"我踩下油门，喃喃自语，"噢，比尔，你这个白痴，傻瓜。慢点开，快回来。等着我，傻子。"我感到苏珊的手臂绕过我的胳膊肘，紧紧地抓住了我。她低声说："再快点儿！"我告诉她："已经开到六十迈了，我有种不好的预感！"

夜晚让人恐慌：关于昆虫的谈话、呼啸的大风、轮胎在坚硬的水泥地上咆哮的声音，还有我们担惊受怕的心跳声。"在那儿！"我顺着苏珊的手指看去，在一英里外的山丘上有道光一闪而过。"再快点，斯蒂夫！"

再快点。我踩油门的脚生生发疼，马达轰鸣，星星在我们头上疯狂地旋转，车灯在黑暗中交错闪耀。在脑海中，我又一次见到了门厅里浑身湿透的廷斯利。他站在滚烫的淋浴喷头下面！为什么？为什么？

"比尔，停下，你个白痴！停车！你要开去哪儿，你在逃什么？"我们现在赶上他了，一码一码地离他越来越近。车轮下是惊险的弯道，重力猛拉着我们，想要将我们撞碎在巨大的花岗岩地上。我们攀过山峦，翻过夜色笼罩的峡谷，越过小溪和桥梁，又回到了弯道上。

"他离我们只有六百码了，就趁现在。"苏珊说。

"我们会赶上他的，"我转动方向盘，"上帝帮帮我吧，我们会赶上他的！"

然后，意料之外的事情发生了。

廷斯利的车慢了下来。它慢慢地在路上爬行。我们脚下是一条长达一英里的笔直水泥路，没有弯道和山坡。而他的车却在地面上歪歪扭扭地蠕动。我们在它后面停下，廷斯利的跑车这时的速度是每小时三英里，就像人走路一样慢，只有车灯耀眼地闪烁着。

"斯蒂夫，"苏珊的指甲硬生生地抠进我的手腕，"事情有些不对劲。"

我早就知道了。我按了按喇叭，周围一片寂静。我又按了按，只能听见黑暗中孤单响亮的一声喇叭响。我停下车。廷斯利的车像只铁蜗牛一样在我们前面爬行，向着夜色轻声低语。我打开车门，走下车去。"你待在这儿。"我让苏珊别乱动。她的脸反射着灯光，就像雪一样白，她的嘴唇瑟瑟发抖。

我跑向廷斯利的车，叫着："比尔，比尔！"他没有回答。他已经无法回答了。

他只是静静地躺在方向盘后面，车子在缓慢地前进，非常慢。

我的胃里泛起一阵恶心。我爬进廷斯利的车，刹车，熄火，并没看他，大脑在新受到的恐惧中缓慢地运转。

我又看了一眼比尔，他低着头，倒在座位上。

杀苍蝇、蛾子、白蚁、蚊子根本没用。那些邪恶的力量太过聪明了。

杀光所有你能找到的昆虫，消灭所有的猫、狗、鸟、鼹鼠、金花鼠和白蚁，所有的动物和昆虫。人类最终是可以做到的，杀，杀，杀，但到最后，微生物依然存在。

细菌。微生物。没错。单细胞、双细胞和多细胞微生物！

我们身上每寸肌肤、每个毛孔里都住着成千上万个数不清的微生物。说话时它们在你嘴唇上，聆听时在你耳朵里，触碰其他东西时在你的皮肤上，品尝时在你舌头上，观看时在你眼睛里！我们没办法洗掉它们，没办法消灭这世上所有的微生物！这是不可能的任务，不可能！你意识到了这一点，对不对，比尔。我盯着廷斯利。我们就快要说服你了，对不对，比尔，昆虫并没有罪，观察者们也没有。这一点我们并没有说错。你相信了我们，于是今晚开始思考这个问题，接着你找到了真正的问题所在。细菌。这就是家里淋浴没关的原因！但是你不能及时地杀死细菌。它们的繁殖速度太快！

我看着倒在那儿的比尔。"苍蝇拍，你认为苍蝇拍就足够了。真是个——笑话。"

比尔，躺在那儿任由身体被麻风病、坏疽、肺结核、痢疾和腹股沟炎一起腐蚀的人是你吗？你脸上的皮肤哪儿去了，比尔？你骨头上和你那紧握着方向盘的手指上的肉又哪儿去了？天哪，廷斯利，你的颜色和味道——你身上染满了各种腐臭的疾病！

微生物就是信使。它们成千上万，数也数不清。

上帝不可能同时出现在世界上的各个地方。也许他发明了苍蝇、昆虫来观察人类。

但是，恶的一方也很聪明。他们发明了细菌！

比尔，我已经完全看不出你的样子了……

你现在无法向世人讲述你的秘密了。我回到苏珊身边，看着她却说不出一句话。我只能给她指了条回家的路。我还不能走，我要把比尔的车开到沟渠里，烧了他和车。苏珊开车走了，并没有回头看。

而现在，一周之后，在这夏夜里，在这苍蝇飞舞的房间里，我要将一切记录下来，不管值得与否。现在我明白廷斯利活了这么久的原因了。他的作战对象是昆虫、蚂蚁、鸟类和动物，它们代表着善，因此邪恶的力量才让他存活。廷斯利并没有意识到自己是在为恶的一方卖命。但当他明白细菌才是真正的敌人，而且数量更多、更隐形、更邪恶之后，恶的一方摧毁了他。

我还记得脑海中老廷斯利死去的画面，鹌鹑撞上枪，枪支走火。表面上看，这并不符合逻辑。为什么代表着善的鹌鹑会杀死老廷斯利呢？现在答案明了了。在此之前，那只鹌鹑就感染了疾病，疾病瓦解了它们的中立机制，疾病让鸟儿撞倒了廷斯利的武器，杀了他，然后再巧妙地嫁祸到动物和昆虫的头上。

我脑海中出现了另一幅画面：老廷斯利躺在那里，身上爬满了蚂蚁，就像盖了条抖动的红色毯子。我现在怀疑也许它们是在悼念他，它们在用只有死人才能听到的一种颚部发出的语言跟他交谈。或许它们都是如此交谈的。

游戏还在继续。我希望是善能战胜恶。而我已经要输了。

今夜，我坐在这里打字，等待着。我的皮肤阵阵发痒，慢慢变软。而苏珊正在城市的另一头，她是安全的，她并不知道我所掌握的这一切信息。而我必须将它公之于众，即使我会因此丧命。我听着苍蝇的嗡嗡声，希望能从它们歪歪扭扭的旋转飞舞中探测出什么好消息，但是我什么都没听见。

就在我打字的时候，手指的皮肤开始松弛，颜色也开始改变。一部分脸部肌肤开始干燥剥落，另一部分则变湿变滑，从已软化的骨头上面脱落下来。我的双眼开始腐化流水，皮肤开始变黑，有点像腹股沟炎。胃绞痛，舌头越来越苦，越来越酸。牙齿在逐渐变松，开始耳鸣。再过几分钟，我手指的组织、肌肉、精致细小的骨头就会下陷，交缠，像明胶一样掉落在打字机的黑色键盘上，我的肉体会像腐坏生病的斗篷一样从骨架上滑落，但是我必须继续写，一直写，直到 etaoin shrdlucmfwyp……cmfwaaaaa dddddddddddddddddddd……

六月夜半

刊于《奎因神秘杂志》(*Ellery Queen's Mystery Magazine*)
1954 年 6 月
李懿 译

他在夏夜里静待了很久很久，暑气伴着黑暗一再迫向地面，群星慢慢浮现于夜空。他在纯粹的黑暗中坐定，双手懒懒地搭上安乐椅扶手。他听法院大钟敲了九下、十下、十一下，最后敲响第十二下。微风从一扇敞开的落地后窗吹进漆黑的屋子，气流拂过他的身体，他像块黢黑的岩石一般坐在那里，静静地望着前门——静静地望着。

在融融六月，夜半之时……

埃德加·爱伦·坡所作的歌咏凉夜的诗句，像树荫下的溪水一般流过他的脑海。

姑娘在安睡！哦，我惟愿，
愿她的安睡永远这么酣甜！①

　　他走过房里不知形状的漆黑厅室，踏出落地后窗，感受到整座小镇都关门闭户，人们躺在床上，陷入深夜的美梦。他看见花园的浇水管像蛇一般盘绕在草丛中，弹性的管身反射着光芒。他拧开水龙头，独自站着给花圃浇水。他想象自己是位指挥，正与一支交响乐队合作演出，那乐曲或许只有夜间出门溜达的狗能听见，它们诡异地露着尖牙轻笑，从门口路过，不知去向何方。他极为小心地踩下双脚，高大而沉重的身躯在窗下的泥地里深深地压出轮廓鲜明的脚印。他又回到房内，走过伸手不见五指的客厅，凭双手为他识路，留下一串泥印。

　　透过前门廊的窗户，他依稀辨出一只玻璃杯的轮廓，里面盛着柠檬水，三分之一满，端正地摆在门廊栏杆上她先前所放的位置。他打了个寒噤。

　　此刻，他感受到她归家的步伐，感觉到她在夏夜从镇子的远处走来。他闭上眼，思绪飞出门外，前去寻找她，感受她在黑暗中的行进；他准确地知道她将在哪里踏下路沿，过街，走上对面的人行道，蹬蹬地走过六月的榆树和最后一茬丁香花，身边还有一个朋友。他与她合为一体，走在空寂的夜的沙漠。他感觉有一只钱包捏在手里。他感觉长发搔着自己的脖颈，嘴唇也沾上了油腻腻的口红。他静静地坐着，同时又在走啊走，走啊走，在午夜之后往家赶。

──────────

①引自爱伦·坡的诗歌《睡美人》，曹明伦译。

"晚安！"

声音并未流入他的耳朵，但他听得清清楚楚。她走得越来越近，现在与他只相距一英里，然后仅一千码，接着她的身影没入溪谷，踏上虫鸣、蛙声与水声交织的木栈道，好似一盏沿无形悬丝移动的美丽的白灯笼。他熟知那木栈道的质感，思绪飘回幼年时代，他曾赤脚跑过，感受那粗糙的纹理、沙尘与白日残余的热气……

他平举双手，摊开手掌，两手拇指相接，然后八指交叉，双手做成一个圆，包住眼前的虚空。之后，他极为缓慢地将两手逐渐握紧，嘴唇张开，双眼闭合。

他终于松开紧捏的手，颤抖着放回椅子扶手上，双眼始终紧闭。

很久以前的一个夜晚，他爬上市政大楼顶部的消防梯，低头俯视洒满银辉的小镇、月下的小镇、夏日的小镇。他看见所有黑漆漆的房舍皆备两样元素：人与睡眠。两者在床上相拥，所有的疲惫与恐惧呼吸着沉静的空气，静静地吸入，再呼出，直到所有元素被净化。前一天的疑难、恨意与恐惧，在清晨来临之前就早早地被驱出体外，永不再返。

将小镇尽收眼底的那一刻，他简直像着了魔，感觉浑身充满了力量，就像舞台上牵着蛛丝般细线操纵人偶命运的魔术师。站在市政大楼最顶上，他能望见五英里之外的叶子翻动着微弱的月光，最后的光点一闪，好似用南瓜雕出的一只粉红的眼，眨一眨，消失了。镇上的动静全都逃不过他的眼睛——没有哪样是他不知道的，每一个动作，每一丝震颤。

今夜亦是如此。他感觉自己像一座钟楼，体内的大钟缓慢地

335

敲击着钟点，发出青铜质感的声响。他凝视这座小镇，镇上有一个女子正时快时慢地走着，忽而被强风般的恐惧推搡，忽而在微风般的自信中漫步，踏着午夜粉白的人行道回家，涉过沥青与顽石铺就的坚实大道，漂移在新近修剪的草坪之间。此刻，她跑了起来，跑下台阶，穿过溪涧，向上，上山，上山！

真正的脚步声传来之前，他已经先在心里听到了她的脚步。真正的喘气声传来之前，他已经先在心里听到了她的喘息。他定定地凝视屋外栏杆上那杯柠檬水。接着，真实的声音传来，真正的跑步声、喘息声，在屋外狂野地回荡。他坐起身。脚步飞奔过街面，沿人行道前行，杂沓慌乱。然后她嘴里嘀咕着，双腿笨重地踏上门廊台阶，一把钥匙嵌入门锁转动，一个声音低声喊叫，念叨着神的名字。"啊，上帝呀，亲爱的上帝！"低语！低语！女子冲进门内，哐地关上门，插上门闩，低声絮语，在漆黑的屋里自言自语。

他虽未看见，但感觉她的手正伸向电灯开关。

他清了清嗓子。

她背靠房门站在黑暗之中。假使此时月光照到她身上，她必定像起风的夜里吹皱的小池一般熠熠生辉。他感觉她睁开了蓝宝石般的明丽双眸，涔涔的汗水在脸上闪着微光。

"拉维尼娅。"他轻唤。

她平举双臂贴着门，好像被钉在了上面。他听到她张嘴，肺里挤出一股热气。她是一只美丽的暗白色飞蛾，被他用恐惧的锋利针尖钉在了木门上。他可以随心所欲地在标本周围走来走去，检验她，观察她。

"拉维尼娅。"他低唤。

他听见她的心跳。她的身体纹丝不动。

"是我。"他低声说道。

"谁?"她发问,声音微弱,只是喉间一丝细细的搏动。

"不告诉你。"他悄声回答。他在房间中央站得笔直。神哪,他感觉自己好高!黑暗中身形魁梧,他自视十分悦目。他两手平展伸向前方,好像随时准备弹奏钢琴,奏一曲美妙的旋律,一支华尔兹舞曲。那双手是湿的,像刚伸进一團薄荷,在沁凉的薄荷脑里浸了一下。

"如果告诉你我的身份,你也许就不怕了。"他低声道,"可我想让你害怕。你怕吗?"

她未置一词,只是发出沉重的呼吸声,一呼一吸,一呼一吸,空气徐徐地在肺里压进压出,却压制不下恐惧,它继续逗留在她的心间。

"你今晚为什么要去看电影?"他低声问,"为什么要去看电影?"

没有回答。

他踏前一步,聆听她的呼吸,像一把剑滑过剑鞘,嘶嘶作响。

"回家路上,你为什么一个人去了老河谷?"他低声追问,"你确实是一个人回来的,对吧?你以为会在桥中间遇到我吗?你今晚为什么要去看电影?回家路上为什么一个人去河谷?"

"我——"她倒吸一口凉气。

"你。"他低声说。

"不——"她低声惊叫。

"拉维尼娅。"他一面唤着,又踏出一步。

"求求你。"她说。

"开门呀。出去呀。跑呀。"他低声道。

她一动不动。

"拉维尼娅,开门呀。"

她的喉间开始发出呜咽。

"跑呀。"他说。

他往前走,感觉膝盖碰到了什么东西。他伸手一推,那东西径自倾斜翻倒。一张桌子、一只篮子、六七个看不见的线团在黑暗中滚落,轻如猫的脚步。窗台下,被月光照亮的一方地板上躺着一把缝纫剪刀,像一块金属标牌指示着方向。剪刀握在他手里,冷若冬霜。他突然伸手向她递去,剪刀划过沉闷的空气。

"给。"他低声说。

他用剪刀碰碰她的手。她猛地将手缩回。

"给。"他催她拿着。

停顿片刻之后,他又说:"拿上这个。"

他掰开她冰凉如死尸、僵硬得不听使唤的手指,将剪刀按到她手上。"拿着。"他说。

他久久地望向窗外月光皎洁的天空,待他将视线投回屋内,过了好一阵才看清黑暗里的她。

"我等了很久。"他说,"不过我早就习惯了等待。我也等过其他人,最后都是对方主动来找我,就这么简单。过去两年,我等来了五位可人的姑娘。我在河谷等候,在乡间等候,在湖畔等候,不论选择哪里,最后她们都会出来找我,并且找到我。第二天看报纸的感觉总是棒极了。今晚你也去找我了,我知道,否则

338

你不会独自一人从河谷回来。你在那里自己吓到自己，赶紧跑回来了是吧？你是不是以为我就在那儿等你？你应该听到了自己跑过人行道的脚步声吧！跑进家门！反锁上！你以为进来就安全了，终于到家了，安全了，没事了，没事了，对吧？"

她用僵冷的手握着剪刀，呜呜哭了起来。他听到她的哭声，看见泪水细微的闪光，就像流水淌下阴暗的洞穴。

"别呀。"他低声劝道，"你手里有剪刀。别哭。"

她继续哭，完全挪不动身子。她站在原地，瑟瑟发抖，头靠着身后的门，顺着门板滑坐在地。

"别哭。"他悄声说。

"我不喜欢听你哭。"他说，"听得我难受。"

他伸出双手在空中摸索，摸到她的脸颊。他摸着她湿漉漉的脸，温暖的鼻息触到他的手掌，像一只夏日的飞蛾。随后他只说了最后一句："拉维尼娅。"

他温柔地唤道："拉维尼娅。"

他还清晰地记得从前的时光和过往的夜晚，在他幼年的岁月，他们不停奔跑，四处躲藏，玩捉迷藏。初春的黄昏，温暖的夏夜，夏末的傍晚，初秋寒意料峭的薄暮时分，家家户户早早地关了门，门廊空空荡荡，只有风拂动着树叶。只要天光未消，或者有白如覆雪的月亮升起，捉迷藏的游戏就不会停止。他们的小脚落在翠绿的草坪上，好似散落一地的软桃子和海棠果。找人的人双臂抱在胸前，埋头在夜色中唱数：五、十、十五、二十、二五、三十、三五、四十、四五、五十……果子落地的声音渐渐远去，孩子们都妥妥地掩身于树上、灌木荫中或是门廊的格栅之下，聪明的小狗知道不能摇尾巴，以免泄露他们的秘密。数完了：八五、九十、九五、一百！

准备好了吗? 我来了！

找人者便跑出来，跑过小镇的郊外寻找躲藏的伙伴，躲藏的孩子们则把秘密的笑声掩在嘴里，像在品尝珍贵的六月草莓，双手紧捂。找人者寻找高高的榆树上最微弱的一丝心跳，或灌木丛间一闪而过的亮眸；当径直跑过一片斜影时，他侧耳倾听那影中之影为自己成功蔽人耳目而忍不住发出的轻笑，声如潺潺细泉……

屋内寂静无声。他走进卫生间，回想着这一切，体味着记忆如清流如迅猛潮水般的奔涌，思绪好似一面瀑布越过陡峭的悬崖，飞流直下，汇入他脑海中的深潭。

神啊，他们躲藏起来的时候感觉自己多么隐秘，多么高大！神啊，那些影子像母亲一般庇护他们，让他们隐入其中，似乎自己也有了胜利的喜悦。他们如雕像一般静静蹲踞，脸上汗水熠熠生辉，认为自己永远不会被发现！找人的那个孩子路过他们却视而不见，径直冲向失败与难免的沮丧之中。

有时，他就在你藏身的那棵树下停下，仰头细看你蹲在树上的身影，你张开无形而温暖的两翼，如蝠翼般宽阔，窗玻璃一般透明。他说："我看见你了，就在那儿！"可你一言不发。"明明就在树上！"你还是一言不发。"快下来！"你不置一词，只是露出一丝胜利的黠笑。下方的孩子心头笼上疑云。"是你吧? "他退后几步。"啊，我知道你就在上头！"没有回答，只有大树端坐在夜色之中，层层叠叠的树叶静静摇动。而找人的孩子害怕那黑暗里的黑暗，飞跑开去寻找更容易确认的目标。"先放过你！"

他在卫生间里洗手，同时想着，我为什么要洗手？随后，时光的沙粒再次被吸回沙漏的斗孔，他又回到了另一年……

他还记得，玩捉迷藏时，有时别人根本找不到他，他也不会让他们找到自己。他一言不发，久久地待在苹果树上，自己也成了一颗肉质白皙的苹果；他在栗树上逗留许久，自己也披上了秋栗油亮的棕色硬壳。而且，天哪，隐蔽的力量是多么强大，它让你融入浩瀚的世界，让你的手臂朝各个方向延展，被星辰和月亮的潮汐力拉伸，直到你的隐秘包裹了小镇，你用热情与隐忍哺育它。在阴影里，你尽可从心所欲，为所欲为，只要你愿意，便可放手去做。那力量多么强大：你可以坐在人行道上方，望着人们从下面经过，他们却意识不到你在上头看着。你偶尔伸出手臂，手像一只五条腿的蜘蛛般，刮过他们的鼻子，让他们的脑海中泛起恐惧。

他洗完手，用毛巾擦干。

但是，游戏总有结束的时候。当除你之外所有躲藏的伙伴都被找到了，他们便四下散开找你，呼喊你的名字，这显得你愈加厉害，愈加重要。

"嘿，嘿！你在哪儿？快出来，游戏结束了！"

可你待在原地不动，不肯出去，即使他们全都聚在你藏身的树下，真正或假装看见你在树梢顶上，一齐朝你大喊："哎，下来吧！别耍我们了！嘿！我们看见你了，知道你就在那儿！"

即便这时你也拒不回应——直到最后一刻来临。远在一个街区之外，一声尖厉的口哨响起，母亲的嗓门喊出你的名字，紧跟着又是一声口哨。"九点了！"她的声音高喊，"九点了！回家了！"

341

可你一直等到所有小伙伴都离开之后，才小心翼翼地现身，展露你的体温和秘密，独自往家跑。你一路贴着街角，避开路灯，一个人躲在黑暗和阴影里，几乎不喘气，心脏的跳动也变轻了，只有自己能听见。这样，即使人们发觉有什么动静，也只会以为是夜风吹起了一片枯叶。你母亲站在门口，纱门大开……

他用毛巾擦完手，静立了片刻，回想过去两年在这小镇上度过的时光。旧日的游戏仍在继续，只有他一人参与，小伙伴们都早已离去，长成了中年人。而现在，和从前一样，躲藏的人只剩他一个，最后一个，唯一的那个，整座小镇合力找他，却一无所获，于是人们各自回家，锁上房门。

但是，今晚他仿佛回到了久远的从前。而今的许多夜晚，他都能听到那旧日的声音，尖厉的口哨反复吹响。那当然不是夜鸟的歌鸣，他对每个声音都了如指掌。哨声催了又催，一个声音高喊"回家了！九点了！"即使现在早已过了午夜。他侧耳倾听，确有口哨声，虽然他的母亲已去世多年，在她用坏脾气和唠叨早早地将他父亲送进坟墓之后。"得这样，得那样，得这样，得那样，得这样，得那样，得这样，得那样……"像一张损坏的留声机唱片，反复播放着卡顿的内容，一遍又一遍，她的声音，她的音调节奏，一遍，一遍，一遍，一遍，重复，重复，重复。

清晰的口哨声吹响，捉迷藏的游戏结束。他不再穿行于镇子中，不再站在树后、灌木丛后，不再让灼眼的微笑从最密的树叶间透出。他的身体似乎已不受大脑控制，双脚自动往前走，双手自动做着动作，他知道此时必须了结一切了。

他的手仿佛已不属于他。

他从外套上扯下一颗纽扣丢开，让它落向黑暗深井般的房间。它慢慢飘落，好像永远也到不了井底似的。他静静等待。

随后它不停翻滚，好像总也滚不到头。最后，它终于停了。

他的双手仿佛已不属于他。

他取出烟斗，丢进房间深处。没等它划破空寂，他已静静地往回走去，穿过厨房，来到白窗帘随风飞舞的窗前，凝视他在窗外留下的脚印。现在换他来找人了，不再躲藏，而是搜寻躲藏者的踪迹。他暗暗勘察、筛除、搜集线索，那些脚印现在于他陌生如史前时代的痕迹，是一百万年前的另一个人因为别的缘由而留下的，完全与他无关。月光照耀之下，脚印的形状、清晰度和深度令他惊异，他俯身伸手，几乎触到它们，仿佛这是一项伟大而美妙的考古发现！然后他转身离去，走过房间，从裤子卷边上撕下一片布料，轻轻一吹，它像只飞蛾从掌心翩然而下。

他的手不再是他的手，身体也不再是他的身体。

他打开前门，出了房间，在门廊栏杆上坐了一会儿，拿起玻璃杯喝掉剩下的柠檬水，饮料在整夜的等待中已经变得温热。他五指紧抓着杯子，用力，用力，非常用力。然后他把玻璃杯放回栏杆上。

哨声响了！

好的，他想，我就来，就来。

哨声响了！

好的，他想，九点了，该回家了，回家吧，九点了。功课、牛奶、全麦饼干、洁白凉爽的床在等着他；回家吧，回家吧，九点了，哨声响了。

顷刻之间他便离开了门廊，悄声跑动，脚步轻快，几乎没有呼吸或心跳，如同赤脚在奔跑，轻盈得像一片树叶，像六月的青草与夜色。他整个人只是一团影子，奔跑不停，离开那沉默的房屋，过街进入河谷……

他大力推开门，步入夜鸮餐馆。这地方本是一段长长的火车车厢，从铁轨上退休后，被搬到小镇中心，陷入静止孤立的命运。店里空无一人。坐在点餐台那头的服务生抬眼看见店门开合，顾客沿着一溜空荡荡的转椅走过来。服务生从嘴里取出牙签。

"汤姆·迪隆，你这老家伙！怎么大晚上这个点儿还来啊，汤姆？"

汤姆·迪隆没看菜单直接点了餐。趁后厨忙活的时候，他往墙上的电话里投了一枚硬币，拨出号码，小声讲了一会儿。然后他挂掉电话，回到座位坐下，仔细聆听。六十秒后，他和服务生便听见警笛以每小时五十英里的速度呼啸而来。"哦——该死！"服务生说，"抓住那个坏人啊，小伙子们！"

他端上一只盛满牛奶的高脚杯和一盘现烤的全麦饼干，一共六块。

汤姆·迪隆在桌旁坐了很久，默默凝视着撕破的裤腿卷边和沾满泥巴的鞋子。餐馆里灯光闪亮刺眼，他感觉好像身处舞台一般。他手执冰凉的高脚杯喝了一小口牛奶，闭上眼咀嚼酥脆的全麦饼干，感觉它在嘴里濡湿，糊满舌头。

"你觉得，"他轻问，"这算是一顿丰盛的大餐吗？"

"要我说，的确非常丰盛。"服务生笑答。

汤姆·迪隆全神贯注地咀嚼着下一块全麦饼干，感觉它糊满了口腔。只是早晚的问题，他这么想着，静静等待。

"再加点儿牛奶？"

"好的。"汤姆说。

于是，他以此生最心无旁骛而又最为警觉的心境，饶有兴致地看着白色牛奶盒倾斜过来，闪着光芒，冰凉雪白的牛奶悄声倾泻而出，好似夜里汩汩的泉水，逐渐盛满杯子，漫至杯沿，越过杯沿，溢了出来……

BRADBURY STORIES: 100 OF HIS MOST CELEBRATED TALES By RAY BRADBURY
Copyright: © 2003 BY RAY BRADBURY
This edition arranged with DON CONGDON ASSOCIATES, INC.
through BIG APPLE AGENCY, INC., LABUAN, MALAYSIA.
Simplified Chinese edition copyright:
2020 New Star Press Co., Ltd.
All rights reserved.

版权登记号：01-2020-2826

图书在版编目（CIP）数据

亲爱的阿道夫／（美）雷·布拉德伯里著；徐黄兆等译 .—2版 .—北京：新星出版社，2020.7
（雷·布拉德伯里短篇自选集；第 2 卷）

ISBN 978-7-5133-3897-4

Ⅰ.①亲… Ⅱ.①雷… ②徐… Ⅲ.①短篇小说-小说集-美国-现代 Ⅳ.① I712.45

中国版本图书馆 CIP 数据核字（2020）第 029168 号

雷·布拉德伯里短篇自选集（第 2 卷）

亲爱的阿道夫

[美]雷·布拉德伯里 著 徐黄兆 等译

责任编辑：杨 猛 **特约编辑：**黄 艳 刘盛楠
责任印制：李珊珊 **责任校对：**刘 义
封面设计：@broussaille 私制
封面插画：郭 埙

出版发行：新星出版社
出 版 人：马汝军
社 址：北京市西城区车公庄大街丙3号楼　　100044
网 址：www.newstarpress.com
电 话：010-88310888
传 真：010-65270499
法律顾问：北京市岳成律师事务所

读者服务：010-88310811　 service@newstarpress.com
邮购地址：北京市西城区车公庄大街丙 3 号楼　　100044

印 刷：北京美图印务有限公司
开 本：910mm×1230mm　　1/32
印 张：11.25
字 数：174千字
版 次：2020年7月第二版　2020年7月第一次印刷
书 号：ISBN 978-7-5133-3897-4
定 价：49.80元

版权专有，侵权必究； 如有质量问题，请与印刷厂联系调换。